PICKWICK

DANIELLE STEEL

UN GIORNO PER VOLTA

Traduzione di Berta Maria Pia Smiths-Jacob

Sperling & Kupfer

Realizzazione editoriale a cura di Studio Dispari.

www.pickwicklibri.it
www.sperling.it

Un giorno per volta
di Danielle Steel
Titolo originale dell'opera: *One Day at a Time*

ISBN 978-88-6836177-8

I edizione Pickwick giugno 2014

Ai miei adorati figli, Beatrix, Trevor, Todd,
Nick, Sam, Victoria, Vanessa, Maxx e Zara,
Speranza, Amore e Gioia della mia vita!

Con tutto il mio cuore e il mio affetto
Mamma/d.s.

Qualunque cosa sia accaduta nel passato o possa accadere nel futuro, seguiterò a credere nell'amore, indipendentemente dalle forme ordinarie o straordinarie che assume.

Non bisogna mai smettere di sperare.

d.s.

1

In quella perfetta mattina di giugno, sulla veranda della sua piccola casa di Bolinas, Coco Barrington ammirava il sole sorgere sulla città e il cielo tingersi di striature arancio e rosa. Allungata su una vecchia sedia a sdraio scolorita e malmessa, che aveva rimediato a un mercatino delle pulci casalingo, stringeva tra le mani una tazza di fumante tè cinese. Una statua di legno, rovinata dal vento e dalla salsedine, che raffigurava Kuan Yin, la dea della compassione – un dono che lei considerava prezioso –, osservava la scena con espressione serena. Sotto lo sguardo benevolo della dea, la ragazza sedeva placida, e la luce dorata dell'alba disegnava bagliori di fuoco sui suoi capelli ramati, lunghi fin quasi alla vita. Era scalza e indossava una vecchia camicia da notte di flanella con dei cuori talmente stinti da essere a malapena distinguibili. La casa sorgeva a poca distanza dalla spiaggia e offriva una meravigliosa vista sull'oceano. La piccola e discreta comunità agricola e balneare, a meno di un'ora da San

Francisco, era esattamente il luogo dove Coco sentiva di voler stare. Era il posto perfetto per lei, che aveva ventotto anni e ci viveva ormai da quattro.

Chiamarla «casa» era un vero atto di generosità. In realtà era poco più di un cottage, che sua madre e sua sorella definivano una «baracca». Per loro era impossibile capire perché Coco volesse vivere in quella specie di bicocca da incubo. La madre aveva provato in tutti i modi – blandendola, criticandola, insultandola e perfino ricattandola – a riportarla a Los Angeles, in quella che per lei era la civiltà, ma Coco stentava a definire «civile» lo stile di vita della donna e perfino il modo in cui lei stessa era cresciuta. Ogni cosa era un inganno, un artificio. Le persone, la loro quotidianità, gli obiettivi ai quali aspiravano, le case in cui abitavano, i volti falsamente giovani, tirati dai lifting. A Bolinas tutto era più semplice, autentico, sincero, proprio come Coco, che detestava la falsità. Non che sua madre fosse finta, ma esagerava nella cura di se stessa e doveva sempre apparire impeccabile. Negli ultimi trent'anni aveva sfornato un best seller dopo l'altro, ma quello che scriveva non aveva nulla di profondo, pur vantando un seguito di tutto rispetto. Firmava i romanzi con lo pseudonimo di Florence Flowers, il nome da nubile di sua madre, e con quelli aveva raccolto un immenso successo. Aveva sessantadue anni e la sua era stata una vita da romanzo, una vita che aveva legato a quella di Bernard «Buzz» Barrington, il più importante agente letterario e cinematografico di Los Angeles, fino alla morte di lui, avvenuta quattro anni prima per un ictus. Buzz aveva sedici anni più di lei ed erano stati sposati per trentasei. Era stato il marito a incoraggiare e guidare la sua carriera di scrittrice. Coco si era chiesta più volte se fosse certo che la madre sarebbe mai riuscita a raggiungere il successo senza l'aiuto del padre. Quanto a Florence... be', non aveva mai messo in dubbio se stessa, la validità del proprio lavoro o delle proprie opinioni, che spaziavano da un argomento all'altro, e non si faceva scrupolo di mostrare la propria delusione nei confronti di Coco, definendola una hippy fallita e inaffidabile.

Anche il giudizio di sua sorella maggiore Jane, sebbene meno offensivo, non era lusinghiero. Per lei Coco era una «cronicamente al di sotto delle aspettative», che non aveva mai approfittato di tutte le opportunità offerte dal suo status sociale per crescere e farsi una posizione di successo, come invece aveva fatto lei. Inoltre, Jane le ricordava con martellante regolarità che non era troppo tardi per cambiare rotta, ma fintanto che avesse continuato a vivere in quella specie di baracca sulla spiaggia, la sua esistenza sarebbe stata solo un gran casino. A Coco, però, la sua vita non sembrava affatto così male. Si manteneva da sola, era una persona rispettabile, non si drogava né lo aveva mai fatto (a parte qualche occasionale e rarissimo spinello al college con gli amici). Non era un peso per la famiglia, non era mai stata sfrattata, non aveva frequentato compagnie pericolose, non aveva avuto gravidanze indesiderate e non era mai finita in carcere. Si guardava bene dal biasimare lo stile di vita della sorella, né desiderava farlo, e non criticava la madre per i suoi abiti troppo giovanili o per la faccia troppo snaturata dai lifting. Coco desiderava solo essere se stessa e vivere secondo le proprie scelte. Si era sempre sentita a disagio nel lussuoso ambiente di Bel Air, dove tutti l'additavano prima come la figlia di una coppia famosa, e poi come la sorella minore di un'altrettanto nota produttrice. Coco voleva vivere un'esistenza che fosse solo sua e per farlo aveva iniziato a combattere le proprie battaglie subito dopo essersi diplomata a pieni voti a Princeton e aver frequentato, l'anno successivo, la facoltà di legge a Stanford per mollare tutto in seguito. Erano passati tre anni, da allora.

Aveva promesso al padre di provare giurisprudenza e lui le aveva garantito un posto nella sua società di produzione, aggiungendo che essere avvocato l'avrebbe aiutata in quel lavoro. Purtroppo, però, Coco non voleva essere un agente né tantomeno stare alle dipendenze di suo papà. Non le interessava rappresentare autori di best seller, sceneggiatori o viziate star cinematografiche che erano l'amatissimo pane quotidiano di Buzz. Non esisteva celebrità hollywoodiana che non fosse passata da casa sua, quando era bambina, e lei non aveva alcuna intenzione di portare avanti la tradizione. In cuor suo, inoltre, Coco era convinta che fosse stato lo stress subito per quasi cinquant'anni, passati ad accontentare quella manica di pazzi viziati e pieni di assurde pretese, a portare suo padre alla tomba. Hollywood per lei equivaleva a una sentenza di morte.

Buzz se ne era andato quando lei frequentava il primo anno a Stanford. Aveva resistito ancora un po' e poi aveva mollato. La madre aveva strillato per mesi e ancora adesso le rinfacciava di vivere come una barbona in quella baracca di Bolinas. C'era stata una sola volta, ma ancora ne parlava male. Coco aveva deciso di restare nelle vicinanze di San Francisco, dopo aver abbandonato l'università. La California settentrionale le piaceva. Anche Jane abitava lì, con grande disappunto della madre, che però riusciva a vederla con più frequenza, dal momento che il lavoro portava spesso la figlia maggiore a Los Angeles. Jane aveva trentanove anni e da dieci era una delle produttrici cinematografiche più famose di Hollywood. Undici dei suoi film avevano sbancato i botteghini. Tutto questo successo faceva apparire la vita di Coco ancora più fallimentare alla madre, che portava in palmo di mano la maggiore delle figlie e si disperava per la minore, versando fiumi di lacrime. Buzz, che adorava entrambe le sue ragazze, non aveva mai saputo resistere alle scenate di Florence, alla quale non rifiutava nulla. Talvolta Coco amava credere che a lui sarebbe riuscita a spiegare i motivi delle proprie scelte, anche se in verità sapeva che non ne sarebbe stata capace e che pure suo padre, come la madre e la sorella, avrebbe guardato con delusione al suo stile di vita. Era al settimo cielo quando Coco aveva iniziato a studiare a Stanford, convinto che la figlia si sarebbe sbarazzata presto delle sue idee troppo liberali. Preoccuparsi della salvezza del pianeta e del prossimo era più che giusto, ma esagerare no. Invece, anche se lui non lo sapeva, Coco era rimasta fedele a se stessa e aveva smesso di studiare.

Il padre le aveva lasciato abbastanza da poter vivere di rendita, ma lei non aveva mai toccato un centesimo. Preferiva spendere ciò che guadagnava e spesso faceva donazioni per i bambini del Terzo mondo, per sostenere progetti a favore della salvaguardia degli animali o dell'ecologia. «Compassionevole.» Era questo uno dei mille aggettivi – non il peggiore – con cui la chiamava Jane. Ebbene sì, Coco era fatta così e forse proprio per questo le stava a cuore la statua di Kuan Yin. L'integrità che la caratterizzava era pura e la sua anima gentile e aperta al prossimo. Era un crimine? Le pareva proprio di no.

Del resto anche Jane, verso la fine dell'adolescenza, aveva causato qualche piccolo terremoto in famiglia. A diciassette anni – Coco ne aveva sei e non si era accorta di nulla –, quando frequentava il liceo, aveva annunciato ai genitori di essere omosessuale e alla UCLA (la University of California di Los Angeles), dove frequentava la scuola di cinema, si era impegnata attivamente per i diritti delle lesbiche. Quando la madre le aveva chiesto di debuttare in società e lei aveva risposto che piuttosto avrebbe preferito morire, era scoppiato un altro dramma. A parte le preferenze sessuali e la militanza, gli obiettivi di Jane erano uguali a quelli dei genitori. Il padre l'aveva perdonata quando erano giunti i primi successi e aveva dimenticato tutto con l'arrivo della notorietà. Da dieci anni Jane viveva con Liz, una sceneggiatrice famosa e dal carattere dolcissimo. Entrambe avevano deciso di trasferirsi a San Francisco in quanto la città era nota per la vasta comunità omosessuale. I loro film erano conosciuti in tutto il mondo e Jane aveva già ricevuto quattro nomination all'Oscar, pur senza averne ancora vinto uno. Quanto alla madre, ormai aveva accolto Liz a tutti gli effetti in famiglia. Solo Coco veniva considerata un problema e seguitava a farla piangere per il suo stile di vita sciatto ed eccentrico.

Invece di riflettere sulle pressioni esercitate da loro stesse nel corso degli anni, sia la mamma sia la sorella accusavano di tutta questa situazione l'uomo con cui Coco era andata a vivere dopo aver lasciato l'università. Il ragazzo in questione si era messo con lei al secondo e ultimo anno di legge e aveva abbandonato gli studi a un passo dalla laurea. Ian White era tutto quello che i suoi genitori non avevano mai desiderato per lei. Anche se intelligente, simpatico e istruito, era, secondo Jane, uno scansafatiche, proprio come Coco. Dopo aver interrotto gli studi in Australia, Ian si era trasferito a San Francisco e aveva aperto una scuola di surf e immersioni subacquee. Aveva un carattere solare e stravedeva per Coco. Assomigliava a un diamante grezzo e viveva secondo principi di assoluta indipendenza. A Coco era bastata un'unica occhiata per capire di aver trovato l'anima gemella. Due mesi dopo essersi conosciuti, erano andati a vivere insieme. Lei aveva ventidue anni. Ian, però, morì due anni più tardi, cadendo durante un'arrampicata. Finito. Tutto era finito in un istante. I sogni di un futuro con lui si erano infranti lasciandola sola con il ricordo di una convivenza e di un rapporto meravigliosi. Ian le aveva donato il cottage a Bolinas, dove lei conservava ancora la sua muta da sub e l'attrezzatura per le immersioni. Il primo anno senza di lui era stato durissimo. Jane e la madre le erano state accanto, all'inizio, ma ben presto la loro solidarietà era venuta a mancare. Il capitolo era chiuso, Ian non c'era più e lei doveva riprendere a vivere e crescere. Coco l'aveva fatto, certo, ma non nel modo che avrebbero voluto loro, e per questo, dunque, le aveva offese mortalmente.

Andare avanti era necessario e Coco aveva cercato di farlo, lanciandosi perfino in qualche appuntamento. Nessuno però era come Ian, così pieno di energia, di calore, di vita, di fascino. Trovare un uomo che lo uguagliasse non sarebbe stato facile, ma lei sperava che prima o poi sarebbe accaduto. Anche Ian non avrebbe voluto che restasse sola. Sarebbe successo, sì, ma senza fretta. Per il momento le bastava la vita serena che conduceva a Bolinas e affrontare ogni giorno così come si presentava. Del resto, non aveva una carriera da consolidare e se lo poteva tranquillamente permettere. Non le importava vivere in una casa enorme a Bel Air e non desiderava nulla di più di quanto non aveva avuto con Ian: giorni felici e notti piene d'amore. Coco non sentiva la necessità di sapere dove i suoi passi l'avrebbero condotta o in compagnia di chi. Ogni giorno era per lei una benedizione. La vita con Ian era stata perfetta ma, negli ultimi due anni, Coco aveva accettato la sua morte e imparato a vivere in pace con se stessa. Il matrimonio, i figli o l'incontro con l'uomo giusto potevano aspettare. A ventotto anni non c'era alcuna urgenza e la sua vita a Bolinas, per adesso, le bastava.

All'inizio, tanto lei quanto Ian avevano fatto un po' di fatica ad ambientarsi in quella piccola quanto originale comunità. I residenti non solo avevano deciso di vivere nella riservatezza, ma anche di sparire virtualmente, proprio come accadeva al misterioso villaggio scozzese nel vecchio film *Brigadoon*. Non esisteva neppure un cartello stradale che indicasse la strada per Bolinas né, tanto meno, la sua esistenza. La si doveva trovare da soli. Quante volte lei e Ian si erano sbellicati dalle risate su questa cosa! Negli anni Sessanta, il paese si era animato di hippy e figli dei fiori, molti dei quali vi risiedevano ancora; gente dai capelli ormai ingrigiti e con la pelle raggrinzita dal vento e dal sole, che a cinquanta o sessant'anni andava in spiaggia con il surf sottobraccio. Le uniche attività commerciali di Bolinas erano un negozio di abbigliamento che vendeva ancora lunghi abiti fiorati e capi stinti, un ristorante solitamente affollato di surfisti, un alimentari con prodotti in gran parte bio e un *head shop* dove era possibile trovare oggettistica varia e bong di ogni colore, forma e dimensione. Il paese sorgeva su una specie di piattaforma naturale in prossimità della spiaggia e una baia lo separava da Stinson Beach e dalle lussuose case costruite su quel versante. C'era qualche bella costruzione anche a Bolinas, ma la maggior parte della popolazione era costituita da famiglie, fuoricorso, vecchi surfisti e persone che, per un motivo o un altro, avevano deciso di vivere nell'ombra. A modo suo, quella di Bolinas era una comunità elitaria: l'antitesi di tutto quello che Coco e Ian si erano lasciati alle spalle volontariamente. Anche se lui ormai non c'era più, lei aveva deciso di restare e non aveva intenzione di andar via nemmeno in futuro, nonostante i rimbrotti della madre e della sorella. Come le aveva detto lo psicanalista presso il quale si era recata fino a poco tempo prima, era ancora in una fase di ribellione a dispetto dei suoi ventotto anni. Per il momento la vita era perfetta così com'era. Sul futuro non si interrogava ancora. Di una cosa era certa: non sarebbe mai più tornata a Los Angeles.

Una volta sorto il sole, Coco entrò in casa per un'altra tazza di tè e Sallie, il pastore australiano di Ian, appena saltato giù dal letto della padrona, uscì a passo lento. La salutò con un colpo di coda e sparì per la sua passeggiata quotidiana sulla spiaggia. Era un cane molto indipendente e l'aiutava nel suo lavoro. Ian le aveva raccontato che i cani di quella razza erano bravissimi nel salvataggio e possedevano un istinto eccezionale come pastori. Sallie viveva in un mondo tutto suo, e pur essendo affezionata a Coco e molto ubbidiente ai comandi, non rinunciava mai del tutto alla propria libertà.

Coco si versò un'altra tazza di tè e guardò l'orologio. Le sette. Il tempo di una doccia e via al lavoro. Alle otto doveva essere al Golden Gate Bridge e alle otto e mezzo la aspettava la prima tappa della giornata. Ci teneva alla puntualità e con i clienti era responsabile al cento per cento. Aveva imparato che successo e fatica andavano sempre a braccetto e sfruttava egregiamente le conoscenze acquisite. Svolgeva un'attività piuttosto originale, ma con la quale guadagnava abbastanza bene. Era stato Ian ad aiutarla, all'inizio, e, da tre anni a questa parte, i servizi che offriva erano talmente richiesti che Coco aveva dovuto limitarne l'offerta. Cercava di non rincasare mai dopo le quattro per poter passeggiare sulla spiaggia con Sallie prima del crepuscolo.

Le vicine di casa di Coco lavoravano entrambe in città. Una faceva l'aromaterapista e viveva con un vigile del fuoco di Stinson Beach e l'altra, agopuntrice, era sposata con un insegnante. Erano tutte persone oneste, a modo, che si davano molto da fare, e l'avevano aiutata con grande generosità in occasione della tragica scomparsa di Ian. Coco era perfino uscita con un amico del professore, un paio di volte. La scintilla non era scoccata, ma i due erano rimasti in buoni rapporti. Per sua madre, come era facile aspettarsi, le persone che frequentava Coco erano tutte hippy! Poco importava, però, visto che la figlia conduceva una vita piuttosto solitaria.

Alle sette e mezzo, dopo una doccia bollente, Coco salì sul vecchio furgoncino acquistato da Ian a Inverness, che tutti i giorni la portava in città nonostante le migliaia di chilometri che aveva accumulato. Il motore andava a meraviglia, ma la carrozzeria era inguardabile e tutta scrostata. Ian possedeva anche una moto con la quale, nei weekend, facevano qualche giro per le colline circostanti, quando non erano in barca. Coco aveva imparato a guidarla, ma adesso non la toccava più e la teneva parcheggiata nel garage dietro il cottage, incapace di separarsene. Aveva invece venduto la barca e chiuso la scuola di surf e immersione, perché non riusciva a mandarla avanti da sola.

Aprì il portellone posteriore e Sallie, eccitata, montò su con un balzo. La corsa sulla spiaggia l'aveva svegliata in vista del lavoro. Coco sorrise alla sua grossa amica gentile dal manto bianco e nero. Chi non conosceva la razza scambiava Sallie per una bastardina, senza sapere del sangue purissimo che invece le scorreva nelle vene, ma restava invariabilmente incantato dai suoi spettacolari occhi azzurri. Coco chiuse lo sportello, si sedette al volante e salutò con la mano il vicino, di rientro dal turno di notte alla stazione dei vigili del fuoco. La loro era una comunità tranquilla e nessuno si prendeva la briga di chiudere le porte a chiave, la sera.

Coco imboccò i tornanti che serpeggiavano lungo la china rocciosa sull'oceano e si diresse verso la città illuminata dal sole mattutino. La giornata si prospettava ottima e questo le avrebbe semplificato il lavoro. Alle otto in punto raggiunse il ponte. Sarebbe arrivata dal primo cliente in perfetto orario, come sempre. Non era per niente inaffidabile come la giudicava la sua famiglia, aveva solo fatto scelte di vita diverse.

Svoltò verso il quartiere di Pacific Heights e proseguì in direzione sud sulla ripida collina di Divisadero. Stava per raggiungere la Broadway quando squillò il cellulare. Era Jane.

«Dove sei?» s'informò la sorella, tesa. Quando Jane parlava, sembrava sempre che stesse per scoppiare un'emergenza nazionale o che un gruppo di terroristi avesse assaltato casa sua. Viveva in un costante stato di stress causato dal lavoro e dalla sua indole. Elizabeth, la compagna, aveva un carattere più pacato che compensava le spigolosità di Jane. Coco adorava Liz, una scrittrice quarantatreenne di grande talento che si era laureata in letteratura inglese all'università di Harvard. Prima di trasferirsi a Hollywood come sceneggiatrice, Liz aveva pubblicato un libro poco conosciuto ma molto interessante. Le sue indubbie capacità le erano già valse due Oscar. Lei e Jane si erano incontrate una decina di anni prima su un set cinematografico e da allora non si erano più lasciate, diventando una coppia solida tanto nella vita quanto nel lavoro.

«A Divisadero. Perché?» chiese Coco, un po' scocciata. Non sopportava che la sorella non le domandasse mai come stava e passasse dritta alle immancabili richieste. Era sempre stato così, fin da quando erano piccole. Jane la usava come una specie di factotum – Coco se ne era lamentata spesso anche nelle sedute dallo psicanalista – e cambiare la situazione era piuttosto difficile, sebbene seguitasse a provarci. Sallie, seduta accanto alla padrona, ne percepì la tensione e, incuriosita, la fissò con la testa inclinata da un lato.

«Bene. Ho bisogno di te, subito», disse Jane, sollevata e infastidita al tempo stesso. Coco era al corrente dell'imminente partenza della coppia per New York, dove avrebbero lavorato alla coproduzione di un film.

«A che ti servo?»

«Non so dove sbattere la testa. La ragazza che doveva guardarmi la casa mi ha appena dato buca e io parto fra un'ora!» Jane era disperata.

«Credevo che andassi via la settimana prossima», disse Coco, sospettosa, imboccando la Broadway dove la sorella viveva in una casa spettacolare con vista sulla baia. Solo i più ricchi abitavano lì, tanto che la zona era nota come la «Gold Coast». La villa di Jane era la più bella del quartiere, ma tanto lontana dai gusti di Coco, quanto lo era per la sorella maggiore il suo cottage sulla spiaggia. Sì, sembrava proprio che Jane e Coco fossero nate su due pianeti diversi.

«I tecnici del suono sono in sciopero. Liz è partita ieri notte e io devo essere sul posto entro stasera per partecipare a una riunione con i sindacati. Come faccio a lasciare Jack da solo? La madre della ragazza che doveva venire a curarmi la casa è morta, e lei non può muoversi assolutamente da Seattle perché suo padre è malato! Mi ha chiamata appena adesso per dirmi tutto, giuro! E il mio volo parte tra due ore!»

Coco ascoltò accigliata. Non aveva voglia di farsi carico di tutti gli imprevisti che capitavano a Jane tra capo e collo. Come se lei invece non avesse una vita e dovesse sempre essere pronta a scattare sull'attenti! A differenza di Jane, e forse era questa la chiave del suo successo, Coco non riusciva mai a dire di no. «No» era una parola che stentava a pronunciare e la sorella ne approfittava senza ritegno.

«Ci penserò io a portare Jack a passeggio», rispose Coco, cauta.

«Sai bene che non funzionerà», sbottò Jane. «Si deprime se resta solo di notte. Non farebbe che ululare e infastidire i vicini. Senza contare che mi serve qualcuno che dia un occhio alla casa.» Jack era un cane grosso quasi quanto il suo cottage di Bolinas, ma, se fosse stato necessario, Coco lo avrebbe portato con sé.

«Vuoi che lo prenda io fino a quando non troverai qualcuno?»

«No», fu la risposta secca di Jane. «Ho bisogno che tu stia da me.» *Ho bisogno di te...* Coco se lo era sentito dire milioni di volte. Mai un *ti spiacerebbe... potresti... saresti così gentile da... per favore, ti prego, ti prego, ti prego...* No. Niente. Sempre e solo *ho bisogno che tu...* Merda! Ecco una buona opportunità per dire di no. Coco aprì la bocca, ma non riuscì ad articolare la fatidica sillaba. Fissò Sallie che pareva osservarla incredula.

«Non guardarmi così», disse al cane.

«Cosa? Con chi stai parlando?» si affrettò a chiedere Jane.

«Lascia stare. Scusa, ripetimi perché Jack non può abitare con me.»

«Gli piace stare a casa sua e dormire nel suo letto.» Coco alzò gli occhi al cielo. Era a un isolato di distanza dal suo primo cliente, non voleva far tardi ma qualcosa le diceva che questa volta non ci sarebbe riuscita. Jane esercitava su di lei una forza magnetica, come le maree, una forza alla quale non riusciva mai a resistere.

«Anche a me», disse Coco in tono risoluto. Ma chi voleva prendere in giro? Di sicuro non Jane che, insieme con Elizabeth, sarebbe stata a New York per la bellezza di cinque mesi. «Non intendo abitare da voi per tutto il tempo che non ci sarete», aggiunse, intestardita. Le riprese, talvolta, subivano dei ritardi e, alla fine, i mesi potevano diventare anche sei o sette.

«Okay. Troverò qualcuno», fece Jane in tono di disapprovazione, come se Coco si fosse comportata da bambina cattiva. «Capisci bene, però, che non posso farlo così a ridosso della partenza. Me ne occuperò da New York. Santo cielo, se qualcuno ti sentisse, penserebbe che io ti stia domandando di vivere in una baracca di un quartiere malfamato! Ti potrebbe capitare di peggio che stare da me per cinque o sei mesi. Starai bene, vedrai, e non dovrai fare avanti e indietro.» Jane ce la stava mettendo tutta per convincerla, ma Coco era determinata a non abboccare. Detestava la casa della sorella. Sebbene fosse stata fotografata per svariate pubblicazioni di interior design, Coco non si sentiva a proprio agio in quella villa:

bellissima, impeccabile e fredda. Non c'era un angolino dove rannicchiarsi e trascorrere la notte in tranquillità. E che dire poi della pulizia? Era tutto talmente lindo che quasi si aveva paura perfino di respirare o mangiare. Liz e Jane erano maniache dell'ordine, mentre a lei un poco di ragionevole caos non dispiaceva affatto.

«Ti coprirò per qualche giorno, al massimo per una settimana. Tu, però, devi promettermi che ti impegnerai a trovare qualcuno che mi sostituisca al più presto. Non intendo traslocare per mesi a casa tua.»

«Messaggio ricevuto. Farò ciò che posso. Allora? Dimmi di sì, per favore. Quanto ci metti per venire a prendere le chiavi? Il sistema d'allarme è stato aggiornato e devo fartelo vedere. È un po' più complicato di prima e non voglio che combini casini. I pasti per Jack potrai andarli a prendere alla *Canine Cuisine*, il lunedì e il giovedì. Ah, abbiamo cambiato veterinario. È il dottor Hajimoto adesso, in Sacramento Street. La settimana prossima deve andarci per una vaccinazione.»

«Meno male che non hai bambini», fu il commento di Coco. Passare dalla sorella l'avrebbe fatta tardare sul lavoro, ma d'altra parte, se non ci fosse andata, Jane l'avrebbe fatta impazzire. «Non potresti mai allontanarti da casa.» Per Jane e Liz il loro bullmastiff Jack era come un figlio, e viveva meglio di molte persone. Mangiava pasti preparati su ordinazione, aveva un addestratore e un toelettatore che lo lavava a domicilio.

Coco imboccò la strada per raggiungere la casa della sorella e vide un taxi davanti alla porta, in attesa di portarla all'aeroporto. Coco parcheggiò, spense il motore e saltò giù, lasciando Sallie in macchina. Nei giorni a seguire si sarebbe divertita un mondo a giocare con Jack. Il bullmastiff era tre volte più grosso di lei e, se i due cani avessero deciso di rincorrersi per casa, probabilmente l'avrebbero distrutta. Forse, pensò Coco, avrebbe permesso loro di usare la piscina, una delle due cose che le piacevano della villa. L'altra era lo schermo gigante che occupava una parete intera nella camera da letto.

Coco suonò e Jane, con il cellulare incollato all'orecchio, aprì la porta. Stava litigando furiosamente con qualcuno del sindacato, ma riagganciò quasi subito. Le due sorelle si assomigliavano in modo impressionante: stessa altezza, stessi tratti affascinanti del viso. Da adolescenti, avevano fatto entrambe le modelle. La differenza più evidente era il volto spigoloso di Jane, che veniva evidenziato dai capelli lisci e biondi legati a coda di cavallo. Coco, invece, portava i lunghi capelli ondulati sciolti e il suo sorriso, che le illuminava anche gli occhi, le conferiva un aspetto più amichevole. In Jane tutto sembrava manifestare lo stress perenne in cui viveva. Nonostante il suo aspetto austero e la lingua più tagliente di un rasoio, chi la conosceva bene sapeva che era una persona brava e di buon cuore. Le sue maniere, tuttavia, erano sempre piuttosto brusche e Coco lo sapeva meglio di chiunque altro.

Jane indossava jeans neri, una maglietta dello stesso colore, una giacca di pelle scura e un paio di brillanti come orecchini. Coco aveva una T-shirt bianca, jeans attillati che ne evidenziavano le gambe slanciate, scarpe da corsa e una felpa scolorita sulle spalle. Sembrava molto più giovane della sua età. Lo stile sofisticato di Jane, invece, le aggiungeva qualche anno, ma erano entrambe molto belle e incredibilmente somiglianti al celeberrimo padre. La madre era più bassa e rotondetta, bionda come la maggiore delle figlie. I capelli ramati di Coco dovevano risalire a qualche generazione passata, considerato che quelli di Buzz erano corvini.

«Grazie al cielo sei qui!» esclamò Jane mentre il bullmastiff, arrivato di corsa, poggiava le grosse zampe anteriori sulle spalle di Coco. Il cane sapeva che stare con lei avrebbe significato qualche boccone rubato a tavola e, soprattutto, lunghe dormite nel letto king size della camera padronale, cose che le padrone gli vietavano tassativamente, imponendogli regole ferree. Perfino Jack sapeva che Coco aveva il cuore tenero e lo avrebbe fatto dormire con sé. Agitò la coda e le leccò la faccia, salutandola con più calore di quanto non avesse fatto Jane. Liz si sarebbe comportata in modo più gentile, ma era già a New York. I rapporti tra le due sorelle erano sempre stati piuttosto tesi e, nonostante l'affetto che la maggiore nutriva per Coco, se doveva spiattellarle qualcosa in faccia lo faceva senza tante remore.

Jane allungò a Coco un mazzo di chiavi e un foglio con le istruzioni per l'allarme. Ripeté la storia del veterinario, del vaccino, dei pasti di Jack e sparò a raffica un'altra dozzina d'informazioni.

«Chiama nel caso Jack dovesse avere problemi», si raccomandò alla fine. E se dovessi averli io? fu sul punto di dire Coco. No, meglio evitare. Jane non avrebbe gradito la battuta. «Cercheremo di tornare per qualche weekend, in modo da darti un attimo di respiro. Non so ancora dirti quando. Dipenderà dagli eventuali problemi con i sindacati.» Sembrava esausta già prima di partire, ma Coco conosceva bene la sua capacità di organizzare con successo anche il minimo dettaglio.

«Ehi! Aspetta un attimo!» esclamò Coco con un filo di voce. «Lo faccio solo per un paio di giorni. Una settimana al massimo. Non intendo fermarmi per tutti quei mesi», ripeté, per essere certa che non ci fossero fraintendimenti.

«Sì, certo. Credevo che ti facesse piacere abitare in una casa degna di questo nome.» Jane, invece di ringraziarla, la fissò quasi in malo modo.

«È la *tua* casa», commentò Coco. «E Bolinas è la mia», aggiunse con una serena dignità che Jane si limitò a ignorare.

«Non iniziamo a discutere.» La sorella maggiore le lanciò un'occhiata carica di sottintesi, prima di rivolgerle un sorriso. «Grazie per avermi tirato fuori da questo pasticcio, tesoro. Lo apprezzo molto. Sei la miglior sorellina del mondo.» Le dedicò un altro dei suoi rari sorrisi, che più volte erano stati sufficienti per guadagnarsi l'aiuto incondizionato della sorella, pronta a smuovere mari e monti pur di renderla felice. Sfortunatamente, per ricevere quel gesto di approvazione la parola d'ordine era una soltanto: ubbidire.

Coco avrebbe voluto chiederle perché secondo lei era la miglior sorellina del mondo. Che intendeva? Glielo aveva detto forse perché credeva che non avesse una vita? Meglio non approfondire. Si limitò ad annuire e a detestarsi per aver accettato senza troppe storie l'incarico di controllare la casa. A che valeva, del resto, opporre resistenza? Jane vinceva ogni volta. Sarebbe rimasta sempre e comunque la sorella maggiore che la batteva a qualunque tipo di gioco, quella alla quale era impossibile dire di no e che incombeva sulla sua vita in maniera più minacciosa dei loro stessi genitori.

«Non mi lasciare intrappolata qui per l'eternità», si raccomandò Coco in tono supplichevole.

«Ti faccio sapere appena posso», fu la risposta criptica della sorella, prima che si precipitasse nella stanza accanto per rispondere a due telefoni che squillavano contemporaneamente e ai quali si aggiunse anche il cellulare. «Grazie ancora», le disse da sopra una spalla. Coco sospirò e diede un'affettuosa pacca di saluto al cane. Sarebbe arrivata dal cliente in ritardo di una ventina di minuti.

«A dopo, Jack», salutò prima di chiudere la porta e dirigersi verso il furgoncino, convinta – chissà perché – che Jane non avrebbe neppure cercato un rimpiazzo.

Cinque minuti dopo, aveva raggiunto la prima tappa del giorno. Prese una cassettina di metallo dal vano portaoggetti, selezionò la combinazione per aprirla e ne estrasse un mazzo di chiavi con attaccata una targhetta con un codice numerico. Aveva le chiavi di tutte le abitazioni dei clienti, che nutrivano per lei una fiducia incondizionata. La villa dove si trovava adesso era grande quasi quanto quella di Jane, in mattoni rossi e circondata da siepi perfettamente curate. Coco raggiunse l'ingresso posteriore, disattivò l'allarme e fischiò forte. Nel giro di un paio di secondi, vide apparire un alano dal manto argentato che iniziò a scodinzolare, estasiato dalla sua presenza.

«Ciao, Henry! Come ti va la vita, ragazzo?» Coco

gli mise il guinzaglio, inserì di nuovo l'allarme, chiuse la porta e condusse il cane al furgoncino, dove Sallie lo accolse festosa, rispondendo ai latrati e alle giocose provocazioni dell'amico.

Seguirono oltre quattro tappe, in altrettante ville opulente. Uno dopo l'altro, il retro del furgoncino accolse un placido dobermann, un rhodesian ridgeback, un levriero irlandese e un dalmata. I cani dei quali Coco si occupava per primi erano sempre quelli di taglia grande, perché avevano bisogno di più esercizio. Li avrebbe portati sulla Ocean Beach, dove avrebbero potuto correre per chilometri; a volte invece preferiva puntare verso il Golden Gate Park. E, quando era necessario, Sallie la aiutava a radunare il branco. Coco faceva la dog sitter per i ricchi di Pacific Heights da tre anni e non aveva mai avuto problemi né smarrito un animale. Godeva di un'ottima reputazione nel settore e, anche se la sua famiglia riteneva quel lavoro una patetica perdita di tempo, a lei piaceva star fuori, adorava i cani e si manteneva dignitosamente. Non lo avrebbe fatto per tutta la vita, ma in quel momento le andava bene così.

Mentre stava per lasciare a casa l'ultimo dei cani di grossa taglia, squillò il cellulare. La giornata di Coco sarebbe proseguita con quelli di grandezza media e, poco prima di pranzo, con i più piccoli, che i padroni portavano fuori prima di andare al lavoro. Per ultimi, nel pomeriggio, sarebbe di nuovo toccato ai grandi. Al telefono era Jane, sull'aereo e in procinto di decollare.

«Ho controllato sull'agenda. Jack ha la vaccinazione fra due settimane», le disse in tutta fretta. Talvolta Coco si chiedeva come alla sorella non esplodesse la testa, con tutte quelle cose che ci stipava dentro. Nessun dettaglio, per quanto piccolo, le sfuggiva.

«Tranquilla. Ce la caveremo», replicò Coco, serafica. La passeggiata sulla spiaggia l'aveva aiutata a scaricare i nervi. «Divertitevi a New York.»

«Non con uno sciopero in atto.» Jane era tesa come un elastico sul punto di rompersi. Di sicuro, una volta con Liz, si sarebbe calmata. La compagna aveva un effetto distensivo su di lei. Anche per questo la coppia si bilanciava alla perfezione.

«Be', cerca di godertela lo stesso. E non dimenticare di trovare qualcuno che mi sostituisca!»

«Lo so, lo so.» Jane si lasciò sfuggire un sospiro. «Ti ringrazio ancora. È un sollievo sapere che Jack e la casa sono in buone mani.» La voce era molto più gentile della mattina. In fin dei conti, erano sempre sorelle, nonostante il loro rapporto altalenante.

«Grazie», disse Coco con un sorriso, felice dell'approvazione. Un giorno, si ripromise, avrebbe bandito una volta per tutte quel suo atteggiamento cedevole che ogni volta veniva fuori nei confronti della sorella maggiore. Per il momento, tuttavia, niente sarebbe cambiato.

Coco sapeva che per Jane e sua madre il lavoro con cui si manteneva non valeva niente ed era considerato addirittura imbarazzante. Si rendeva conto che, se avesse messo la sua vita sul piatto di una bilancia, l'ago non si sarebbe spostato di molto, ma, che la famiglia approvasse o meno, lei era felice così.

2

Alle sei del pomeriggio Coco si diresse verso casa di Jane, dopo essere andata a Bolinas per preparare una borsa con dentro magliette, jeans, un paio di scarpe sportive di riserva, biancheria pulita e una scorta di DVD dei suoi film preferiti che si sarebbe gustata sullo schermo gigante della sorella. Aveva appena oltrepassato il casello per il pagamento del pedaggio quando squillò il cellulare. Era Jane, che l'avvisava di essere arrivata in quel momento nell'appartamento che lei e Liz avevano affittato per sei mesi a New York.

«Tutto bene?» chiese Jane in tono preoccupato.

«Sto andando adesso a casa tua», la rassicurò. «Io e Jack ci godremo una cenetta a lume di candela mentre Sallie guarderà il suo programma preferito alla televisione.» Coco s'impose di non ricordare i tempi in cui, ormai più di due anni prima, lei e Ian cucinavano insieme, passeggiavano di notte sulla spiaggia o, nei weekend, andavano a pescare in barca. Allora lei aveva ancora una vita e non pensava neppure lontanamente a servire pasti personalizzati al cane della sorella. Ma era inutile rimuginarci su. Quei giorni erano ormai un ricordo lontano.

Ian e Coco avevano progettato di sposarsi l'estate in cui lui era morto, con una cerimonia semplice sulla spiaggia e, dopo, un barbecue con gli amici. Non lo aveva ancora detto alla madre, perché sapeva che si sarebbe fatta venire un accidente. La loro intenzione, dopo le nozze, era quella di tornare in Australia e aprire una scuola di immersioni subacquee. Da ragazzo Ian era stato un campione di surf. Ripensarci la faceva stare male! Dopo che le due sorelle ebbero parlato tra loro, anche Liz volle ringraziare Coco per aver accettato di badare alla casa e al cane, ma il suo tono era molto più caloroso di quello di Jane.

«Sono felice di aiutarvi, a patto che non sia per un periodo troppo lungo.» Coco ci teneva che lo sapesse anche lei.

«Troveremo qualcuno, te lo prometto», la rassicurò Liz, sinceramente grata per il suo aiuto. Al contrario di Jane, la compagna non dava nulla per scontato.

«Ti ringrazio. E New York com'è?»

«Sarebbe più gradevole senza questo sciopero. Ma sono ottimista e credo che entro stasera riusciremo a trovare un accordo.» Liz aveva un animo da mediatrice, mentre Jane era una combattente nata.

Coco fece loro un grosso in bocca al lupo e si fermò davanti alla villa. Talvolta le capitava di invidiare la relazione di Jane, seppur con gli alti e bassi che sperimentavano tutte le coppie. Era cresciuta con la consapevolezza di avere una sorella omosessuale ma questo non le aveva mai creato alcun problema, anche se si rendeva conto che per altri lo era. L'unica cosa che la disturbava di Jane era il suo modo di indurre le persone a fare quello che voleva lei. Solo Liz sembrava avere la capacità di renderla più umana, sebbene pure lei talvolta fallisse. Viziata dai genitori fin da piccola, e abituata alle adulazioni per l'indubbio talento che possedeva, Jane pensava di poter ottenere sempre quello cui mirava. Coco, al contrario, era vissuta perennemente nella sua ombra e seguitava ancora a farlo. Si era sentita diversa soltanto durante la convivenza con Ian. Forse, in quel periodo, non le importava molto di ciò che pensava la sorella, oppure si sentiva protetta dal suo uomo in una maniera quasi mistica. Aveva amato molto l'idea di partire per l'Australia. E invece eccola qui, a occuparsi di nuovo della casa e del cane di Jane. Che cosa sarebbe accaduto se Ian non fosse morto e lei avesse avuto ancora una vita? Sua sorella avrebbe dovuto trovare qualcun altro, e non l'avrebbe trattata come una Cenerentola alla quale ricorrere per risolvere qualsiasi crisi. Come si sarebbe sentita Coco se non si fosse dimostrata disponibile? Come l'adulta che era o piuttosto come la ragazzina cattiva che Jane, fin da piccola, le rinfacciava di essere? A questa domanda non aveva ancora trovato una risposta. Forse perché non voleva trovarla; era di certo più facile fare ciò che le veniva chiesto, soprattutto adesso che non c'era più Ian a proteggerla.

Coco diede da mangiare ai cani e accese il televisore. Poi si accomodò sul divano rivestito di mohair bianco e appoggiò i piedi su un tavolino da caffè laccato anch'esso di bianco. Pure il tappeto era candido come la neve e realizzato con il pelo di un raro animale del Sud America del quale non ricordava il nome. Liz e Jane avevano assunto un famoso architetto di Città del Messico e di certo la casa era bellissima, ma era di quelle che ti facevano sentire in obbligo di essere sempre ben pettinata, con le mani pulite e le scarpe nuove di zecca. Talvolta, Coco aveva l'impressione di sporcarla in maniera indelebile al solo respirare, e che la sorella se ne sarebbe accorta. Vivere lì era uno stress continuo e già le mancava da morire la confortevole «baracca» di Bolinas.

Andò in cucina alla ricerca di qualcosa da mangiare. Avendo anticipato la partenza, né Liz né Jane avevano provveduto a rifornire il frigo per la loro house-sitter. Coco trovò appena un cespo di lattuga, due limoni e una bottiglia di vino bianco. Nella dispensa c'erano invece della pasta e una bottiglia di olio d'oliva e, mentre si preparava un primo piatto semplice e un'insalata, stappò il vino e se ne versò un bicchiere. Improvvisamente, sentì i cani abbaiare, agitatissimi, in direzione della finestra. Coco lasciò tutto e andò a vedere che cosa stava accadendo. Due procioni passeggiavano in giardino. Ci volle più di un quarto d'ora perché le bestiole se ne andassero e i cani tornassero tranquilli. Solo allora sentì puzza di bruciato. Qualcosa doveva aver preso fuoco! Corse su e giù per la casa in cerca del guasto, ma non trovò nulla. Alla fine, seguendo la scia arrivò in cucina. L'acqua nella pentola era evaporata, la pasta si era incrostata sul fondo e il manico della casseruola si era parzialmente fuso, causando quell'odoraccio.

Merda! Coco spostò la pentola nel lavello, aprì il rubinetto e ci fece scorrere sopra dell'acqua fredda. Attivato dalla nube di fumo, un allarme iniziò a suonare. In men che non si dica, prima che avesse il tempo di chiamare la sicurezza, si ritrovò due camion dei vigili del fuoco, arrivati a sirene spiegate, davanti alla porta d'ingresso. Stava raccontando, mortificata, l'accaduto, cercando di non prestare attenzione ai cani che abbaiavano contro gli intrusi, quando squillò il cellulare. Era Jane.

«Che succede? Mi ha chiamata la sicurezza. È scoppiato un incendio?» chiese la sorella in preda al panico.

«Non è niente.» Coco ringraziò e salutò i vigili, prima di chiudere la porta. Doveva resettare l'allarme ma non era certa di ricordarsi come fare. Eppure non le andava di chiedere a Jane. «Ho solo bruciato la pasta. In giardino c'erano due procioni che hanno fatto andare i cani su di giri. Mi sono scordata di avere i fornelli accesi.»

«Gesù, avresti potuto incendiare la casa.» A New York era mezzanotte passata. Lo sciopero era stato scongiurato, ma Jane pareva esausta.

«Posso sempre tornare a Bolinas», si offrì Coco.

«Scordatelo. Cerca solo di non ammazzarti e di non dare fuoco a tutto.» Jane le ricordò come resettare l'allarme e, qualche minuto dopo, Coco sedeva nel mezzo della grande cucina con i piani in granito nero immacolato e mangiava la sua insalata. Era stanca, affamata e aveva nostalgia di casa sua.

Terminata la cena, sistemò piatti e posate nella lavastoviglie, gettò la pentola col manico bruciato, spense le luci e salì al piano superiore, in camera da letto, seguita dai due cani. Solo lì si accorse che una foglia d'insalata era rimasta appiccicata sotto la suola di una scarpa. Si sdraiò per terra, oppressa dalla sensazione di essere come un elefante in un negozio di porcellane. Le accadeva sempre di sentirsi maldestra tra quelle mura, quando entrava, in un certo qual modo, nell'orbita della sorella. Non era il suo ambiente. Si alzò, si tolse le scarpe e si lasciò cadere, sfinita, sul letto, dove Sallie e Jack la raggiunsero un istante dopo. Coco scoppiò a ridere. Jane l'avrebbe uccisa, se avesse assistito a una scena del genere.

Scelse un DVD e si mise comoda per vederlo. In casa aleggiava ancora una leggera puzza di bruciato. Avrebbe dovuto ricomprare la pentola, pensò, prima di addormentarsi a metà del film e sognare Ian e Bolinas.

Il mattino seguente si svegliò perfettamente ritemprata e, dopo essersi preparata, decise di non passare in cucina per un tè, ma di andare subito dal primo cliente portando con sé i due cani. La sorella, per fortuna, non l'aveva chiamata.

Dopo i soliti giri al Presidio, al Golden Gate Park e a Crissy Field, alle quattro tornò a casa e si godette un bel bagno nella Jacuzzi. Quella sera aveva deciso di non cucinare, perciò, mentre guardava un altro dei suoi film preferiti, ordinò del cibo cinese. Nell'istante in cui stava cominciando a mangiare manzo speziato e involtini primavera, la madre le telefonò da Los Angeles. Jack e Sallie, fermi accanto al tavolo della cucina, la fissavano sbavando in attesa di un boccone.

«Ciao, mamma», rispose Coco con la bocca piena, dopo aver riconosciuto il numero sul display. «Come va?»

«Benissimo, anche grazie al pensiero di saperti in una casa degna di questo nome e non in quella specie di topaia a Bolinas. Sei fortunata che tua sorella ti abbia dato il permesso di stare lì.»

«Veramente la fortunata è lei, considerato che ho

accettato di badare alla casa con soli cinque minuti di preavviso», replicò Coco, incapace di trattenersi. Jack afferrò un involtino e lo ingoiò in un solo boccone. Jane l'avrebbe uccisa anche se avesse assistito a questa scena, pensò Coco, spingendo il piatto in mezzo al tavolo.

«Non essere sciocca», la rimbrottò la madre. «Non hai niente da fare ed è un'ottima cosa che tu possa stare lì. Quella casa è meravigliosa.» Su questo non c'era niente da obiettare, anche se Coco aveva l'impressione di vivere perennemente su un set. «Dovresti trovarti una sistemazione in città, un lavoro decente, un uomo e dovresti anche riprendere gli studi.» Eccoli lì, i soliti argomenti. La madre e la sorella avevano una miriade di opinioni sulla sua vita e le esprimevano senza alcuna remora. Loro erano i giudici, e Coco la personificazione di tutto quello che c'era di sbagliato.

«Allora, mamma. Come stai?» Era più semplice che a parlare fosse sua madre. Di se stessa, naturalmente, visto che era il suo unico argomento di interesse.

«Ho iniziato un nuovo libro», replicò tutta contenta. «Il soggetto mi piace molto. È la storia di un generale nordista e di una donna del Sud durante la guerra civile. I due si innamorano, ma vengono separati. Quando lei rimane vedova, uno degli schiavi al quale è più affezionata la aiuta a fuggire al Nord per ritrovare quell'amore. La donna è senza soldi, il generale la cerca disperatamente ma invano, mentre lei, alla fine, ritrova la compagna dello schiavo. Sono due storie in una, e scriverla mi diverte molto.» Coco sorrise. Aveva sentito racconti del genere fin da quando era piccola. Le piacevano i libri di Florence ed era orgogliosa di lei, anche se da bambina tutto quel successo la imbarazzava. Allora, le sarebbe piaciuto avere una madre come le altre, una che infornasse biscotti e la accompagnasse in piscina, non una scrittrice famosa. Con il passare del tempo si era abituata, ma una mamma casalinga era sempre rimasto il suo sogno, e aveva sempre invidiato chi ne aveva una. La sua, invece, o scriveva o rilasciava interviste. Era una star in tutto e per tutto.

«Ho visto che il tuo ultimo romanzo è già primo in classifica», disse Coco, fiera. «Non sbagli un colpo, eh, mamma?» aggiunse in tono vagamente nostalgico.

«Ci provo, tesoro. Impazzisco per l'inebriante profumo del successo.» Rise. Tutti i Barrington lo amavano: sua madre, suo padre e sua sorella. Spesso Coco si chiedeva come sarebbe stato crescere in una famiglia «normale», una di dottori o insegnanti, una con il papà assicuratore. Anche la maggior parte degli amici di Los Angeles erano figli di persone famose. Coco aveva frequentato la Harvard-Westlake School, una delle migliori della città, e molti suoi compagni avevano come genitori produttori, registi, attori, ed essi stessi da adulti avevano raggiunto la notorietà. Los Angeles era un mondo di leggende. Purtroppo, però, c'era pure chi era morto suicida, chi in un incidente d'auto perché guidava ubriaco, chi intossicato dalla droga. Cose del genere accadevano anche ai poveri, ma avevano una frequenza maggiore tra i ricchi e famosi. Era come un doloroso pedaggio da pagare per il loro stile di vita. I suoi genitori non si erano mai posti il problema che Coco, crescendo, si potesse rifiutare di seguire le regole di quel mondo, ma lei lo aveva fatto e si era chiamata fuori.

«Forse adesso che sei in città per occuparti della casa di Jane, potresti iscriverti a qualche corso e riprendere gli studi», suggerì Florence, toccando l'argomento in modo fintamente casuale. La solita solfa!

«Che genere di corso, mamma?» s'informò Coco, tesa. «Pianoforte? Chitarra? Macramè? Cucina? Composizioni floreali? Sono soddisfatta di ciò che faccio.»

«Sarà ridicolo vederti portare a passeggio i cani altrui a cinquant'anni», replicò la madre, calma. «Non sei sposata e non hai figli. Non puoi pensare per tutta la vita a come riempire il tuo tempo! Hai bisogno di obiettivi concreti. Che ne diresti di una scuola d'arte? Un tempo ti piaceva.» Era patetico! Perché non la lasciavano in pace? E perché Ian... Pensarci non sarebbe comunque valso a niente.

«Non ho il tuo talento, mamma, o quello di Jane. Non so scrivere libri né fare film. Quanto ai figli, forse un giorno li avrò. Nel frattempo conduco una vita dignitosa.»

«Non sei costretta a vivere una 'vita dignitosa'! E non devi pensare che dei bambini possano essere il coronamento della tua esistenza, perché una volta cresciuti se ne andranno. Hai bisogno di qualcosa che realizzi te stessa. I figli ti occupano intensamente ma solo per un periodo e un marito... può morire o lasciarti. Devi fare qualcosa per te, Coco. Sarai molto più felice quando avrai trovato la tua strada.»

«Sono felice, adesso. Ecco perché vivo qui. A Los Angeles mi sentirei in trappola.» Coco udì la madre sospirare. Il loro, purtroppo, era un dialogo tra sordi. Nessuna ascoltava le ragioni dell'altra. Era quasi comico sapere che il suo lavoro di dog sitter era fonte di insicurezza per la famiglia e questo aspetto del loro rapporto la feriva.

Parlare con la madre la deprimeva. Le faceva provare un senso di inferiorità che forse non l'avrebbe mai abbandonata. Riagganciò e mangiò un altro involtino cinese. A Bolinas viveva d'insalata e pesce fresco che acquistava al mercato. Era troppo pigra per andare a fare la spesa a San Francisco, e la cucina high-tech della sorella, così simile a una navicella spaziale, la intimidiva. Era molto più pratico ordinare a domicilio. Quando salì in camera da letto e mise su un film, stava ancora pensando alla madre. Jack, pimpante, si sdraiò accanto a lei senza neppure essere invitato e appoggiò la testa sul cuscino, mentre Sallie le si accucciò ai piedi con un sospiro di soddisfazione. Entrambi iniziarono a russare nel giro di pochi minuti, lasciando che Coco si godesse la sua commedia romantica preferita, che aveva visto almeno una mezza dozzina di volte e della quale pareva non stufarsi mai. Solo una volta finito il film si accorse di aver ricevuto un SMS. Era di Jane. Immaginò che si trattasse di qualcosa per Jack. Negli ultimi giorni ne aveva ricevuti dozzine: per la casa, il cane, il giardiniere, il sistema di sicurezza, la donna delle pulizie. Presto, pensò Coco, quando gli impegni col film fossero stati più pressanti, Jane avrebbe smesso di inviarle messaggini ogni cinque minuti. A differenza dei precedenti, tuttavia, questo era più personale: la sorella le annunciava che una conoscenza sua e di Liz avrebbe trascorso il weekend a casa loro. Ottimo! Per un attimo si chiese se potesse chiedere a Jane di tornare a Bolinas e di lasciare tutto nelle mani dell'ospite, ma considerò che la sola proposta l'avrebbe infastidita.

Il messaggio diceva: «Leslie si sta nascondendo dalla sua ex, una psicotica con intenzioni omicide. Verrà tra sabato e domenica e si tratterrà per un paio di giorni. Sa del posto in cui nascondiamo le chiavi e conosce il codice dell'allarme. Grazie. Baci da Liz e me». Leslie? Non ricordava nessuna Leslie tra le amiche della sorella. Probabilmente faceva parte della cerchia di Los Angeles. Il nome era più esotico di quelli della maggior parte delle loro amiche, tutte donne di mezza età intelligenti e creative, ma impegnate in relazioni stabili come la loro e senza alcuna tendenza a cercare amanti omicide. Considerato che Leslie era in possesso di codice e chiavi, Coco non se ne preoccupò oltre. Mise su un secondo DVD e andò a dormire alle tre. Il mattino dopo, non prima di mezzogiorno, doveva occuparsi solo di due cani, e aveva perciò deciso di riposare un po' più a lungo.

Si svegliò alle dieci di una meravigliosa giornata di sole. Nella baia, un gruppetto di barche a vela si stava preparando per una regata. La scena le ricordò quanto le mancasse la sua casa a Bolinas. Pensò che avrebbe potuto farci un salto per controllare la posta e correre sulla spiaggia con i cani.

Si stiracchiò, fece uscire Sallie e Jack in giardino e lasciò una vetrata accostata per farli rientrare. Poi si diresse in cucina per la colazione. Non aveva ancora avuto tempo di fare la spesa e stava riflettendo se mangiare i rimasugli della cena cinese o i waffle trovati nel congelatore, quando si accorse di aver lasciato gli avanzi della sera prima vicino al lavello. Optò per i waffle e li mise nel microonde. Trovò dello sciroppo d'acero in frigo e, quando si voltò per posarlo sul tavolo, vide Jack che, le zampe anteriori sull'acquaio, stava allegramente abbuffandosi di manzo piccante. Di sicuro non avrebbe tardato a risentirne. Coco lo cacciò via e il poveretto, dopo aver abbaiato un po' in segno di protesta, alla fine si sedette accanto al tavolo per guardarla mangiare; Sallie era accanto a lui ed entrambi la osservavano con occhi pieni di speranza.

«Siete davvero dei maiali, voi due», li rimproverò Coco. I lunghi capelli ramati le ricadevano sulle spalle. Indossava la sua camicia da notte preferita, con dei cuoricini, e portava un paio di calzini di lana rosa, perché di notte i piedi le diventavano freddi come due pezzi di ghiaccio. Sembrava una bambina, a vederla seduta lì, con i cani che fissavano i waffle sparirle in bocca. «Uhmmm! Deliziosi!» rise lei, mentre Jack piegava la testa prima da un lato e poi dall'altro. «Che hai da guardare? Il cibo cinese non ti è bastato? Se continui così starai male», lo rimproverò. Finiti i waffle, si alzò per riporre in frigo lo sciroppo d'acero. Notò che ne era colato un po' lungo i bordi e che avrebbe dovuto pulire il barattolo – Jane lo avrebbe fatto immediatamente – ma decise di rimandare. Alla fin fine non c'era nessuno a controllarla, e lei doveva prepararsi in fretta per andare dai due clienti previsti per la giornata. Era quasi arrivata al frigo, quando Jack fu sopraffatto dall'odore di quella prelibatezza, e le saltò addosso. La bottiglia le cadde di mano frantumandosi in mille pezzi sul pavimento di granito, e il contenuto si sparse dappertutto. Jack allora si avventò sullo sciroppo per leccarlo, incurante dei pezzi di vetro, mentre Coco lo afferrava per tirarlo via; Sallie, date le sue origini di guardiana di greggi, iniziò a girar loro intorno abbaiando come un'ossessa. Coco stava ancora trattenendo Jack, quando scivolò e cadde su una grossa chiazza di sciroppo. Fortunatamente aveva evitato i vetri. Jack continuava a tirare e ad abbaiare, ma Coco riuscì ad averla vinta, anche se alla fine, tra una risata e l'altra, si ritrovò impiastricciata fino ai capelli. Solo quando si alzò si accorse dell'uomo che stava osservando la scena dalla soglia della cucina. Eccitati per il trambusto causato dall'incidente, neppure i cani avevano avvertito la sua presenza, ma, non appena lo ebbero adocchiato, iniziarono ad abbaiare furiosamente, zittendosi solo quando la ragazza li richiamò. Terrorizzato da Jack e Sallie, e confuso dalla presenza di Coco, lo sconosciuto indietreggiò.

«Chi è lei?» chiese Coco, seria. L'uomo indossava un paio di jeans, una maglia con il collo alto e un giubbotto di pelle nera. Non aveva l'aria dello scassinatore, ma Coco non riusciva a spiegarsi come diavolo avesse fatto a entrare. Lei era in piedi di fronte a lui, sporca di sciroppo d'acero, mentre lo sconosciuto si sforzava visibilmente di non ridere per le acrobazie cui aveva appena assistito. La ragazza assomigliava a una domatrice di leoni, con quei lunghi capelli ramati e scompigliati, la camicia da notte e i calzini impiastricciati. Per non parlare dell'enorme cane che lei tratteneva per il collare e che gli abbaiava contro, mentre l'altro le girava intorno agitato. Lo sconosciuto sentiva nell'aria l'odore dolciastro dello sciroppo e lo vedeva luccicare perfino tra i capelli della donna. Non poté fare a meno di notare quanto fosse carina e che non doveva avere più di vent'anni.

«Cos'era, una lotta per accaparrarsi il cibo?» chiese facendole l'occhiolino. «Peccato che me la sia persa. Adoro questo genere di cose. Sono l'ospite che alloggerà qui per qualche giorno, oppure un rifugiato, decida lei come definirmi.» Le mostrò le chiavi e Coco trattenne il respiro. No, impossibile! La sorella le aveva parlato di una donna, non di un uomo. Oppure si trattava di un altro ospite? Poi, all'improvviso, tutto le fu chiaro: quell'accento così *british*... Oh, santo cielo! Stava forse sognando? Lo aveva visto per due volte di seguito sul megaschermo della sorella.

«Oh, merda... mio Dio... non puoi essere tu...» balbettò. Invece sì. I pezzi del puzzle si incastrarono uno per volta. Leslie. Non era una donna. Si trattava di Leslie Baxter, il famoso sex symbol e divo cinematografico inglese. Perché Jane non glielo aveva detto esplicitamente? Guardandolo, Coco arrossì e lui sorrise proprio come faceva nei film. Lo aveva visto una miriade di volte e adesso... era qui.

«Sì, temo di essere proprio io», replicò lui quasi scusandosi e guardando poi il disordine in casa. «Suppongo che dovremmo fare qualcosa.» Coco annuì, ammutolita.

«Credi di riuscire a portar fuori i cani?» gli chiese, indicandogli la vetrata aperta che dava sul giardino. «Così potrei pulire.»

«Lo farei», rispose lui esitando, «se i cani non mi terrorizzassero. Facciamo cambio. Tu ti occuperai di loro e io troverò un Hoover per mettere in ordine.» Coco rise. Anche Ian chiamava l'aspirapolvere con il nome della marca. Sì,

Leslie era un vero inglese! Ma pensare di usare un'aspirapolvere per lo sciroppo d'acero era pura fantascienza!

«Non importa.» Coco ordinò ai cani di seguirla e ritornò quasi subito da sola. Raccolse i frantumi di vetro aiutandosi con dei tovaglioli di carta e si sfilò i calzini per non scivolare. Era un miracolo che nessuno si fosse ferito. Poi iniziò a pulire il pavimento con degli strofinacci talmente immacolati da sembrare nuovi, mentre Leslie l'aiutava sporcandosi perfino le costose scarpe scamosciate. Lui le rivolse un sorriso, trattenendosi dallo scoppiare a ridere fragorosamente.

«Suppongo che tu non sia la domestica», le disse mentre pulivano, con la montagna di stracci appiccicosi che cresceva in altezza. «Sei un'amica di Liz e Jane?» Evidentemente, quando si era sentito con Jane, lei non gli aveva detto che in casa avrebbe trovato un'altra persona. Era chiaro che non era una ladra, né poteva essere un'intrusa che aveva trascorso lì la notte, con quel buffo indumento addosso. Una ladra non si sarebbe mai sognata di fare una sostanziosa colazione prima di saccheggiare la villa.

«Bado al loro cane», rispose Coco imbrattandosi ancora di più i capelli, sebbene lui cercasse di aiutarla a pulirseli. Era impossibile non notare quanto fosse bella. La camicia da notte le si era attaccata addosso e l'effetto era davvero affascinante. «Jane mi ha scritto un SMS dicendo che sarebbe arrivato qualcuno di nome Leslie. Non ha detto che si trattava di un uomo e io ho pensato a un'amica omosessuale in fuga da un'amante con tendenze omicide.» Lo guardò imbarazzata per aver parlato tanto e in quel momento notò una brutta ferita su una guancia del nuovo arrivato. «Scusa... non avrei dovuto dirlo... Credevo che tu fossi una donna.»

«Io, invece, credevo di non trovare nessuno», ammise Leslie che, nel frattempo, si era sporcato anche lui i capelli. Erano di un castano scuro tendente al nero, ma ciò che più colpiva del suo volto erano gli occhi azzurri, davvero stupendi. Lui, a sua volta, aveva notato che quelli di Coco erano verdi. «Be', hai ragione solo per metà. Sto scappando da una ex impazzita e sono un amico, non omosessuale, di Jane e Liz», sembrò di nuovo scusarsi. Poi la guardò incuriosito e non riuscì a trattenersi dal chiedere: «E tu?»

«Vuoi sapere se sono in fuga da un amante omicida? No. Come ti ho detto, mi prendo cura del cane. Oh...» aggiunse, dopo aver colto l'allusione dell'ospite. «Neppure io sono omosessuale. Jane è mia sorella.» Leslie si accorse solo allora della somiglianza tra le due, somiglianza che non aveva notato prima per lo stile completamente diverso da quello di Jane. Era stato divertente vedere Coco con quella vecchia camicia da notte, seduta in una pozza di sciroppo d'acero e attorniata da due cani. Era rimasto colpito da lei quanto terrorizzato dalle due bestie. Jane gli aveva detto che la casa era vuota. Vuota? Quella non era propriamente la sua definizione di «vuoto».

«Come mai hai avuto la fortuna di essere scelta come dog sitter?» Quella ragazza lo intrigava parecchio e per di più adesso il marasma era quasi del tutto sotto controllo, sebbene i piedi rimanessero attaccati al pavimento che sembrava cosparso di mastice.

«Sono la pecora nera della famiglia.» Coco abbozzò un timido sorriso e lui scoppiò a ridere. Era giovane e molto carina. Evitare di guardare la camicia da notte che le aderiva al corpo era uno sforzo sovrumano.

«E cosa fa una pecora nera? Esagera con l'alcol? Si droga? Ha uno stuolo di fidanzati poco raccomandabili? Ha mollato il college?» La sorella di Jane sembrava una liceale, ma Leslie era quasi certo che non lo fosse.

«Peggio. Ho abbandonato la facoltà di legge, e questo è un vero e proprio peccato mortale per i miei... Sono una dog sitter di professione. Vivo in un cottage sulla spiaggia e per Jane e mia madre sono una hippy fallita, una nullità. Per farla breve, una che non si impegna in nulla.» Coco lo aveva detto ridacchiando e, per la prima volta dopo tanto tempo, non le parve che il suo modo di essere fosse così terribile, forse perché lui la stava fissando divertito.

«Non ci vedo niente di strano. Legge deve essere pallosissima. Quanto a fare la dog sitter, hai coraggio da vendere, perché a me farebbe paura. Anch'io sono una pecora nera. Ho lasciato il college per la scuola di recitazione. Mio padre ne ha fatto un dramma, ma, quando si è reso conto che guadagno più di quanto avrei percepito come bancario, mi ha perdonato. Devi solo dare tempo al tempo e tutto si sistemerà. Forse dovresti minacciare i tuoi di scrivere un libro su di loro nel quale riveli i segreti di famiglia. O vendere foto che li ritraggono in situazioni imbarazzanti. Il ricatto potrebbe essere un'ottima arma. Hai un cottage sulla spiaggia, hai detto? Non vedo niente di male nel vivere in riva al mare. A Malibu la gente paga un sacco di soldi per averne uno, e sono tutte persone rispettabili, se non addirittura invidiate. No, come pecora nera non sei affatto convincente.»

«Per loro sì, te lo assicuro.»

«Con quella cosa addosso non posso dire se sei o meno una hippy.» Leslie indicò la camicia da notte e solo allora Coco si rese conto che le aderiva al corpo, mostrando le forme. «Forse sarà meglio che ti cambi e indossi la tua tenuta da lavoro», le suggerì con discrezione. «Nel frattempo io laverò il pavimento.» Leslie si mise alla ricerca di secchio e straccio e quando li trovò si voltò a guardarla. Coco gli sorrise. Quel ragazzo aveva un piacevole senso dell'umorismo e un fare alquanto timido. Era così diverso da tutte le star del cinema che conosceva!

«Vuoi mangiare qualcosa?» gli chiese.

«Sì, ma nulla che implichi lo sciroppo d'acero. A proposito, con cosa lo hai mangiato?» s'informò lui con un certo interesse.

«Waffle», rispose Coco dalla soglia della cucina.

«Peccato averli mancati.»

«C'è mezzo cespo di lattuga in frigo.»

Leslie scoppiò a ridere e cominciò a riempire d'acqua il secchio. «Aspetterò. Più tardi andrò a fare un po' di spesa. E prenderò anche una bottiglia di sciroppo.»

«Grazie», disse Coco, prima di tornare di sopra e lasciarsi dietro una scia di impronte. Quando tornò, con i capelli ancora bagnati per la doccia appena fatta, indossava jeans, T-shirt e scarpe da tennis. Leslie le offrì una tazza di caffè che lei rifiutò. «Bevo solo tè.»

«Non ne ho trovato.» Stanco, si sedette a tavola. Sembrava reduce da un periodo piuttosto movimentato e la ferita al volto era recente.

«Siamo a secco di tutto. Rientrando a casa farò un

po' di rifornimento. Devo andare a lavorare, adesso, il sabato mi occupo solo di due cani.»

Leslie la guardò affascinato, come se fosse stata un'incantatrice di serpenti. «Sei mai stata morsa?»

«Solo una volta in tre anni, da un chihuahua minuscolo. I cani grossi sono sempre dolcissimi.»

«Posso sapere il tuo nome, visto che tua sorella non mi ha detto nulla di te? Il mio lo conosci già.»

«Mamma ci ha chiamate come due delle sue scrittrici preferite. Jane è un omaggio alla Austen. Il mio a Colette, ma per tutti sono Coco.» Gli strinse la mano con aria divertita. Era una ragazza incantevole.

«Colette ti starebbe a pennello», commentò Leslie, pensieroso.

«Adoro i tuoi film», disse lei con un filo di voce, sentendosi quasi stupida. Aveva conosciuto centinaia di celebrità in vita sua, ma stare seduta di fronte al suo attore preferito, nella cucina della sorella, la intimidiva. Aveva avuto una cotta per Leslie per anni, ma mai e poi mai glielo avrebbe confessato. E adesso eccolo lì. Avrebbero diviso la stessa casa per qualche giorno e avrebbe dovuto trattarlo come una persona reale.

«Grazie per il complimento. Alcune storie sono terribili, altre no. Personalmente non guardo mai i film in cui recito. Mi trovo imbarazzante o ridicolo.»

«Segno che sei un grande attore», replicò Coco, convinta. «Lo diceva sempre mio padre. Chi pensa di essere magnifico non lo è mai. Neppure Sir Laurence Olivier amava le sue performance.»

«Questo mi rassicura molto.» Leslie la guardò con occhi

stanchi e bevve un sorso di caffè. Le notti insonni che gli aveva fatto passare la sua ex iniziavano a farsi sentire. Moriva dalla voglia di buttarsi su un letto e dormire, ma non voleva sembrare scortese verso Coco. «Lo hai conosciuto?»

«Era un amico di papà.» Leslie sapeva chi erano i genitori di Coco e comprendeva la loro delusione circa le scelte della figlia minore, come del resto lo capiva lei stessa. Coco proveniva da una famiglia famosa, ma aveva deciso di non far parte di quel mondo, al contrario di Jane. La ragazza con i capelli ramati e gli occhi verdi che aveva di fronte era di tutt'altra pasta. Un'anima gentile. Lo si vedeva dallo sguardo e dai modi.

Coco intuì la spossatezza del suo interlocutore e lo invitò a seguirla. Grato, Leslie si lasciò accompagnare nella stanza degli ospiti, accanto alla suite patronale. Lì, di tanto in tanto, dormiva Liz, quando scriveva fino a notte fonda. La stanza era ampia e con un'incantevole vista sulla baia, ma l'attenzione di Leslie era concentrata esclusivamente sul letto. Aveva bisogno solo di fare una doccia e dormire per i cento anni a venire.

«Farò un po' di spesa, così al tuo risveglio troverai qualcosa da mangiare, se avrai fame», disse Coco, gentile.

«Grazie. Ci vediamo più tardi.»

Coco scese al pianterreno, fece rientrare i cani in casa e montò sul suo sgangherato furgoncino. Leslie, dalla finestra, la guardò partire e sorrise. Che ragazza divertente, semplice e deliziosa. Una vera e propria ventata d'aria fresca, dopo l'incubo appena vissuto.

3

Come ogni sabato, Coco passò a prendere il barboncino nano e il pechinese e, terminato il lavoro, andò a fare la spesa. Fosse stato per lei, avrebbe vissuto di lattuga e take away, come faceva ormai da due anni, ma con un uomo in casa si sentiva obbligata a un rifornimento più consistente. Di sicuro, Jane si aspettava che la sorella trattasse l'ospite con grandi attenzioni. Leslie sembrava una persona perbene. Ancora non riusciva a credere di abitare sotto lo stesso tetto con lui, e non perdonava a Jane di essere stata così vaga sulla faccenda. In fin dei conti, quello non era un «Leslie» qualunque! La sua compagnia le avrebbe movimentato un po' le giornate, anche se, considerata la fobia che aveva per i cani, era impensabile lasciargli Jack e andare a trascorrere il weekend a Bolinas, come aveva sperato all'inizio.

Rientrò a casa alle tre del pomeriggio, con la spesa, una copia del *Sunday* e alcune riviste per lui. Doveva comportarsi nel migliore dei modi, dopo l'accoglienza un po' movimentata a base di sciroppo d'acero e frammenti di vetro sparsi dappertutto. Il fatto che lui l'avesse aiutata a ripulire le aveva fatto un'ottima impressione.

Un insolito silenzio la accolse quando entrò in casa. Di sicuro Leslie stava ancora dormendo, e a quanto pareva anche i cani avevano deciso di imitarlo. Andò in cucina per sistemare la spesa, ma dopo pochi istanti trasalì nel veder entrare Leslie. Indossava una maglietta bianca, jeans e un paio di elegantissime scarpe scamosciate color cuoio. Ian aveva solo sandali Teva, scarpe da tennis e scarponi da trekking, tutte calzature utili per le sue attività all'aperto, e Coco condivideva questa scelta. Altro che le scarpe della madre, che col passare degli anni avevano i tacchi sempre più alti!

«Già sveglio?» gli chiese sorridendogli, mentre terminava di sistemare gli ultimi acquisti.

«Non ho dormito affatto», replicò Leslie, sotto lo sguardo esterrefatto della ragazza.

«Cosa è successo?»

«Qualcuno mi ha battuto sul tempo.» La invitò a seguirlo in camera da letto. Preoccupata, Coco gli andò dietro. Le sembrava improbabile che Jane avesse invitato qualcun altro senza avvertirla. Non appena raggiunse la soglia della stanza degli ospiti, proruppe in una risata: Jack aveva approfittato del fatto che Leslie si fosse diretto a fare una doccia per sdraiarsi sul materasso; russava beatamente, la testa appoggiata sul cuscino. Di Sallie neppure l'ombra. «Non me la sono sentita di mettermi a discutere. Ho dato un'occhiata, per curiosità, in camera tua. L'altro cane era lì.»

«Sì, Sallie è il mio cane», ridacchiò Coco. «Jack, invece, è il padrone di casa. Mia sorella non gli permette di salire sui letti, ma quando ci sono io sa che può approfittarne.» Si avvicinò al bestione, lo svegliò e lo fece scendere dal letto. Infastidito per l'interruzione del placido sonnellino, Jack raggiunse Sallie sul letto della stanza padronale. «Mi spiace. Devi essere distrutto», si scusò Coco.

«Mi sono appisolato un po' sul divano. Lo ammetto, sul letto sarei stato più comodo, ma ieri notte ho dormito in macchina. E la sera prima da un mio amico. Los Angeles è troppo piccola, al momento, per essere abitata da me e dalla mia ex. È una pazza scatenata.» D'istinto, Leslie si toccò la guancia ferita. «È una star di alto livello e ben allenata, tanto da rifiutare di avere una controfigura nelle scene d'azione.» Coco sapeva dai tabloid di chi stava parlando, ma apprezzò la discrezione di lui nel non dire il nome. «Circa sei mesi fa, ho affittato la mia casa per un anno e mi sono trasferito da lei. Dovrò trovare un altro posto dove andare, una volta recuperate le mie cose. Mai, mai più mi farò coinvolgere in una situazione del genere.» Accennò un sorriso. «È la prima volta che una donna mi picchia. Mi ha quasi ucciso, lanciandomi addosso quel fon. Ho deciso che era arrivato il momento di cambiare aria solo quando mi ha minacciato con una pistola. Mai discutere con una psicopatica armata.» Sebbene fingesse noncuranza, pareva ancora sconvolto.

«Cos'è che l'ha portata a tanto?» chiese Coco, cauta. Quanta eccitazione nella vita di Leslie, al contrario della sua. Ian era stato l'uomo più gentile, buono e rispettoso del mondo. Era stata con altri ragazzi prima di lui, ma le sue storie non si erano mai concluse in modo violento. Ricordava però i racconti del padre a proposito di suoi clienti famosi vittime di stalking.

«Non saprei dirtelo con esattezza. Voleva sapere con quali delle mie comprimarie fossi uscito e dopo si è fatta prendere da un attacco di gelosia, sebbene continuassi a ripeterle che era tutto finito. Ma lei insisteva che al prossimo film avrei fatto la stessa cosa e ha dato in escandescenze. Ha qualche problema con l'alcol, così, quando mi ha minacciato di morte telefonicamente, le ho creduto e ho lasciato la città.»

«Forse dovresti stare un po' più a lungo di un weekend», commentò Coco, seria. Conosceva bene, e la detestava, la follia che imperava a Los Angeles o Hollywood. Per lei quello era un prezzo troppo alto da pagare per accaparrarsi la fama. «Armi e alcol non sono granché come accoppiata.» Leslie annuì. Ancora sconvolto, aveva chiamato Jane per raccontarle l'accaduto. Lei conosceva quell'attrice perché avevano lavorato insieme, e avrebbe potuto dargli un giudizio spassionato, aiutarlo a valutarne l'effettiva pericolosità; poi, quando l'amica gli aveva offerto rifugio a San Francisco, non si era lasciato sfuggire l'occasione. Meglio evitare per un po' altri incontri ravvicinati con la pazza che, a detta di Jane, era ancor più pericolosa di quanto lui avesse immaginato.

«Non mi era mai successo niente del genere.» Leslie era davvero imbarazzato. «Le mie storie si sono sempre chiuse civilmente, sono in ottimi rapporti con le mie ex. Nessuna di loro ha mai voluto uccidermi... per quanto ne so», aggiunse in tono incredulo.

«Hai avvisato la polizia?»

Leslie scosse la testa: «Se lo facessi, la cosa finirebbe sui giornali e la situazione peggiorerebbe».

«Una volta, anche mio padre è stato minacciato di morte da un cliente. Ha denunciato il fatto e, per un po', ha avuto una scorta. Ricordo che vivevo nel terrore che lo ammazzassero e per anni ho avuto gli incubi», confessò Coco.

«Sì, ma di sicuro non si trattava di una ex. I tabloid vanno matti per questo genere di notizie. Non voglio altri casini. Sono in pausa dal lavoro fino a ottobre. Potrei approfittarne per andare a New York.»

«Potrebbe trovarti pure lì. D'altro canto, mia sorella e Liz saranno via per cinque o sei mesi. Potresti restare qui in attesa che quella donna si calmi.»

«Avrebbe bisogno di una bella lobotomia, altroché! Spero che si fissi con qualcun altro. Nel frattempo, io manterrò un basso profilo. Nessuno immagina che sono a San Francisco. Non ci torno da vent'anni e Jane l'ho conosciuta sul lavoro.»

«Be', qui sei al sicuro. Su, vai a dormire, adesso che Jack ha liberato il letto», lo incoraggiò lei con un sorriso.

Leslie la ringraziò e chiuse la porta della camera. Coco entrò nella stanza in cui dormiva lei, accostò la porta, si sdraiò tra i due cani addormentati e sonnecchiò guardando un film a volume bassissimo. Alle otto, scese in cucina per la cena: il menù prevedeva sushi e insalata. Stava mangiando e leggendo il giornale quando la raggiunse Leslie, ancora assonnato ma più riposato di prima. Sbadigliando e stiracchiandosi, si sedette. Lui e

Coco sembravano due naufraghi su un'isola deserta. La casa era tranquilla, l'atmosfera rilassata e loro, benché fosse sabato sera, non avevano impegni.

«Ne vuoi?» gli chiese Coco indicando il sushi. Lui annuì e lei si alzò per prenderlo dal frigo. In quel momento Leslie scattò in piedi per aiutarla.

«Non devi servirmi, qui l'intruso sono io. E grazie per aver fatto la spesa. Il prossimo turno tocca a me.» Sembravano due coinquilini in perfetta armonia, e lui un modello di educazione e cortesia, servizievole e rispettoso.

«Di che zona dell'Inghilterra sei?» domandò Coco mentre cenavano. Jack li fissava con interesse mentre Sallie, detestando il pesce, era tornata a letto.

«Di una cittadina poco distante da Londra. La prima volta che ho visto la capitale, avevo dodici anni. Papà era portalettere e mamma infermiera. A scuola me la cavavo, insomma conducevo una vita normale. È per questo che i miei non l'hanno presa bene quando ho scelto di intraprendere la carriera dell'attore. Papà voleva che facessi l'insegnante, il bancario o il dottore. Svengo alla sola vista del sangue... Quanto alla scuola, per me era una vera noia. Così ho preso lezioni di recitazione e ho iniziato col recitare Shakespeare. Ero una frana, te lo assicuro.» Leslie sorrise. «Ottima questa insalata. Niente sciroppo?» la prese in giro.

«Ne ho comprato dell'altro e ho preso anche i waffle», rise Coco.

«Perfetto. Li preparerò domani. E tu? Cosa vuoi fare da grande?» le domandò, mostrandosi interessato.

«Non l'ho mai saputo esattamente. So solo che non

voglio essere come i miei genitori o come mia sorella, che è sempre stressata. E, comunque, scrivere non mi piace. Una volta, per ben cinque minuti, ho pensato di fare l'artista, ma in realtà non ho alcun talento. Ogni tanto dipingo ancora ad acquerello: spiagge, nature morte con fiori. Al college ho studiato storia dell'arte. Mi sarebbe piaciuto insegnare o fare la ricercatrice. Mio padre, invece, mi convinse a iscrivermi a legge. Diceva che quando fossi diventata un'agente come lui, mi sarebbe potuto servire. A me, però, non interessava né l'una né l'altra cosa. La facoltà di legge è stata un incubo: professori terribili, studenti antipatici, competitivi e nevrotici. Ho vissuto due anni d'inferno durante i quali piangevo come una fontana. Temevo di fallire. Così, quando papà è morto, ho mollato tutto.»

«E dopo?»

«Mi sono sentita sollevata. All'epoca vivevo con un ragazzo che la mia famiglia non vedeva di buon occhio. Anche lui aveva abbandonato gli studi di legge, in Australia, perché amava la vita all'aria aperta: aveva un centro di immersioni subacquee. Abbiamo preso un cottage sulla spiaggia... era un periodo davvero felice. Il lavoro di dog sitter doveva essere solo momentaneo, invece sono passati già tre anni. Per il momento va bene così. La mia casa è più piccola di questa cucina e, sebbene mamma la definisca una baracca, io la adoro.»

«E l'australiano?» volle sapere Leslie. Coco gli sembrava una donna serena. «È ancora nei paraggi?»

«No», rispose lei, tranquilla.

«Peccato. Ti brillavano gli occhi quando parlavi di lui.»

«Era fantastico. Abbiamo convissuto due anni... è

morto in un incidente.» Leslie si accorse del velo di tristezza nella voce di Coco, ma non vide disperazione nei suoi occhi: si era rassegnata.

«Un incidente d'auto?»

«No, durante un'arrampicata libera. È caduto sulle rocce per una folata di vento. È successo poco più di due anni fa. All'inizio è stata molto dura. Cose del genere accadono. Noi, purtroppo, non abbiamo avuto fortuna. Volevamo sposarci e trasferirci in Australia. Credo che mi sarebbe piaciuto.»

«Lo penso anch'io. Sydney è molto simile a San Francisco.»

«Lo diceva anche lui. Era la sua città. Il destino, però, ha voluto che le cose andassero diversamente», concluse Coco con una filosofia che Leslie non poté fare a meno di ammirare. Non vi era nulla di patetico in lei.

«Sei sempre stata sola, da allora?» chiese curioso.

Coco gli sorrise. Non avrebbe mai immaginato che Leslie, il grande attore, le avrebbe fatto domande sulla sua vita sentimentale.

«Ho avuto qualche appuntamento al buio con un paio di ragazzi noiosissimi. L'anno scorso, per mettere a tacere parenti e amici, ma non ne è valsa la pena. Oppure ero io a non essere ancora pronta, chissà. È difficile ricominciare con un'altra persona, andavamo d'amore e d'accordo.»

«Non sembri una ragazza difficile. Una volta, anch'io ho avuto una storia fantastica come la tua», raccontò Leslie con aria quasi trasognata.

«Cosa è successo?»

«Ero giovane e stupido. Iniziavo a muovere i primi

passi nel mondo del cinema e volevo stare a Hollywood per un po'. Lei, invece, è rimasta in Inghilterra. Sognava di sposarmi, di avere dei figli. Quando mi sono reso conto che era quella giusta, aveva smesso di pensare a me e si era messa con un altro. Mi ha aspettato per tre anni, più di quanto meritassi. Vive nel Sussex, adesso, e ha quattro bambini. Una donna meravigliosa. Ho avuto una seconda storia importante. Non ci siamo mai sposati ma abbiamo avuto una figlia: Monica è rimasta incinta quando la relazione era arrivata quasi al capolinea, però ha deciso ugualmente di portare avanti la gravidanza. All'inizio non l'ho presa per niente bene, ma adesso sono felicissimo di Chloe. È quanto di più bello mi sia mai successo.»

«E dove vive lei?» Coco pareva sorpresa. Leslie poteva vantare una vita in perfetto stile hollywoodiano: donne che tentavano di ucciderlo, flirt fugaci, una figlia da una donna che non aveva sposato, e ciononostante sembrava anche un uomo serio e posato. O forse fingeva di esserlo. Quando il padre era ancora in vita, Coco aveva conosciuto molte persone dall'apparenza normale, ma che in realtà erano esaltate e narcisiste. Mai uscire con un attore, le raccomandava Buzz. Leslie, invece, non dava l'impressione di essere pieno di sé o arrogante. Al contrario. Sapeva ammettere i propri errori e non incolpava nessuno, a eccezione della sua ultima partner. Del resto, a Hollywood, i pazzi erano sempre dietro l'angolo.

«Chloe vive a New York con la madre. Monica lavora a Broadway ed è una mamma magnifica, tiene nostra figlia lontano dai riflettori. Ci incontriamo due o tre volte all'anno; naturalmente, ogni volta che posso volo da lei.

Ha sei anni ed è il mio piccolo elfo dolcissimo.» Aveva assunto un'aria radiosa. «Con la madre sono in ottimi rapporti. Talvolta mi chiedo addirittura come sarebbe stato se fossimo arrivati al matrimonio. No, non sarebbe durata. Lei è una persona molto seria; dopo che ci siamo lasciati si è messa con un politico, un uomo sposato, ma sono stati molto discreti. Poi ha avuto qualche altra storia, sempre con uomini potenti. Ero troppo immaturo e noioso per lei, a quei tempi. Solo adesso sto cominciando a crescere, a quarantun anni, e lo dico nonostante l'imbarazzo che provo ad ammetterlo. Noi attori siamo troppo viziati.»

Coco fu commossa da quella confessione così spassionata. «Io di anni ne ho ventotto», disse timidamente, «e non so ancora cosa farò del mio futuro. Da piccola desideravo essere una principessa indiana, ma poi ho capito che non sarebbe stato possibile e da allora non mi è venuto in mente nulla di altrettanto bello.» Nel vederla assumere un'aria così delusa, Leslie scoppiò a ridere. «La vita che conduco, per il momento, mi va bene, a dispetto della contrarietà dei miei.»

«È questo che importa», replicò lui dolcemente. «I tuoi fanno pressioni?» Conoscendo Jane e sapendo chi fosse la madre, non aveva dubbi al riguardo.

Per tutta risposta, Coco esplose in una risata. «Scherzi? Per loro sono un disastro totale. Mia madre e mia sorella sono due donne di successo. Alla mia età, Jane ha ricevuto la prima nomination all'Oscar. A trenta ha iniziato a sbancare i botteghini. Mamma sforna best seller da una vita. Papà ha fondato una delle agenzie letterarie e cinematografiche più importanti e ha rappresentato le star più note di Hollywood. Io, invece, porto a spasso i cani. Cosa credi che pensino di me? Mamma si è sposata a ventidue anni e Jane sta con Liz da quando ne aveva ventinove. A me sembra di essere ancora una quindicenne del liceo, non mi importa del resto e sono felice di vivere sulla spiaggia con la mia Sallie.» Leslie evitò di ricordarle che, se Ian non fosse morto, anche lei sarebbe stata sposata. «Sono nata in una famiglia in cui tutti, fin dalla nascita, erano votati al successo e sapevano come raggiungerlo. Scommetto che all'ospedale sono stata scambiata nella culla. Da qualche parte c'è una bella famiglia che vive in un paesino di mare e che non avrebbe nulla da obiettare sul mio lavoro o sul fatto che non ho ancora un uomo accanto. E magari questa stessa famiglia ha una figlia che vuole diventare ingegnere aerospaziale, neurochirurgo o agente cinematografico e i genitori non ne capiscono il motivo. Per contro io, ogni volta che vedo mia madre e mia sorella o parlo con loro, mi rendo conto che sono perennemente sulle difensive.» Non si sfogava così dai tempi di Ian e mai avrebbe pensato di farlo con un uomo appena conosciuto, per di più amico di Jane e attore di grande successo.

Leslie intuì i timori di Coco su sua sorella. «Non dirò niente a Jane, hai la mia parola. Cancella pure quell'espressione preoccupata dalla faccia.» Coco per lui era un libro aperto.

«Non abbiamo nulla in comune io e lei», chiarì, imbarazzata perché le si erano inumiditi gli occhi di pianto. «Sono così stanca di sentirmi dire cosa è giusto e cosa non lo è. Tutto questo le fa sentire importanti, soprattutto

Jane, che mi tratta da sempre come una schiavetta. Se avessi un'esistenza mia, a loro non converrebbe. Adoro mia sorella, ma è davvero molto dura con me.»

«Lo so. Forse dovresti imparare a dire di no.» Coco sorrise e si asciugò gli occhi con la maglietta, mentre Leslie si sforzava di non notare il reggiseno rosa che indossava. In un certo senso era ancora una ragazzina, sorrise Baxter tra sé. Una creatura onesta, genuina e gentile.

«È una vita che ci provo. Ecco perché sono andata a stare a Bolinas. Eppure, eccomi qui a badare alla casa e al cane di Jane.»

«Uno di questi giorni ti sorprenderai a dire di no. Ogni cosa a suo tempo. Quanto a Jane... be', è un osso duro. È una donna forte, è vero, ma mi piace per la sua intelligenza. Liz è più tenera e la bilancia, o almeno ci prova.»

«Jane è come papà: diretta e senza peli sulla lingua. Mamma, invece, ricorre alla manipolazione per ottenere ciò che vuole. E piange spesso.» Coco guardò Leslie e rise. «Oh, lo sto facendo anch'io. Scusami. Non sei qui certo per ascoltare la triste storia di una ragazza che lascia la ricca e famosa famiglia hollywoodiana per andare a vivere in una baracca sulla spiaggia.»

«La tua non è una storia triste, se si esclude l'episodio del ragazzo australiano. Ma sei giovane, hai davanti a te parecchi anni per decidere cosa fare e per trovare la persona giusta. Nel frattempo, mi pare che tu viva abbastanza bene e ti dirò, in tutta sincerità, che sono anche un po' invidioso. Non ti serve l'approvazione dei tuoi. I miei genitori si preoccupano ancora per me e ritengono che io abbia perso il treno del matrimonio e dei figli. Chissà, magari non hanno neppure torto. Adorano Chloe, è chiaro, ma mi vorrebbero sposato con almeno quattro figli, e in Inghilterra. Questo, però, è il loro modo di vedere, non il mio. Il prezzo da pagare per far parte di Hollywood è alto e talvolta, come ho sperimentato sulla mia pelle, le scelte che si fanno non sono le migliori.»

«Non è mai troppo tardi», lo rassicurò Coco. «Potresti avere ancora moglie e figli.»

«È tutto più complicato quando sei famoso. Le persone sono caute perché non si fidano: da un attore ci si aspetta sempre che finga. Poi ci sono quelli che vengono attratti come le falene dalla luce, ma che sono vuoti o fuori di testa come la mia ex. La fama ti trasforma in un faro che illumina la strada di chi non è come te, ed è da queste persone che scappo a gambe levate. L'ultima volta, purtroppo, sono caduto in trappola. All'inizio della nostra storia lei era carina e sincera; ho pensato che sarebbe stato tutto più facile, trattandosi di una persona del mio stesso ambiente. Non potevo commettere errore più madornale.»

«Potrai sempre riprovarci.» Coco sorrise e si alzò per sparecchiare. Poi gli offrì del gelato che Leslie accettò volentieri. Ne aveva comprati una dozzina assortiti, non conoscendo i suoi gusti. Eppure, sebbene fossero due estranei, si erano scambiati segreti, rimpianti e timori senza alcun imbarazzo.

«Sono stanco di provare», ammise Leslie. Il gelato gli colò sul mento facendolo assomigliare a un bambino.

«Mi sentivo come te quando tutti mi pressavano, ecco

perché ho smesso. Se è destino che accada, okay. In caso contrario, sto bene così.»

Leslie scoppiò a ridere. «Miss Barrington», le disse in tono formale, «le assicuro che a ventotto anni i giochi sono ancora tutti da fare. Forse ci vorrà un po', ma l'uomo che la avrà sarà fortunato. E arriverà, eccome se arriverà. Glielo prometto.»

«Le faccio la stessa promessa, Mr. Baxter. La donna giusta arriverà, eccome se arriverà», gli disse ripetendo le sue stesse parole. «Lei è un uomo fantastico, e se starà alla larga dalle psicopatiche, la donna giusta non tarderà a presentarsi. Glielo prometto.» Coco gli allungò la mano destra da sopra il tavolo e lui gliela strinse. Si sentivano entrambi sollevati dopo quella conversazione. L'inaspettato incontro a casa di Jane era stato positivo per entrambi, che sentivano di aver trovato l'una nell'altro un nuovo amico.

«Che si fa di bello in questo posto, il sabato sera?» s'informò Leslie.

«Non molto. Si va a cena fuori e alle dieci le strade sono tutte deserte. Non siamo né a Los Angeles né a New York, qui», rise Coco.

«Alla tua età, dovresti uscire e divertirti, invece di startene a chiacchierare con una vecchia ciabatta come il sottoscritto!»

«Stai scherzando, vero? Sono in compagnia di una delle star cinematografiche più famose del mondo! Non c'è donna che non sarebbe disposta a rinunciare a tutto, pur di passare una serata come questa», replicò Coco, ammirata. Per lei, che da anni non frequentava più il mondo dei genitori e della sorella, si trattava di un'esperienza inebriante. «Per non parlare del sabato sera a Bolinas, dove vivo io. Troveresti al massimo una decina di anziani hippy. Gli altri sono già tutti a letto, me compresa, a guardare uno dei tuoi film.» Risero entrambi della battuta. Terminata la cena, Leslie la aiutò a sparecchiare e a mettere i piatti in lavastoviglie, dopodiché la seguì, insieme con i cani, al piano di sopra. Jack, con la sua mole, continuava a intimorirlo, al contrario di Sallie. Il bullmastiff lo avrebbe potuto atterrare in pochi secondi, se avesse voluto, ma Coco sapeva che era docile come un agnellino, e perfino più di Sallie.

Si augurarono la buonanotte di fronte alle rispettive camere da letto, ma prima Leslie le chiese che progetti avesse per il giorno dopo. Lei rispose che la domenica non lavorava mai e che stava pensando di approfittarne per andare a Bolinas.

«Non mi dispiacerebbe vedere il buffo paese in cui abiti», buttò lì Baxter. «Dista molto da qui?»

«Meno di un'ora.» Coco sorrise, deliziata all'idea di mostrarglielo.

«Mi piacerebbe molto vedere il tuo cottage e fare una passeggiata sulla spiaggia. L'oceano è una visione ritemprante. Un tempo avevo una casa a Malibu e mi è spiaciuto molto quando l'ho venduta. Che ne dici, allora, se facciamo un salto a Bolinas?» Leslie represse uno sbadiglio. Adesso che era rilassato e al sicuro, avvertiva tutto il peso della stanchezza. «Ti preparerò i waffle a colazione», promise baciandola sulla guancia. «Grazie per avermi ascoltato.» Coco, con la sua gentilezza, gli piaceva molto. Non voleva nulla da lui, né fama, né soldi, né pubblicità, neppure una semplice cena. Stare in sua compagnia, sebbene si fossero conosciuti solo quella mattina, era piacevolissimo. E aveva la sensazione che Coco la pensasse allo stesso modo.

Il cellulare di Leslie squillò quando lui stava entrando in camera. Il numero che apparve sul display era uno di quelli bloccati, di sicuro era la psicopatica che tornava alla carica. Quando scattò la segreteria, la stalker lasciò un messaggio minaccioso. Leslie lo cancellò senza prendersi neppure la briga di risponderle. Poi, dopo aver chiuso la porta ed essersi spogliato, si mise a letto e ripensò alla conversazione avuta con Coco, alla franchezza che lei aveva dimostrato nei suoi confronti e che lui aveva ricambiato. Spense la luce e lasciò che la sua mente divagasse, senza però riuscire ad addormentarsi.

Un'ora dopo decise di scendere a prendersi un bicchiere di latte, ma, una volta fuori dalla camera, scorse uno spiraglio di luce filtrare da sotto la porta della stanza di Coco. Bussò ed entrò non appena lei gli rispose. Era sdraiata sul letto insieme con i due cani, indossava un pigiama di flanella scolorita ed era intenta a guardare un film. Sul grande schermo, Leslie vide la sua faccia, come un riflesso in uno specchio gigantesco. Coco lo fissò, imbarazzata per essere stata colta in fallo.

«Scusa», pigolò, mortificata come una bimba. «È uno dei miei preferiti.» Lui sorrise e accettò il complimento da quella donna che aveva imparato ad ammirare in poche ore. Quella di Coco non era adulazione, perché, se non fosse entrato, Leslie non avrebbe mai saputo che lei stava guardando uno dei suoi film.

«Piace anche a me, ma io sono orribile», ammise. «Sto andando in cucina. Serve qualcosa?»

«No, grazie.» Era stato carino a chiederglielo. Si sentivano quasi come due bambini a un pigiama party, nella sofisticata casa di Jane. Coco aveva perfino lasciato i vestiti sparpagliati sul pavimento, per sentirsi più a suo agio in quell'ambiente fin troppo perfetto.

«A domani, allora. E buon film.» Leslie chiuse la porta e, una volta in cucina, oltre al latte prese anche un gelato. Poi tornò a letto e piombò in un sonno profondo fino al mattino. Gli sembrava di aver lasciato tutti i problemi a Los Angeles e di aver trovato il posto ideale, un luogo sicuro e lontano da chi gli voleva male. Il destino, poi, gli aveva anche fatto incontrare una donna equilibrata. Non si sentiva così da quando era partito dall'Inghilterra. Era certo che non gli sarebbe accaduto più nulla di male in quel rifugio e in compagnia di quella buffa ragazza con i due enormi cani.

4

Il mattino seguente il sole splendeva alto in un cielo azzurro limpido. Leslie andò in cucina prima di Coco e preparò del bacon. Si riempì un bicchiere di succo d'arancia e mise a bollire l'acqua per il tè. Lei lo raggiunse proprio mentre lui stava versando la bevanda in due tazze, dopo aver fatto uscire i cani in giardino. Non appena avesse terminato la colazione, li avrebbe portati fuori per una lunga passeggiata.

«Che profumo delizioso!» disse Coco, accettando la tazza di tè verde che Leslie aveva trovato in dispensa. Per sé, invece, aveva preparato un English Breakfast senza latte e zucchero. La bottiglia di sciroppo d'acero era già sul tavolo, quando l'uomo le servì i waffle. Nel ricordare la caotica scena del giorno prima, entrambi scoppiarono a ridere. «Grazie per la colazione», gli disse Coco, guardandolo sedersi di fronte a lei con il piatto pieno.

«Non mi fido troppo di te, in cucina», scherzò Leslie. I suoi occhi fissarono la baia che, splendida, si estendeva al di là della vetrata. «Andiamo in spiaggia?» Nella cala, un gruppo di barche a vela si preparava a salpare per una gara.

«Ti va sul serio? Posso anche andarci da sola, se non hai voglia. Devo prendere alcune cose e controllare la posta.»

«Ti secca se vengo con te?» Leslie non desiderava né disturbarla né essere invadente o impedirle di vedere degli amici.

«Al contrario.» Quanto poteva essere difficile trascorrere una giornata a Bolinas con Leslie Baxter? «Voglio proprio mostrarti il paese. Una piccola gabbia di matti, ma incantevole.» Gli aveva già raccontato della mancanza assoluta di cartelli stradali che lo nascondeva ai più.

Un'ora dopo, sistemati i due cani sul furgoncino, partirono. Entrambi avevano optato per un abbigliamento comodo: jeans, maglietta e infradito, oltre a una felpa pesante, utile in caso di necessità. Coco aveva infatti spiegato che, se il tempo fosse cambiato, ne avrebbero avuto bisogno. Imboccarono la Divisadero, in direzione di Lombard Street e si incanalarono nel traffico che fluiva verso nord, verso il Golden Gate Bridge. Per tutto il tragitto non smisero mai di parlare: Leslie le raccontò della sua vita in Inghilterra e di quanto, talvolta, ne sentisse la mancanza. Le confessò anche che gli amici di un tempo non lo trattavano più con la spontaneità del passato, come se la fama lo avesse reso in qualche modo diverso. E poco importava se per lui non era così.

«Parlami di Chloe», chiese Coco, imboccando il ponte e, subito dopo, il tunnel di Marin.

«È deliziosa.» Gli occhi di Leslie si illuminarono. «Mi

piacerebbe vederla più spesso. È intelligente, adorabile e assomiglia molto alla mamma.» L'affetto che si poteva cogliere nel suo tono di voce non era solo per la figlia, ma anche per la ex compagna. «Ti mostrerò degli scatti non appena arriveremo a Bolinas, ne porto sempre qualcuno nel portafogli. Da grande vuol fare la ballerina o la camionista. Le interessano entrambi i lavori e, a quanto pare, li giudica intercambiabili. Inoltre, frequenta un mucchio di corsi: francese, informatica, pianoforte, balletto.» Dalle sue parole si evinceva quanto fosse orgoglioso della piccola e dell'ottimo rapporto che aveva con lei e con la madre. «Tempo fa Monica ha avuto una relazione molto seria e io ho temuto che si sposasse, ero preoccupato più che altro perché lui era un fiorentino e per me sarebbe stato più difficile andarla a trovare in Italia. Non ti dico il sollievo che ho provato quando la loro storia è finita, anche se so che è giusto che si rifaccia una vita. In tutta franchezza, ero geloso del tempo che quell'uomo trascorreva con Chloe. Adesso non credo che Monica abbia qualcuno», concluse quando imboccarono la svolta per Stinson Beach passando per Mill Valley.

«Torneresti con lei per amore di Chloe?»

«No. Nessuno di noi due lo farebbe. È passata troppa acqua sotto i ponti. Quando è nata nostra figlia, tra noi era già tutto finito. Chloe è solo un meraviglioso incidente di percorso, ma è quanto di più bello ci sia capitato. La sua presenza rende tutto speciale.»

«Non riesco a immaginare di avere figli», ammise Coco con onestà. «Non al momento, almeno.» Anche quando stava con Ian si sentiva troppo giovane per averne uno. «Magari quando sarò sui trenta», aggiunse, vaga, seguitando ad affrontare i tornanti della strada costiera. Il vecchio furgone sbuffava e cigolava, ma continuava a camminare. Leslie parlò poi della passione che nutriva fin da ragazzino per i motori, e ammirò la scioltezza della guida di Coco. Quella ragazza appariva calma, competente e padrona della sua vita, e Leslie si disse che poco importava che la sua famiglia non la approvasse. A mano a mano che si avvicinavano a Bolinas, Coco assumeva un'aria più serena.

«Spero che tu non soffra il mal d'auto», gli disse, lanciandogli un'occhiata preoccupata.

«Non ancora. In caso, ti farò sapere.» Il clima era stupendo e il panorama mozzafiato. I cani dormivano tranquilli, nonostante il percorso movimentato. All'incirca una ventina di minuti dopo, arrivarono sulla via principale di Stinson Beach, dove si affacciavano non più di una mezza decina di esercizi commerciali: una galleria d'arte, una libreria, due ristoranti, una bottega di alimentari e un negozio di oggettistica. «Questo posto è una delle meraviglie perdute del mondo», commentò Leslie, ammirando il paesino di poche case e dai vicoli stretti, che pareva venuto fuori dalle pagine di un libro d'altri tempi.

«Più avanti, oltre la laguna, c'è una comunità chiusa e alla nostra destra una riserva naturalistica. Il posto è quasi del tutto incontaminato.» Coco sorrise. «E aspetta di vedere Bolinas. È ancora meno civilizzata di qui.» Leslie era incantato dall'atmosfera selvaggia e dalla semplicità del posto, completamente diverso dalle località balneari alla moda e dalla città. Non era difficile capire perché Coco amasse viverci. Quello era un piccolo porto di pace, un luogo dove liberarsi dai pesi della quotidianità. Perfino la strada a zigzag era rilassante.

Coco imboccò una via senza indicazioni alla sua destra, e dieci minuti dopo si trovarono su un piccolo altopiano sul quale, all'ombra di antichi alberi, sorgevano alcune case simili a fattorie e una minuscola chiesa.

«Ti mostro prima il paese», rise Coco, «anche se chiamarlo così mi pare un eufemismo. È perfino più piccolo di Stinson Beach. La nostra spiaggia è più rustica e ci risparmia le incursioni turistiche. È difficile trovarci.» Mentre parlava, passarono davanti a un ristorante dall'aria fatiscente, a un negozio di alimentari, a uno *head shop* e a un negozio di abbigliamento con abiti délavé. Leslie si guardò intorno ridendo.

«Tutto qui?» Sembrava esilarato. I negozi erano minuscoli e quasi di un'altra era, ma tutto era molto carino e circondato dal verde. Più che in un posto di mare, pareva di essere in campagna.

«Tutto qui. Se ti serve dell'incenso o un bong, puoi andare lì.» Coco gli indicò il posto ridacchiando.

«Credo che almeno per oggi ne potrò fare a meno.»

Coco oltrepassò i negozi e imboccò una strada bordata di cassette per le lettere vecchio stile, steccati di legno e qualche cancello in ferro battuto. «Ci sono delle case molto carine, ma sono nascoste alla vista. La maggior parte sono cottage o baracche di vecchi surfisti. Negli anni Settanta, molti alloggiavano in scuolabus dismessi, parcheggiati vicino alla spiaggia. Oggi viviamo in condizioni un po' più rispettabili», aggiunse, felice di essere a casa.

Lasciò il furgone davanti al cottage, fece scendere i cani, poi con Leslie si diresse al cancelletto di legno che Ian aveva costruito anni prima e che le intemperie avevano ormai rovinato. Coco aprì la porta di casa ed entrò, mentre il suo accompagnatore si guardava intorno con curiosità. Dal soggiorno si vedeva l'oceano, sebbene le finestre fossero vecchie e non molto larghe, a differenza di quelle della villa di Jane. Nulla era stato costruito per ostentazione, ma tutto era comodo e confortevole. Leslie ebbe l'impressione di essere in una casa di bambole. C'erano libri impilati sul pavimento e vecchie riviste sul tavolo. Uno degli acquerelli realizzati da Coco era appoggiato su un cavalletto in un angolo, e una parte di tenda si era staccata dai ganci. Nonostante quel disordine disinvolto, l'atmosfera era gradevole e accogliente. Si intuiva, inoltre, che Coco era solita accendere il camino.

«Non è un granché, ma io l'adoro», gli disse, felice. Ai muri erano appesi degli acquerelli incorniciati, mentre sulla mensola del caminetto e sugli scaffali stracolmi della libreria c'erano foto di lei e Ian. La cucina a vista, seppur caotica, era pulita. Dietro si trovava la minuscola camera da letto, dove vi erano un caldo piumino e un vecchio quilt scovato in un mercatino delle pulci.

«È magnifica!» Gli occhi di Leslie esprimevano gioia. «Altro che baracca... questa è una casa!» Era mille volte più calda di quella di Jane e non era difficile capire perché Coco la preferisse. Dopo aver guardato una foto di lei e Ian in barca, felici con indosso le loro mute, lui la seguì sulla veranda con vista sull'oceano da dove, in lontananza, si scorgeva anche la città. «Credo che, se vivessi qui, non me ne andrei mai.»

«Io mi allontano solo per il lavoro.» Bolinas era distante anni luce da Bel Air, dove Coco era cresciuta e dove non intendeva fare ritorno. Leslie la capiva e glielo dimostrò con un sorriso. Portandolo in quella casa, era come se lei gli avesse svelato il suo rifugio segreto, il giardino nascosto; essere lì era come guardare la sua anima.

«Grazie per avermela mostrata», le disse con dolcezza. «Ne sono onorato.» In quell'istante ricomparvero i cani, tutti sporchi di sabbia – Jack aveva addirittura un ramoscello incastrato nel collare – ma felicissimi.

«È bello sentirsi compresi, ti ringrazio», Coco sorrise. «I miei hanno dato in escandescenze quando sono venuta a stare a Bolinas.» Leslie era certo che lei e Ian sarebbero rimasti in quel cottage per sempre, o che avrebbero vissuto in un luogo simile in Australia. Lei desiderava lasciarsi alle spalle il mondo dal quale proveniva, le sue trappole, i suoi falsi valori, l'ossessione per i beni materiali, la lotta per primeggiare, il sacrificare le persone alla carriera. Questa non era che la manifestazione concreta di tutto ciò che rifiutava. «Gradisci una tazza di tè?»

Leslie si accomodò su una delle due sedie a sdraio stinte. «Ti ringrazio, volentieri.» Poi notò la statua di Kuan Yin, un dono di Ian. «La dea della compassione», disse, quando poco dopo Coco tornò con due tazze fumanti e si sedette accanto a lui. «Mi ricorda te, così buona. Ho visto le foto del tuo compagno. Doveva essere una brava persona», aggiunse, rispettoso. Ian era un bellissimo ragazzo, alto, biondo e felice con la sua compagna. Per un attimo, guardando quelle immagini, Leslie aveva provato invidia. Mai in vita sua aveva vissuto un'esperienza come la loro.

«Era una bella persona.» Coco fissò il mare per qualche istante, prima di guardare Leslie. «Tutto quello che desidero si trova qui: l'oceano, la spiaggia, una vita tranquilla, questa veranda dalla quale guardo il sole sorgere al mattino e tramontare la sera, rosso come il fuoco; il mio cane, i vicini ai quali voglio bene. Mi bastano queste cose, è il posto perfetto per me. Forse un giorno vorrò di più, ma per adesso sto bene così.»

«Pensi che, prima o poi, tornerai nel mondo 'reale', anche se forse il termine più adatto per l'ambiente dal quale provieni è 'irreale'?»

«Spero di no», replicò decisa Coco. «Perché dovrei? Lì nulla aveva un senso, neppure quando ero piccola.» Rivolse lo sguardo in direzione del sole e chiuse gli occhi. Leslie la osservò attentamente: i capelli brillavano come il rame appena lucidato ed entrambi i cani si erano accoccolati ai suoi piedi. La vita di quella ragazza era semplice e senza complicazioni, una vita alla quale ci si poteva abituare, certo, ma che col tempo si sarebbe potuta rivelare troppo solitaria. E la sua? Leslie si chiese se fosse migliore: non si stava forse nascondendo da una donna che lo aveva minacciato di morte? No, rifletté, l'esistenza di Coco aveva un senso e lì tutto gli piaceva, ma dubitava che sarebbe riuscito a viverci per sempre. Anche se più giovane di tredici anni, Coco aveva già trovato se stessa, mentre lui stava ancora cercando la propria strada.

«Devo ammettere...» Ridacchiò sommessamente. Coco aprì gli occhi e lo guardò. Tutto in lei era equilibrato, solido, tranquillo. Era un sorso di acqua di sorgente. «Non ce la vedo proprio, tua sorella, qui.» Anche lei scoppiò a ridere.

«Detesta questo posto. Liz lo apprezza un po' di più, ma non è il loro genere. Sono donne di città, entrambe preferiscono Los Angeles, ma a San Francisco Lizzie ha meno distrazioni e può scrivere con più tranquillità.»

Leslie stava ancora ridendo. «Ricordo quando ho conosciuto Jane. Ho subito pensato che era bellissima. Doveva avere all'incirca venticinque anni. È stupenda ancora adesso, intendiamoci. Ero pazzo di lei. Siamo usciti insieme per un anno, ma lei seguitava a trattarmi come un amico. Mi scervellavo per capirne il motivo, e così una sera l'ho baciata. Mi ha dato dell'idiota e mi ha detto di essere lesbica. Aveva fatto di tutto perché lo capissi, incluso vestirsi con abiti maschili, cosa che io avevo reputato un'eccentricità per rendersi più sexy. Ho fatto proprio la figura dello scemo! Però siamo rimasti grandi amici. Anche Liz mi piace molto, e insieme formano una bella coppia; Jane si è ammorbidita parecchio con gli anni.»

«Sì, anche se è sempre una forte, almeno con me. Non sarò mai come vuole lei.» Coco sapeva che il segreto era smettere di provarci, ma non era ancora pronta e anche a Bolinas seguitava a cercare l'approvazione della sorella.

«Si preoccupa per te perché vuole che tu abbia il meglio.» Leslie bevve un sorso di tè e lei fece altrettanto. Era così bello parlare con lui guardando l'oceano.

«Forse. Ma non tutti possono essere come lei e a me non interessa neppure provarci. Vado nella direzione opposta, come ho sempre fatto.»

«Fai bene.» Baxter si mise comodo sulla sedia a sdraio.

«Lo so. Ma tanti ne sono spaventati, si conformano alla vita e a valori che non sentono propri. Io non sono così.»

«Anche Chloe ragiona in questo modo, non ha intenzione di fare l'attrice come suo padre, mentre preferirebbe essere una camionista. Suppongo che così voglia affermare se stessa, il suo essere diversa dai genitori. Bisogna rispettare la sua volontà.»

«I miei non l'hanno mai fatto, preferivano ignorare la questione e sperare che fosse una fase passeggera. Tu però sei diverso, se a sei anni la rispetti.» Coco sorrise. «Mamma voleva che debuttassimo in società. Jane a quei tempi aveva già fatto coming out e militava per i diritti degli omosessuali. Non ti dico che tragedia, mamma temeva che si presentasse in smoking e non in abito da sera. Undici anni dopo, io l'ho delusa ancora di più, dicendole che piuttosto mi sarei strappata il fegato. Il debutto è una cosa da snob, un rito retrogrado per trovare marito. Quell'anno, per Natale, sono andata in Sudafrica e ho contribuito alla costruzione di un impianto di irrigazione in un villaggio. Ti garantisco che mi sono divertita molto di più. Mamma non mi ha rivolto la parola per sei mesi, papà l'ha presa meglio, ma di certo non si sarebbe comportato allo stesso modo se avesse saputo che dopo la sua morte avrei abbandonato la facoltà di legge. Suppongo che avessero dei sogni per noi: Jane li ha delusi, ma ai primi accenni di successo è stata perdonata; io, invece, sono un fallimento su tutti i fronti e seguiterò a esserlo», concluse Coco, con una sicurezza che Leslie non poté fare a meno di ammirare.

«Vedrai che la tua famiglia si abituerà», la incoraggiò, sebbene in cuor suo non ne fosse tanto sicuro. Coco non si sarebbe mai piegata alle aspettative altrui, se non le avesse reputate giuste per sé. Confidava in se stessa e lo faceva fino in fondo, per questo lui la rispettava ancora di più. «Mi piace l'acquerello che ho visto sul cavalletto, infonde tranquillità.»

«Non dipingo più. Di solito li regalo, è un'attività rilassante.» Leslie intuiva che quella ragazza aveva molteplici talenti ed era convinto che, presto o tardi, sarebbe sbocciata. In un certo senso, invidiava quella sua possibilità di esplorare. Lui, invece, era stanco del cinema e del mondo che gli gravitava intorno.

Tacquero entrambi per un po', ciascuno immerso nei propri pensieri, e alla fine lui si appisolò. Coco ne approfittò per mettere via le tazze da tè e prendere ciò che le serviva. Quando tornò in veranda, Leslie aprì gli occhi.

«Non si nuota, da queste parti?» Il sole caldo lo faceva sentire pigro e insonnolito.

«Qualche volta. Però bisogna fare attenzione: l'acqua è gelata e c'è il pericolo degli squali. Meglio indossare una muta. Ne ho una della tua taglia, se vuoi.» Ian era della stessa altezza di Leslie, seppur con un fisico più atletico. Coco aveva conservato tutta la sua attrezzatura da sub in garage, perché non riusciva a separarsene. Vedere gli oggetti di Ian la faceva sentire meno sola e le dava l'illusione che lui potesse tornare da un momento all'altro.

«No, grazie. L'accenno agli squali mi ha dissuaso», ridacchiò Leslie. «Sono un Codardo con la C maiuscola. Pensa che una volta dovevo girare una scena con uno squalo. Di sicuro non c'era pericolo, ma ho chiesto ugualmente la controfigura. Solo scene d'amore per il sottoscritto!»

Coco rise. «Confesso di essere anch'io una fifona.»

«Scherzi? Sei coraggiosissima: hai interrotto la tradizione di famiglia e snobbato il sistema, sei andata via da quell'ambiente con grazia e fermezza; hai proseguito per la tua strada resistendo alle pressioni e facendo ciò che ritenevi giusto. Hai amato un uomo e lo hai perso senza abbandonarti al pianto, sei andata avanti. Sei rimasta in questa comunità di eccentrici e non hai paura della solitudine. Ti sei inventata un lavoro nonostante l'insoddisfazione dei tuoi. Per fare quello che hai fatto tu, Coco, ci vuole coraggio da vendere. Coraggio e dignità. Non sai quanto ti ammiro.» Nelle parole di Leslie non c'era alcuna critica, ma solo un reale apprezzamento delle sue scelte e del suo stile di vita. Coco ne fu felice e gli sorrise con calore.

«Grazie. Anch'io ti ammiro, perché non hai paura di ammettere i tuoi errori e perché sei incredibilmente umile, considerato chi sei e l'ambiente in cui vivi. Sei rimasto con i piedi per terra, malgrado il successo.»

«I miei mi disconoscerebbero, se mi comportassi in maniera diversa. Forse è stato questo a farmi rimanere sempre con la testa sulle spalle. È favoloso essere una star del cinema e avere fan in tutto il mondo, ma quando la giornata finisce sei comunque solo un essere umano, buono o cattivo. È imbarazzante vedere come si comporta molta gente del mio ambiente. Io, invece, quando mi guardo dentro vedo più gli errori che ho commesso che le cose positive che ho realizzato. Forse tutta questa insicurezza, a lungo termine, non porta a niente di costruttivo.» Risero entrambi a quell'ultima frase. «Tu, per esempio, non sei affatto insicura.»

«Sì, invece. Ma compenso l'insicurezza con la testardaggine.» Sospirò. «Sto ancora cercando di capire chi sono e cosa voglio fare. So come e perché sono arrivata qui, ma non ho idea di quando e se me ne andrò mai.»

«Arriverà il momento in cui lo capirai. Hai ancora tutte le strade aperte.»

«Quelle che finora ho percorso mi sono piaciute tutte. Quanto al futuro...»

«Talvolta ci sentiamo un po' spaesati. Ci pare che tutti abbiano una soluzione, a parte noi. Ma ti assicuro che non è così: sono anche loro sulla nostra stessa barca oppure seguitano a vivere nel loro piccolo mondo perché è la soluzione più semplice. Guardare oltre, invece, è molto più eccitante, anche se ci può far paura.» Leslie parlò con umiltà e senza il timore di mostrare le proprie insicurezze.

«Hai ragione. Sono cose che intimoriscono. Tu, invece, che programmi hai adesso? Tornerai a Los Angeles?» *E cercherai una nuova donna?* fu sul punto di aggiungere. Tacque, ma capì che anche lui aveva avuto il medesimo pensiero. Coco si chiese quante volte si potesse ricominciare, incontrare gente, concedere altre opportunità al destino, andare avanti per poi restare delusi e mollare di nuovo. A lei mancava ancora il coraggio di riprovarci, dopo i due anni meravigliosi con Ian. Forse tutto era stato troppo perfetto con lui. Leslie, invece, doveva aver fatto parecchi tentativi, ma probabilmente era pronto a gettarsi di nuovo nella mischia. A quarantun anni, doveva essere un gioco che conosceva bene.

«Troverò una sistemazione temporanea. Fra sei mesi riavrò la mia casa e fra quattro inizierò le riprese di un film, a Venezia. Nel mentre mi cercherò un albergo, anche se non sarà il massimo per la mia privacy e Miss Psicopatica potrà forse ritrovarmi con facilità. Sono sicuro, però, che presto avrà un altro uomo da tormentare: è incapace di stare a lungo da sola. Quanto a me, me la prenderò comoda. È stata un'esperienza troppo scioccante non aver saputo giudicare una donna.» Inconsciamente, Leslie si toccò la guancia ferita. Aveva lasciato il telefono a casa per godersi un po' di tranquillità. Non avrebbe parlato mai più con quella donna, anche se, prima o poi, le loro strade si sarebbero inevitabilmente incrociate di nuovo. «Sono stanco delle avventure: o arriva la donna giusta o niente. Queste storielle sono solo una gran fatica e finiscono sempre male. Ti svaghi un po' e dopo passi un sacco di tempo a raccattare i cocci. Come con lo sciroppo d'acero, ma è molto meno divertente.» La sua ex gli aveva preannunciato che avrebbe distrutto tutto quello che aveva lasciato da lei. Il messaggio successivo, poi, aveva confermato il gesto. Poteva ricomprare ogni cosa, certo, ma era una grande seccatura e un brutto affronto. Leslie scoppiò a ridere. «Per farla breve, sono un senzatetto. Una novità, non c'è che dire. Di solito non vado a convivere, ma stavolta ho commesso un errore di giudizio. È stata brava, all'inizio, un'ottima attrice. Dovrebbe ricevere un Oscar per come ha recitato i primi tre mesi. Questo dimostra che si può essere ingannati a tutte le età.»

«Mi spiace che sia andata così.» Coco non aveva mai vissuto un'esperienza simile e sperava che non le capitasse mai. Episodi simili, di solito, accadevano in ambienti come quello hollywoodiano. Tante volte il padre aveva raccontato di liti tra i suoi clienti, di coppie scoppiate, di tradimenti segreti o alla luce del sole, di tentati suicidi. Erano anche quelle le cose da cui era fuggita, sebbene talvolta accadessero pure nel mondo reale. Nell'ambiente di Baxter, però, le storie erano effimere, finivano più velocemente, venivano vissute sotto i riflettori e finivano male. Non lo invidiava affatto, anzi, trovava il tutto scoraggiante, considerato che il suo ultimo flirt si sarebbe potuto concludere con qualcosa di peggio di una ferita al viso.

«Anche a me dispiace. Sono stato un idiota. E mi rattrista che tu abbia perso Ian. Sembri felice, nelle foto che vi ritraggono insieme.»

«Lo ero. Talvolta, però, le cose belle finiscono. È destino.» Leslie ammirava molto la filosofia di Coco; era una donna sorprendente. Rifugiarsi a casa di Jane era stata una benedizione per lui, perché in caso contrario non l'avrebbe mai conosciuta. Jane, infatti, non parlava mai della sorella perché era più interessata a se stessa. E d'altronde Coco si era definita la «pecora nera della famiglia», sebbene, agli occhi di Leslie, lei fosse una colomba tra aquile e falchi. Non doveva essere stato facile vivere in quel mondo, eppure Coco se l'era cavata egregiamente: non disprezzava nessuno dei suoi, ma aveva preferito andarsene, seguitando a mantenere comunque un legame con loro, legame che a Leslie sembrava assottigliarsi di giorno in giorno.

Trascorsero gran parte del pomeriggio sdraiati al sole, in veranda, chiacchierando di tanto in tanto. Leslie schiacciò un pisolino e Coco finì di leggere un libro. Dopo, prepararono dei sandwich con quello che era rimasto in frigo e portarono via gli avanzi per evitare che andassero a male. Quindi presero la macchina e raggiunsero la cittadina di Stinson per una passeggiata sulla spiaggia: la sabbia era bianchissima, piena di conchiglie e di sassi dalle forme strane, che Coco, di tanto in tanto, raccoglieva; gli uccelli galleggiavano placidi sull'acqua, mentre i gabbiani volteggiavano nel cielo. Camminarono a lungo fino al tramonto: solo allora si sedettero, per ammirare il sole scendere verso la laguna e illuminare Bolinas appena oltre la baia. Poi, a passo tranquillo e preceduti dai cani, tornarono verso il furgoncino, incrociando sul loro tragitto un paio di cavalli e qualche bagnante. Leslie si meravigliò nell'apprendere che la spiaggia si animava solamente nei giorni molto caldi e che, di solito, si incontrava pochissima gente. La giornata era stata rilassante quanto una settimana di vacanza.

«Approvo completamente», esclamò all'improvviso Leslie. Coco guidava con sicurezza il furgoncino su per i tornanti, che offrivano la vista spettacolare della scogliera, evitando, con altrettanta maestria, buche e tratti di strada le cui condizioni non ottimali rendevano quei luoghi poco frequentati.

«Cosa approvi?» Dietro, i cani russavano piano, sfiniti dalla lunga passeggiata e dalla corsa dietro i cavalli che Sallie aveva inutilmente cercato di radunare. Sconfitta, aveva poi iniziato a inseguire gli uccelli, imitata da Jack che, alla fine, stentava perfino a salire in macchina.

«La tua scelta di vivere qui, nel caso tu senta il bisogno di sentirtelo dire. Anzi, confesso addirittura di invidiarti.»

«Grazie.» Era piacevole sapere di essere capita. Leslie non la reputava una hippy e non considerava la sua casa una baracca. Per lui era piuttosto un luogo caldo e accogliente che rispecchiava la sua personalità. Coco era l'opposto di Jane e questo era un dato di fatto che la sua famiglia stentava ad accettare.

Attraversarono Mill Valley e poi il Golden Gate Bridge, sul quale scorreva il traffico della domenica sera. Coco raggiunse Pacific Heights e gli chiese se desiderasse fermarsi da qualche parte per comprare del cibo. Leslie rispose di no, si sentiva sazio di positività e rilassato dalla camminata sulla spiaggia. Aveva perfino sonnecchiato, mentre lei guidava in silenzio. Superata l'iniziale sorpresa di trovarsi faccia a faccia con il suo attore preferito nella cucina della sorella, Coco adesso si sentiva completamente a proprio agio con lui. Glielo aveva detto mentre passeggiavano in riva al mare, e Baxter le aveva confessato di provare le stesse sensazioni, nonostante la sua tendenza a proteggersi dagli estranei. Coco, però, per lui non era più una sconosciuta ma un'amica, sebbene si conoscessero solo da due giorni.

«Che ne diresti di un'omelette? Sono piuttosto bravo. E tu potresti fare una delle tue insalatone», le propose.

Coco scoppiò a ridere. «Non sono brava in cucina. Vivo di insalata e pesce.»

«Si vede», si complimentò Leslie. Era snella e in salute. Anche con quella T-shirt addosso, si capiva che aveva un bel fisico, come sua sorella Jane. Per lui, invece, era un po' più complicato: faceva ginnastica tutti i giorni e si allenava duramente con un personal trainer prima di girare un film. La carriera di un attore dipendeva anche da questo. Leslie non dimostrava gli anni che aveva e il suo fisico era giovane e scattante come in passato. Ma non era facile, e di certo il debole per i gelati non lo aiutava.

«L'idea dell'omelette mi piace», replicò Coco, mentre il furgone arrancava sulla collina che sovrastava la Divisadero e, a fatica, arrivava a destinazione. «Su, belli! Sveglia! Si scende!» disse ai cani. Leslie prese i viveri che avevano portato da Bolinas, mentre lei afferrava un borsone di paglia pieno di vestiti che, a parte per i colori, non differivano molto da quelli che indossava di solito: jeans e magliette. Da quando era morto Ian, l'abbigliamento non le interessava più. Le bastava che gli abiti fossero caldi, puliti e comodi. La sua era una vita semplice, al contrario di quella di Leslie che, sebbene al momento non necessitasse di chissà che cosa, ben presto si sarebbe dovuto rifare l'intero guardaroba. Era un sollievo per lui non avere la solita schiera di paparazzi alle calcagna. Nessuno sapeva che era a San Francisco, tranne Coco e la sua famiglia, e intendeva godersi al massimo quel periodo di libertà, una sensazione così cara alla sua nuova amica. Libertà e pace. Non smetteva di ripetersi che averla incontrata era stata una benedizione.

Coco disattivò l'allarme mentre Leslie accendeva le luci di casa. Poi si diressero in cucina, seguiti dai cani ai quali Coco diede subito da mangiare. Appena ebbe finito, apparecchiò la tavola con due tovagliette di meraviglioso lino francese e posate d'argento, mentre Leslie iniziava ad armeggiare ai fornelli. Mezz'ora più tardi, dopo aver preparato la Caesar salad, accesero le candele e si sedettero a tavola. Come le aveva promesso, le omelette erano deliziose.

«Che magnifica giornata», disse Leslie, felice, mentre parlavano del più e del meno e concludevano la cena con un gelato.

«Vuoi vedere un film?» gli chiese Coco, sparecchiando con il suo aiuto.

«Pensavo di fare una nuotata. Ieri ho controllato la temperatura dell'acqua ed è perfetta. A Los Angeles mi alleno tutti i giorni, ma stasera mi sento un po' pigro.» Jane possedeva una palestra professionale dove si esercitava tutti i giorni, seguita da un personal trainer. A Coco, invece, non interessava e la stessa Liz, pur lamentandosi di qualche chiletto di troppo, non faceva niente per smaltirlo.

«Io mi alleno tutti i giorni con i cani.»

«Dopo una giornata trascorsa a guardare l'oceano, ho davvero voglia di nuotare.» Coco sorrise. Leslie aveva alcune espressioni che le ricordavano Ian. «Immagino che in piscina non ci siano squali, giusto?»

«Ultimamente non ne ho visti», rispose Coco, accettando il suo invito a unirsi per una nuotata. Di solito non usava la piscina della sorella, ma andarci con Leslie sarebbe stata una piacevole novità. Dopo cena andarono ciascuno nella propria stanza per cambiarsi, quindi si incontrarono direttamente in piscina: la vasca, bellissima, era al chiuso, perché il clima di San Francisco era piuttosto freddo.

Nuotarono per un'ora, ma Leslie stentava a tenere il ritmo di Coco, più giovane e allenata.

«Santo cielo! Hai la resistenza di una nuotatrice olimpionica», commentò, ammirato.

«A Princeton ero capitano della squadra di nuoto», confessò lei.

«Da ragazzo facevo canottaggio, ma se ci provassi ora schiatterei!»

«L'ho fatto anch'io, ma solo per un anno. Lo detestavo. Il nuoto era più facile.» Quando uscirono dall'acqua erano stanchi ma rilassati. Leslie indossava un costume blu, mentre Coco un semplice bikini nero che metteva in risalto la sua figura. Non vi era nulla di apertamente seducente in lei e la sua bellezza non inviava segnali ambigui.

Indossarono due degli spessi accappatoi che Jane teneva in palestra e, gocciolanti, tornarono nelle rispettive camere da letto per la doccia. Leslie la raggiunse qualche minuto dopo, con ancora l'accappatoio della piscina. Coco, invece, indossava un pigiama di flanella e aveva messo su un film. «Vuoi guardarlo insieme con me? È una commedia, il mio genere preferito.» Lo aveva già visto un sacco di volte, ma lo adorava. Leslie accettò, approfittando del fatto che Jack si era addormentato per terra vicino a Sallie, e si sdraiò accanto a Coco. Si stava pian piano abituando alla presenza dei due cani, anche se la stazza di Jack lo intimoriva ancora.

Leslie sistemò i cuscini dietro la testa e iniziò a guardare il film. Dopo qualche minuto, Coco si alzò per ritornare, ridacchiando, con una ciotola piena di popcorn. Era come essere tornati bambini. In quel momento squillò il cellulare, era Jane. Leslie ascoltò la conversazione in silenzio: Coco le stava raccontando di Jack e la rassicurava che era tutto okay. Aggiunse poi che lei non gli era di alcun disturbo, e Baxter intuì che la sorella le stava chiedendo di lui. Coco non disse nulla di Bolinas, né del fatto che stavano vedendo un film insieme. La conversazione fu breve e molto simile a un interrogatorio. Niente frasi calorose o affettuose come ci si sarebbe aspettati tra sorelle. Coco disse «sì» una mezza dozzina di volte – di sicuro si trattava di istruzioni – e poi chiuse la conversazione.

«Voleva assicurarsi che non ti fossi d'impiccio. Dimmelo, se ti do fastidio.»

Leslie la baciò su una guancia. «Non trascorrevo momenti così da anni, sono stati i due giorni migliori che abbia mai passato. Se c'è un intruso, qui, quello sono io. Inoltre, questo film mi piace davvero», le sorrise. «Di solito mi sciroppo sesso e violenza. È bello vedere due persone che si innamorano. Si mettono insieme, alla fine?» La guardò speranzoso e Coco rise.

«Non te lo dico! Aspetta e lo saprai.» Spense la luce per guardare meglio l'enorme schermo: era come essere al cinema o a un pigiama party. Era bello anche dividersi i popcorn.

Il film si concluse nella maniera più prevedibile, come Coco ben sapeva, dato che lo aveva visto un sacco di volte.

«Perché nella vita non è così?» sospirò Leslie, mettendosi comodo sui cuscini. «Sarebbe semplice, ragionevole. Qualche difficoltà da superare insieme e il gioco è fatto. Niente stupidaggini, niente cattiverie reciproche, nessun trauma derivante da un'infanzia infelice. Ci si piace, ci si innamora e si sta insieme felici e contenti. Perché è così dannatamente difficile che accada nella vita reale?» concluse in tono nostalgico.

«Talvolta la gente è complicata», rispose Coco con dolcezza. «Ma forse accadrà. A me è successo... quasi. Ad altri pure. Bisogna prenderla con leggerezza, tenere gli occhi aperti, osservare la persona scelta, essere onesti con lei e con se stessi e condurre il gioco in maniera leale.»

«Non è mai così», commentò lui, avvilito. «Non nel mio mondo, almeno. La maggioranza delle persone bara ed è ossessionata dal bisogno di vincere. Ma se uno prevale, si è in due a perdere.» Coco annuì. «Ian e io abbiamo puntato sulla lealtà e stavamo benissimo insieme.»

«Eravate giovani, oltre che due persone perbene. E poi guarda cosa vi è capitato! Se non siamo noi a combinare casini, ci pensa il destino a metterci i bastoni tra le ruote.»

«Non sempre. Conosco un mucchio di persone felici a Bolinas. Credo che parte del segreto stia in una vita semplice. Nel mondo in cui sono nata e cresciuta, si tende a ingarbugliare le cose e molti non sono onesti, soprattutto con se stessi.»

«È questo che mi piace di te, Coco. Sei così diretta, buona, pulita.» Le sorrise.

«Anche tu sei una persona onesta», replicò lei, rossa in volto.

«Sì, è vero, ma sbaglio nella scelta delle compagne.

Guarda quella da cui sto scappando. Probabilmente sapevo che non era per me, ma ho fatto finta di niente, perché era più facile. E alla fine cosa ne ho ricavato? Un nascondiglio in un'altra città e un guardaroba distrutto.» Sorrisero entrambi nell'immaginare il falò di abiti. Quanto a San Francisco, non pareva seccato di trovarsi lì, al contrario. Era tranquillo e rilassato, del tutto diverso dall'uomo esausto e stressato di qualche giorno prima. La gita a Bolinas era stata un toccasana per entrambi.

«La prossima volta sarai più saggio e attento», disse Coco. «Non avvilirti. Pensa che, come sempre succede, hai di sicuro imparato qualcosa.»

«Tu cosa hai appreso dal tuo compagno australiano?»

«Che le cose belle esistono. Devi solo avere la fortuna di trovarle o di essere trovato. Accade, sì. Accade.»

«Vorrei avere la tua stessa fiducia», rispose Leslie, fissandola attentamente.

«Devi guardare più commedie rosa», fece lei, seria, mentre lui scoppiava a ridere. «Sono la medicina migliore.»

«No.» Leslie seguitò a guardarla intensamente. «Ne ho trovata una migliore.»

«Quale?» chiese lei, candida. Ignara di ciò che stava per accadere, incrociò il suo sguardo.

«Tu. La migliore medicina sei tu. Sei la persona più bella che abbia mai conosciuto.» Leslie la strinse tra le braccia e la baciò. Frastornata e imprigionata dalla dolce stretta di lui, Coco esitò qualche istante, prima di cingergli il collo e ricambiare il bacio. Nessuno di loro aveva pensato che potesse accadere né lo aveva pianificato.

Dopo averla vista in bikini, lui si era perfino ripromesso di evitare ogni avance in segno di rispetto, perché le era amico, ma, improvvisamente, si era ritrovato a volere di più. Desiderava avere e darle tutto quello che lei voleva, perché era Coco e lo meritava, come lo meritava pure lui. Non c'era nulla di sbagliato in quello che stava succedendo, e poco importava se la conosceva da appena due giorni. Si stava innamorando di lei. Quando si sciolsero dal bacio, Coco lo fissò con espressione sbalordita: lei non desiderava una storia di solo sesso, ma non aveva mai voluto nessuno come adesso voleva lui. Leslie Baxter era nel suo letto e la stava baciando, ma in quel momento, per lei, lui era un uomo e non la star del cinema; l'attrazione tra loro era irresistibile.

Rimase sorpresa quando lui la baciò di nuovo. Poi, prima ancora che se ne rendessero conto, i loro indumenti volarono per terra e si amarono con passione. Nulla li avrebbe potuti fermare. Coco non faceva l'amore da quando aveva perso Ian e Leslie, mentre l'amava, si chiese se fosse mai stato innamorato prima di allora. Sapeva solo che adesso era lì con lei.

Dopo, rimasero sdraiati l'uno accanto all'altra. Coco attese qualche istante, prima di girarsi su un fianco e guardarlo negli occhi. «Cosa è stato?» sussurrò. Di qualunque cosa si trattasse, ne voleva ancora. Ma non subito. Non le era mai accaduta una cosa del genere, neppure con Ian. Il loro modo di fare l'amore era tranquillo, pacato. Con Leslie, invece, era come un terremoto, un ciclone. Il mondo si era ribaltato e nella testa le rimbombava un suono di campane. Le emozioni condivise con lui erano state potenti come un'onda durante l'alta marea.

«Credo, tesoro», sussurrò Leslie di rimando, «che si trattasse d'amore. Quello vero. Finora non sarei stato capace di riconoscerlo neppure se mi avesse morso, ma adesso so che è accaduto a noi. Sei d'accordo?» Coco annuì, in silenzio. Voleva innamorarsi, ma non ne era sicura e le pareva troppo presto.

«E adesso?» Il suo tono nascondeva un filo di preoccupazione. «Tu sei una star che presto tornerà nel suo mondo e io una che vive in un cottage sulla spiaggia a Bolinas.» Era troppo presto per pensarci, ma il messaggio era chiaro: ci voleva cautela, una cautela che Coco aveva sempre avuto. Le ci erano voluti tre mesi per andare a letto con Ian, ma solo due giorni per fare lo stesso con Leslie. «Non mi era mai capitata un'esperienza del genere.» Una lacrima le rigò il volto. Era commossa dall'accaduto, spaventata ma non pentita.

«Neppure a me, non così, almeno.» A Leslie era successo spesso di portarsi qualcuna a letto già al primo appuntamento, ma non era mai stato colto alla sprovvista come con Coco. La passione lo aveva travolto con una violenza incontenibile. «Quanto alla storia divo e hippy da spiaggia, non è affatto come sostieni. Non sei una povera orfanella che non conosce il mondo. Vuoi sapere una cosa? Propongo, come hai detto tu prima, di aspettare e vedere. Forse si tratta proprio di una di quelle commedie rosa che ti piacciono tanto. Io, tesoro mio, lo spero con tutto il cuore», esclamò Leslie, sincero.

«Conosco il tuo mondo e lo detesto in blocco, tranne te.»

«Facciamo un passo alla volta», le propose lui saggiamente. Coco, però, temeva che non avrebbe funzionato e per questo non voleva attaccarsi a lui e soffrire quando fosse tornato nel suo mondo, perché sapeva che sarebbe successo. Il loro era solo un sogno, una fantasia. Un sogno che anche Leslie voleva vivere. Eppure talvolta i sogni si avverano, a lei era quasi successo, in passato. Coco voleva credere che sarebbe stato possibile anche quella volta, ma, considerato con chi era accaduto e la velocità con la quale si era verificato, non sapeva che cosa pensare. «Mi prometti di non preoccuparti troppo e di credere in me e in quello che ci è successo? Non voglio ferirti in alcun modo, Coco. Concediamoci una possibilità e vediamo come va.»

Lei non disse niente e si limitò ad annuire come una bambina, per poi rifugiarsi tra le sue braccia. Leslie la tenne stretta a sé a lungo, e dopo fecero di nuovo l'amore con tutta la tenerezza del sentimento che li univa. L'uragano che li aveva rapiti la prima volta non tardò a travolgerli una seconda.

5

Il giorno seguente, quando aprì gli occhi, Coco si chiese se quello che era accaduto la notte precedente fosse reale o fosse invece solo un sogno. Era sola nel letto, non c'era traccia di Leslie, quindi... Un istante dopo lo vide entrare. Intorno ai fianchi aveva legato un asciugamano, con le mani teneva il vassoio della colazione e tra i denti stringeva una rosa appena raccolta nel giardino di Jane. Coco si drizzò a sedere e lo fissò.

«Mio Dio, è tutto vero!» O almeno sperava che lo fosse. «E non eravamo neppure brilli.»

«Quella sì che sarebbe stata una scusa meschina.» Leslie le appoggiò il vassoio sulle gambe: le aveva preparato cereali, succo d'arancia e toast con burro e marmellata. «Avrei optato volentieri per dei waffle, ma temevo un pasticcio con lo sciroppo d'acero simile a quello dell'altra mattina.» Risero entrambi di quello che sarebbe rimasto un loro piccolo segreto. Coco guardò l'orologio: le sette. Ottimo, aveva ancora un'ora da passare con lui, anche se avrebbe preferito restare a letto l'intera giornata.

«Grazie», gli disse, leggermente imbarazzata per la colazione e per ciò che era successo tra loro. Leslie la guardò negli occhi e parve leggerle dentro.

«Voglio solo dirti una cosa prima che ti spaventi a morte. Nessuno di noi sa con esattezza cosa è accaduto. Per quanto mi riguarda, lo accolgo a braccia aperte e, sebbene ci conosciamo solo da pochi giorni, penso di sapere come sei fatta. So chi sono e cosa sono, so come voglio essere da grande, se mai crescerò. Non sono un bugiardo e non inganno le persone; è vero, ogni tanto mi sono comportato da imbecille, ma non sono una cattiva persona. Non ti sto prendendo in giro e non sarai un'altra delle mie avventure da collezione. Di quelle, ne ho già avute fin troppe. Mi sono innamorato di te, Coco. So che può sembrare una pazzia, in soli due giorni, ma è così. Lo so con certezza. Voglio trascorrere il resto della mia vita con te e desidero che tu mi conceda, e conceda a te stessa, questa possibilità. Non facciamoci prendere dal panico, è tutto sotto controllo. Siamo due persone normalissime che si sono innamorate. Stiamo vivendo il nostro film d'amore personale e non mi auguro altro che continui così. Te la senti di provare?» Le tese una mano che lei, lentamente, strinse. Leslie le diede un bacio prima sulla mano e poi sulle labbra. «Ti amo, Coco. Non m'importa se sei una hippy che vive sulla spiaggia, una dog sitter o la figlia di uno dei più famosi agenti di Hollywood e di una scrittrice di best seller. Ti amo per come sei. E, con un po' di fortuna, forse anche tu imparerai ad amarmi.» Leslie si sedette sul letto e Coco lo guardò con il medesimo stupore della sera prima.

«Ti amo già, e non perché sei un divo, ma a dispetto di questo.»

«È tutto ciò che desidero. Il resto lo affronteremo un giorno per volta», rispose Leslie, al settimo cielo.

Si divisero il toast e, mezz'ora dopo, fecero la doccia insieme. Coco andò a lavorare promettendo di rientrare per pranzo, mentre Leslie avrebbe trascorso la mattinata tra una telefonata di lavoro e l'altra. Doveva avvertire il suo agente di quello che era successo con la sua ex, dirgli dove si trovava e avvisare della situazione anche l'addetto stampa. Inoltre, in attesa di rientrare in possesso dell'appartamento, doveva trovarne un altro ammobiliato. Dopo avrebbe fatto un giro esplorativo in città per orientarsi. Sarebbe stato carino portare Coco a cena da qualche parte. Il weekend, invece, lo avrebbero trascorso a Bolinas. Sorridendo, si vestì. Adorava stare con lei.

Coco fece il solito giro di clienti, con la differenza che quella mattina le pareva di camminare sulle nuvole. Era incantata dalle parole di Leslie e da quello che era successo. Nei rari momenti di lucidità mentale, però, stentava a credere che tutta quella felicità sarebbe durata. Lui era Leslie Baxter, accidenti! Sarebbe tornato a Hollywood e i tabloid li avrebbero spolpati fino all'osso. Decine di attrici famose avrebbero girato intorno come mosconi. Lei, invece, dove sarebbe stata? A Bolinas in attesa del suo ritorno? Si disse che non sarebbe tornata mai più a vivere a Los Angeles, neppure per lui. Tirò un respiro profondo mentre riaccompagnava a casa l'ultimo cane. Un passo alla volta era la cosa migliore da fare per il momento. Avrebbero risolto i problemi a mano a mano che si fossero presentati. Una cosa, però, era certa: non voleva perdere di nuovo la persona amata, anche se era difficile prevedere un lieto fine, considerate le premesse.

Quando rientrò con dei sandwich per pranzo, Leslie era ancora al telefono, impegnato a discutere con un agente immobiliare per l'affitto di una villa a Bel Air. La proprietaria, un'attrice molto nota, sarebbe rimasta sei mesi in Europa per le riprese di un film. Coco ascoltò, preoccupata.

«Niente panico», rise lui, rassicurandola. «Vuole cinquantamila dollari al mese.» Durante la giornata aveva riflettuto sulla loro situazione. «Potrei restare qui. Robin Williams e Sean Penn lo fanno e pare che funzioni egregiamente.» Coco annuì, ancora sotto choc per quello che stava accadendo. La donna delle pulizie era andata via mentre lei rientrava e così la coppia, dimentica dei sandwich, si rifugiò in camera da letto a fare l'amore fino a quando Coco non dovette uscire per il turno pomeridiano di dog sitting. Si separarono a stento. Alle quattro, quando tornò di nuovo a casa, trovò Leslie addormentato. Il suo agente gli aveva promesso di spedirgli dei copioni. Per il momento, dunque, sarebbe rimasto a San Francisco con lei. Jane gli aveva detto di fermarsi per tutto il tempo che desiderava. Quanto alla loro storia, l'avrebbero tenuta per loro ancora per un po'.

Nel tardo pomeriggio, Leslie ricevette una chiamata dal suo addetto stampa. L'attrice che lo stava perseguitando aveva diffuso un comunicato nel quale annunciava di averlo lasciato, e dava velatamente a intendere che fosse omosessuale. Una bugia bella e buona dettata dal suo desiderio di vendetta. Leslie accolse con sollievo il fatto che lei avesse comunicato pubblicamente di averlo lasciato; forse era segno che aveva deciso di gettarsi tutto alle spalle e che avrebbe smesso di torturarlo. Non essendone però completamente certo, decise di aspettare ancora prima di tornare a Los Angeles. Leslie aveva chiesto a Coco di prenotare un tavolo a suo nome per cena e lei aveva scelto un localino messicano in un posto tranquillo, con la speranza che nessuno lo riconoscesse. Si amarono sotto la doccia e alle otto uscirono per godersi la serata.

Il ristorante era delizioso e nessuno fece caso a loro, fino al momento di pagare il conto. La donna alla cassa non aveva fatto altro che fissarlo per tutta la sera. Leslie pagò in contanti per evitare di esibire la carta di credito e la cassiera, con il resto, gli fece pervenire la richiesta di un autografo. Baxter non firmò per non confermare la sua identità. Poi, indifferente, si fece largo tra la piccola folla di avventori che si erano alzati dai tavoli e, insieme con Coco, uscì dal locale per raggiungere a passo svelto il furgoncino.

«Merda!» sibilò tra i denti mentre lei partiva. «Spero che nessuno chiami la stampa.» Coco non aveva mai avuto esperienze dirette con i giornalisti, ma lui era uno dei loro bersagli preferiti. A partire da quel momento, avrebbero dovuto fare molta attenzione. Se era stato riconosciuto in quel locale appartato, era possibile che gli capitasse di nuovo, e loro volevano evitare che si spargesse la voce della sua presenza a San Francisco. Così, per il resto della settimana, non si mossero di casa se non per qualche passeggiata pomeridiana sulla spiaggia, mentre per il weekend si trasferirono a Bolinas. Lì nessuno li disturbò e, quando Leslie incontrò davanti ai bidoni della spazzatura Jeff, il vigile del fuoco che abitava nella casa accanto, questi lo salutò cordialmente, si presentò e si disse contento che Coco, verso cui nutriva grande ammirazione, non fosse più sola. Lo incrociarono di nuovo la domenica, sulla spiaggia, insieme con il suo cane e si fermarono a chiacchierare con amichevole disinvoltura. Leslie era certo di essere stato riconosciuto, ma quella era una comunità in cui ognuno rispettava la privacy altrui. Raccontò a Jeff di aver fatto parte, quando era al college in Inghilterra, del corpo volontario dei vigili del fuoco. Parlarono quindi di incendi, della vita a Bolinas e ancora di auto, e scoprirono di essere entrambi appassionati di meccanica e motori. Il fine settimana trascorse in tranquillità e rilassatezza, e durante il ritorno a San Francisco, Leslie dichiarò di trovare Jack molto simpatico.

Coco seguitava a temere che la fragile bolla della loro storia segreta potesse scoppiare da un momento all'altro, ma fino ad allora tutto sembrava proseguire per il meglio. Jane, d'altronde, sapeva che Leslie abitava ancora da lei e si diceva contenta; aveva una sola raccomandazione da fare alla sorella: lasciare in pace l'ospite e non essergli d'intralcio. Alla fine della seconda settimana di convivenza, Leslie ricevette la proposta di andare a Los Angeles per vedere alcune case. Non aveva alcuna voglia di muoversi, ma alla fine decise di partire non solo per sistemare delle questioni col suo agente, ma anche per mostrarsi in giro e non dare l'impressione di nascondersi dopo l'accusa di essere omosessuale. La sua ex seguitava a diffondere quella voce, ormai presente a caratteri cubitali su alcuni giornali.

«Che ne dici di partire con me sabato? Potremmo pernottare a Bel Air», le propose. L'albergo dove Leslie intendeva alloggiare aveva fama di grande discrezione e Coco era una perfetta sconosciuta.

«E i cani?» Non poteva lasciarli, soprattutto Jack. Jane sarebbe montata su tutte le furie.

«Che mi dici dei tuoi vicini di Bolinas? Potrebbero dormire da te.»

«Sì, è un'idea. Proverò a chiedere.» I vicini acconsentirono volentieri a darle una mano e uno di loro propose addirittura di riportarglieli direttamente a casa, la domenica sera, quando sarebbe andato in città per una festa di compleanno. Tutto si era sistemato. Un passo alla volta, come era solito ripetere Leslie.

Per maggiore precauzione, volarono a Los Angeles su due aerei diversi e raggiunsero l'hotel separatamente. La prudenza non era mai troppa. Era un po' come essere in un film di spionaggio, dal momento che non avevano detto a nessuno di essere insieme in città. Leslie aveva preso un volo prima di quello di Coco, e in attesa del suo arrivo visitò svogliatamente alcune abitazioni. Ma nessuna gli piacque, perché il suo interesse nel trovare casa a Los Angeles era svanito da quando si era innamorato, e lei fu felice di sentirselo dire non appena si rividero.

La suite del *Bel Air Hotel* era meravigliosa e il personale molto discreto, perché era abituato a gestire situazioni simili alla loro: nessun altro venne a sapere della presenza di Coco. Per cena, andarono in un localino specializzato in cucina cajun e creola e rientrando in albergo si sentivano rilassati e felici. Era quasi mezzanotte e stavano attraversando il giardino per far ritorno nelle loro stanze, quando videro una coppia camminare mano nella mano e poi baciarsi accanto a una coppia di cigni che nuotavano nel laghetto artificiale lì vicino. Coco sorrise e pensò che c'era qualcosa di familiare nei due; in fin dei conti conosceva un po' tutti da quelle parti e anche chi non era famoso faceva del suo meglio per assomigliare ai divi più in auge. La donna era una signora elegante, aveva i capelli biondi e indossava un abito da cocktail che ne evidenziava il fisico ben curato e svettante su un paio di scarpe col tacco. L'uomo che l'accompagnava era altrettanto ben vestito, bello e giovane. La coppia si fermò di nuovo per baciarsi a lungo e si allontanò proprio mentre Coco e Leslie imboccavano il vialetto secondario che conduceva alla loro suite. In quell'istante, la sconosciuta si girò e il suo viso fu illuminato dalla luce del lampione. Coco trasalì.

«Mio Dio!» esclamò, afferrando il braccio di Leslie.

«Che succede? Stai bene?»

Coco scosse la testa, incapace di muovere un passo. Possibile che quella donna... Sconvolta, corse in camera, mentre Leslie la seguiva preoccupato. Coco era nel panico più totale e non appena giunse nel soggiorno della suite scoppiò in lacrime. Leslie la abbracciò, senza capire perché la vista dei due innamorati avesse scatenato una simile reazione: sembrava che Coco avesse incrociato un fantasma.

Scioccata, la ragazza si sedette.

«Cosa ti prende?» Leslie si mise a sedere accanto a lei e le cinse le spalle. «Dimmelo, per favore. Conosci quell'uomo?» Si domandava se fosse un vecchio amore; lui sapeva solo di Ian.

Coco scosse la testa, una lacrima le rigò il viso. «Non si tratta di lui... quella donna, lei è mia madre.»

«Tua madre? Non l'avevo mai vista di persona. È molto bella.» Coco non le assomigliava affatto, pur non essendo da meno.

«Lui ha la metà dei suoi anni.»

«La metà non direi proprio», replicò Leslie per sdrammatizzare. Era parecchio più giovane, quello sì, e i due sembravano molto presi l'uno dall'altro. Lei aveva rivolto uno sguardo di adorazione verso il compagno, un uomo ben vestito, affascinante e con i capelli relativamente lunghi. Era probabile che si trattasse di un attore o di un modello. «Suppongo», aggiunse lui dopo un breve silenzio, «che tu non ne sapessi nulla.»

«Certo che no. Ha sempre sostenuto che dopo papà non avrebbe avuto più nessuno. E invece, guarda un po'!» rispose fuori di sé dalla rabbia. «Sono tutti delle merde in questo ambiente! Mentono, sono falsi, perfino mia madre, che ha sempre da ridire su ogni cosa! Dice a me che sono una hippy, una fallita... E lei, cosa è *lei*?» Il giudizio che Leslie percepì nel tono di voce di Coco lo fece sussultare.

«Forse solo una donna sola», tentò di calmarla Baxter. «È difficile non avere nessuno a quell'età.» Suppose che dovesse essere sulla sessantina, considerati gli anni di Jane, sebbene non li dimostrasse affatto. Pareva più vicina ai cinquanta, mentre l'uomo era chiaramente più giovane di lei, ma lui non ne fu sorpreso. Sembravano stare molto bene insieme e i loro volti emavano felicità. Pur non trovandoci niente di male, si guardò bene dall'esprimere a voce alta la sua opinione, dal momento che Coco era lì lì per avere una crisi. Come darle torto, in fondo? Neppure lui avrebbe gradito incontrare sua madre, che era molto meno curata e in forma di quella di Coco, in una situazione del genere. C'era però da tenere a mente che Florence, oltre a essere più giovane, sexy ed elegante, era vedova e famosa. Questo particolare cambiava di molto le carte in tavola.

«Ha sessantadue anni e si è sottoposta a più interventi di chirurgia plastica di una persona ustionata. Non è giusto. Come si permette di dire a me come vivere la mia vita per poi comportarsi in quella maniera quando nessuno la vede? Papà non le avrebbe mai fatto uno sgarbo simile.» Coco mentiva a se stessa e lo sapeva: Buzz era stato un bell'uomo con il debole per le donne, e da piccola le era capitato spesso di assistere a qualche litigio per colpa di una cliente dell'agenzia giovane e carina. La madre lo aveva tenuto sempre sotto controllo. Se fosse stato lui a sopravvivere alla moglie, non avrebbe probabilmente tardato a trovare una compagna. Ma non si sarebbe mai aspettata un comportamento simile da sua madre, e per di più con un uomo più giovane.

«Forse anche tuo padre non sarebbe rimasto solo. Perché le persone di una certa età non possono avere un compagno e fare sesso? È questo che ci mette in imbarazzo? Detesto dovertelo far notare, ma pure lei ha diritto a una vita.»

«E credi davvero che un ragazzo così giovane si metta con una donna di quell'età per il sesso? Te lo dico io a cosa mira lui: ai soldi, al potere, ai suoi agganci!»

«Sì, è possibile», replicò Leslie, ragionevole. Coco si era calmata e aveva smesso di piangere, ma era ancora annichilita al ricordo di quel bacio al chiaro di luna. «Hai omesso una cosa», seguitò lui. «L'amore. Magari ne è innamorata. Capita di frequente che gli uomini si innamorino di donne più giovani di loro. Io ho tredici anni più di te eppure nessuno ci fa caso. Perché dobbiamo farci influenzare dagli stereotipi, quando si parla di coppia? A te non importa che Jane viva con una donna e rispetti la loro relazione, perché non fare lo stesso con tua madre e il suo nuovo compagno?»

«Non mi piace pensare a lei in quei termini», rispose Coco con franchezza, profondamente scossa.

«Neanche io lo gradirei», ammise lui in tutta onestà. «Potresti parlarle e sentire cosa ha da dirti.»

«Parlare con *mia madre*? Stai scherzando? Non racconta *mai* la verità su se stessa. Ha mentito per anni sulla chirurgia plastica. Papà era ancora vivo quando si è rifatta le tette, dieci anni fa. Poi è toccato agli occhi, e dopo si è fatta un lifting al viso. Tre settimane dopo il funerale di papà, se n'è fatto un altro per 'tirarsi un po' su', testuali parole. Oh, santo cielo, forse stava già con quel tipo!»

«O forse no. Forse lui è solo il risultato finale. Riservati ogni giudizio per quando ne avrai parlato con lei, mi sembra più giusto. Quell'uomo potrebbe essere a caccia di fama e soldi, ma non è detto. Senti cosa ti racconterà lei. A me sembravano innamorati.»

«Ha solo voglia di fare sesso.»

Leslie scoppiò a ridere. «Be', sappi che se fosse genetico non me ne lamenterei. Se alla sua età sarai come lei, sarò contento come una pasqua. Niente lifting, però. Ti amerò lo stesso, anche se dovessi pendere da tutte le parti.» Coco aveva una bellezza più naturale di quella di sua madre, e di sicuro sarebbe invecchiata meglio, sebbene Florence fosse splendida per la sua età. Inoltre, se era vero il detto «se vuoi vedere come invecchia tua moglie, guarda prima la madre», be', lui poteva stare tranquillo.

Coco andò a letto arrabbiata e la mattina dopo si svegliò con lo stesso cattivo umore. La irritava l'idea di non poter parlare con la madre, come Leslie aveva suggerito, o dirlo a Jane, visto che era partita in gran segreto. Se si fosse confidata con la sorella, lei avrebbe saputo che Coco aveva lasciato Jack a San Francisco e sua madre sarebbe venuta a conoscenza del fatto che era a Los Angeles. E l'avrebbe subito chiamata per rimproverarla di non essersi fatta sentire. C'erano troppi segreti nella loro famiglia, da pochi giorni a quella parte. Lei e Leslie non avevano niente da nascondere, ci tenevano solo a evitare che quella psicopatica della ex potesse rintracciarlo e volevano lasciare la stampa all'oscuro della loro storia il più a lungo possibile. Per adesso, quindi, Coco non era libera di agire e doveva tacere, anche se il flirt della mamma la faceva star male.

Rientrarono a San Francisco su due voli diversi e tornarono a casa di Jane con auto separate. Appena arrivati, riaffrontarono l'argomento che seguitava a tormentare Coco: la ragazza si aspettava delle spiegazioni in merito, soprattutto perché era da una vita che veniva criticata per le proprie scelte. Non approvava nulla di ciò che aveva visto o immaginava: né i baci, né il flirt e men che meno l'età dell'uomo che accompagnava sua madre.

Quella sera ricevette una telefonata di Jane, la quale colse subito il tono arrabbiato di Coco e chiese che cosa non andasse. «Che hai?» volle sapere, sospettosa. «Non avrai mica litigato con Leslie? Ricordati che è mio ospite.»

«E io cosa sarei, oltre che la guardiana della casa e del

cane?» ribatté Coco, piccata. All'altro capo del telefono, Jane sgranò gli occhi.

«Ti prego di scusarmi. Solo, non usare quel tono con il mio ospite, Coco. E non essere arrabbiata con me. Leslie potrebbe decidere di fermarsi ancora un bel po' da noi per sfuggire a quella matta e alla stampa. Perciò ti ringrazio fin da ora se eviterai di infastidirlo con il tuo caratteraccio.» Jane la trattava sempre come una bambina, ma questa volta Coco scoppiò a ridere.

«Cercherò di non infastidirlo», simulò, altezzosa. Anche lei aveva un segreto da proteggere e né lei né Leslie avevano ancora voglia di svelarlo a Jane. Tenevano a salvaguardare la propria privacy senza dover combattere con le reazioni o le opinioni altrui. Coco si domandò se anche sua madre la pensasse allo stesso modo e se avesse intenzione di aprirsi con le figlie. Se si fosse trattato solo di sesso avrebbe taciuto, ma, se la storia fosse stata seria, prima o poi ne avrebbe parlato. «E del resto lo vedo pochissimo», aggiunse riferendosi all'ospite, per confondere ulteriormente le tracce.

«Ottimo. Ha bisogno di stare tranquillo. Non sai che periodaccio ha attraversato: prima la fidanzata psicopatica che tenta di ucciderlo e adesso le voci che lei ha diffuso sulla stampa sulla sua presunta omosessualità.»

«È davvero omosessuale?» chiese Coco candidamente, e sorrise. Da due settimane aveva continue prove del contrario; se la spassavano alla grande e non solo in camera da letto.

«Certo che no! È solo che non sei il suo tipo. A lui piacciono le donne glamour e sofisticate. Di solito flirta con le partner dei suoi film, ma nel suo palmarès conta anche nobili britanniche e principesse europee. È la star maschile più in voga del momento. E non è affatto omosessuale!» ripeté. «Pensa che una volta ci ha provato perfino con me. Quell'uomo si farebbe tutto ciò che si muove.» *Tutte ma non te*, era il commento sottinteso che aleggiò nell'aria e che a Coco non sfuggì. Quando riattaccò, era più depressa di prima.

«Glielo hai detto?» volle sapere Leslie, e in risposta lei scosse la testa.

«Non ho potuto per via del cane. Ha commentato che ti faresti tutto ciò che si muove, specialmente le partner dei film in cui reciti, soprattutto se glamour e sofisticate. Tutte tranne me.» Coco aveva l'aria di una che avesse appena ricevuto uno schiaffo.

«Ha detto così? E perché?» Leslie la fissò, sorpreso.

«Le ho chiesto se fossi omosessuale per confondere le acque.»

«Magnifico. E quella è stata la risposta? Sì, sono andato a letto con qualche coprotagonista, ma ormai non succede più da secoli. Ho cercato delle donne vere, e non delle starlette. Sei tu la sola persona che ho mai amato. E no, non sono omosessuale.»

«Provamelo», ribatté Coco, imbronciata.

«Be', se proprio insisti.» Ridendo, Leslie smise di disfare i bagagli e insieme si diressero verso il letto. «Ogni tuo desiderio è un ordine, e se vuoi che ti dimostri di non essere omosessuale lo farò», disse, accontentandola più di una volta.

6

VERSO la fine di giugno, l'ex fidanzata di Leslie aveva smesso di concedere interviste alla televisione e sulla carta stampata ed era perfino stata vista sulla pista da ballo di un night club di Los Angeles in compagnia di una famosa rock star. L'incubo pareva essere finito, visto che da due settimane tutto taceva. E così Leslie decise di partire per un paio di giorni per incontrare il suo agente e discutere di lavoro con lui. Nell'apprenderlo, Coco si avvilì, travolta dal ricordo di come era stata la vita senza di lui, pensando a quanto lo amasse e alla sofferenza che avrebbe devastato entrambi nel momento in cui lui fosse tornato alla normalità della sua esistenza. Quello stato di beatitudine che vivevano a casa di Jane non sarebbe durato per sempre. I loro mondi erano completamente diversi e lontani, e quello che stavano vivendo era una specie di tempo preso in prestito. Quando Leslie tornò a casa, Coco era ancora giù di morale.

«Che è successo? È morto qualcuno?» la prese in giro lui. Coco era il ritratto della tristezza. Forse si trattava ancora di quella faccenda della madre e del segreto che era costretta a mantenere al riguardo.

«No, tu non c'eri e ho sperimentato come sarà quando il lavoro ti porterà lontano.» Leslie rimase colpito da quelle parole. Anche lui, in effetti, aveva pensato costantemente a come costruire il loro futuro insieme; lo desiderava più di ogni altra cosa.

«Non sta scritto da nessuna parte che tu non possa venire a Los Angeles con me. Potremmo vivere lì.» Coco scrollò la testa con veemenza.

«Mamma mi farebbe impazzire, i paparazzi ci prenderebbero d'assalto, le persone si metterebbero perfino a rovistare nei secchi della nostra immondizia. So come vanno queste cose, ne sono successe di tutti i colori ad alcuni clienti di mio padre. Non potrei vivere allo stesso modo.»

«Neppure io», fece lui, preoccupato. Sapeva bene che Coco non lo avrebbe mai seguito a Los Angeles, ma era anche consapevole della necessità, seppure sporadica, di stare lì.

«Tu però vivi già lì. È normale per te.»

«Allora possiamo rimanere qui e viaggiare. Alla fin fine, trascorro più della metà del tempo in viaggio. In quel caso sì, che mi potrai accompagnare.»

«I paparazzi ci darebbero ugualmente il tormento.»

«Cosa vuoi dirmi, Coco?» le chiese, agitato. «Che non vuoi stare con me? Che, siccome avremo i fotografi sempre alle calcagna, preferisci rinunciare?»

Vedendolo quasi in preda al panico, lei scrollò la testa. «Non so che fare. Ti amo, ma non voglio che tutto questo ci rovini la vita.»

«Neanch'io, ma ci sono un sacco di altre coppie che ce

la fanno. Dobbiamo solo sforzarci un po'. Il fatto che tu lavori al di fuori di quell'ambiente ci sarà di grande aiuto. Per adesso, poi, nessuno sa di noi, quindi godiamocela ancora un po'.» Erano stati sicuramente molto fortunati, ma anche parecchio attenti: evitavano lo shopping in città e i locali pubblici, andavano al supermercato di sera e Leslie indossava un berretto con visiera e occhiali scuri, trascorrevano i fine settimana a Bolinas, passeggiando sulla spiaggia nelle ore in cui era deserta. Per Baxter la vita mondana non era mai stata una necessità; era andato a San Francisco per sfuggire a una donna, mentre adesso si nascondeva per proteggerne un'altra e per difendere la loro storia d'amore. L'impresa era difficile, ma, fintanto che nessuno avesse saputo che si trovava a San Francisco, non ci sarebbero stati problemi. Entrambi, però, sapevano che prima o poi la notizia sarebbe venuta a galla. Ed era quello a terrorizzare Coco, indipendentemente dai sentimenti che provava.

«Non voglio che finisca», disse lei, triste. «La nostra vita di adesso, intendo.»

«Magari il futuro non sarà sempre così, ma vedrai che ce la faremo a condurre una vita lontano dai riflettori. Non finirà nulla se non permetteremo che accada. Dipende tutto da noi», concluse Leslie, serio. Poi la baciò. L'ultima cosa che voleva era perderla. Il suo più grande desiderio era averla accanto per tutta la vita. E avrebbe lottato con determinazione perché ciò accadesse.

Abbandonò il progetto di affittare un appartamento ammobiliato a Los Angeles e decise di restare con lei a San Francisco fino alla metà di settembre. Avevano ancora due mesi e mezzo da trascorrere insieme. A ottobre, poi, avrebbe iniziato le riprese di un film, ma a settembre aveva delle formalità da sbrigare con la produzione e le prove costume. Per i primi dieci giorni la location era a Los Angeles, ma poi si sarebbero trasferiti a Venezia per almeno un mese e mezzo. Al rientro, l'appartamento di sua proprietà sarebbe stato finalmente libero. Non aveva bisogno di altro, se non di Coco e della vita che conducevano adesso.

Leslie le propose di trascorrere a Bolinas la settimana a cavallo del quattro luglio e le chiese se non fosse possibile trovare una dog sitter che la sostituisse, in modo da poter trascorrere insieme l'intera settimana. Coco avvisò i clienti con due settimane di anticipo e istruì Erin, una giovane amica di Liz che fu felice di venirle in aiuto, sui compiti da svolgere. Erin era una ragazza gentile, bisognosa di lavorare e disposta a imparare: fece un affiancamento di una settimana per apprendere il mestiere. Quella sarebbe stata la prima vacanza in due anni per Coco, e lei e Leslie erano già proiettati nel futuro. Una volta a Bolinas, lui si ambientò come se vi avesse sempre vissuto. Prese in prestito perfino la muta di Ian e nuotò nell'oceano, a dispetto del terrore che nutriva per gli squali. Il clima era troppo bello per resistere alla tentazione. Un giorno, quando lo vide uscire dall'acqua, Coco ebbe un tuffo al cuore, tanto quella sagoma le parve familiare. Il suo fisico era leggermente diverso e lei sapeva che non si trattava di Ian, ma fin quando lui non si tolse la maschera quella sensazione non la abbandonò. Nell'istante in cui vide Leslie sorriderle, le mancò il respiro. Aveva amato profondamente Ian, e lui avrebbe avuto per sempre un posto speciale nel suo cuore, ma adesso c'era Leslie. Trascorsero giornate intere sdraiati sulla sabbia, cercarono conchiglie, raccolsero sassi dalle forme bizzarre, pescarono, cucinarono insieme, lessero, parlarono, risero, giocarono a carte e dormirono per ore.

Lui passò un po' di tempo ad armeggiare con il furgone che alla fine, con grande stupore di Coco, fu rimesso quasi a nuovo. Jeff venne spesso in suo aiuto e quando Leslie, alla fine dei lavori, rientrò tutto unto di grasso, Coco non riuscì a trattenere le risate. Lui sembrava davvero felice.

I vicini li invitarono per il barbecue del quattro luglio e Leslie disse che gli sarebbe piaciuto molto accettare.

«E se ti riconoscessero?» gli chiese lei, con un filo di preoccupazione nella voce. Erano stati così accorti che avevano potuto vivere giorni idilliaci nel completo anonimato.

«Tutto il vicinato sa chi sono, ma la loro discrezione è assoluta», rispose Leslie con sicurezza.

«Molti altri potrebbero non esserlo.»

«Se non ci andrà di rimanere o se la situazione ci sfuggirà di mano, potremo sempre filarcela. Sarebbe carino partecipare a una festa, non ci siamo mai stati insieme.»

Coco si lasciò convincere. Si unirono al gruppo, però, solo in tarda serata e in modo abbastanza discreto. Leslie prese una birra, si sedette su un tronco e iniziò a chiacchierare con un bambino dell'età di Chloe; quando la madre del piccolo lo venne a prendere, ammutolì per la sorpresa. La notizia che Leslie Baxter stava partecipando alla festa si diffuse perciò in fretta tra la cinquantina di presenti, ma nessuno lo disturbò o gli chiese autografi né Jeff fece commenti al riguardo. Furono tutti molto amabili e il barbecue si svolse in un'atmosfera rilassata e disponibile. Leslie si intrattenne a lungo con tre uomini parlando di pesca e i bambini erano attratti dalla sua simpatia: era davvero carino con loro. Jeff rivolse un cenno d'intesa a Coco, quindi le si avvicinò e scambiò quattro chiacchiere con lei.

«Mi piace», le disse lui a mezza voce. «La prima volta che l'ho incontrato, davanti ai bidoni della spazzatura, sono rimasto un po' perplesso. Adesso, invece, ho capito che è uno a posto e per niente pieno di sé. E tu sembri così felice, Coco, che non posso fare a meno di gioire per te.» Jeff era davvero contento per lei e per l'amicizia che stava nascendo con Leslie.

«Grazie.» Coco gli sorrise, appagata e tranquilla come non era mai stata prima. Si sentiva sicura e a proprio agio con se stessa; stava crescendo e quella consapevolezza la faceva sentire leggera.

«Spero che non andrai a Los Angeles. Ci spiacerebbe perderti», aggiunse Jeff, e lei scosse la testa.

«Resterò qui e Leslie farà il pendolare.» Jeff annuì, sperando che sarebbe andata così.

Baxter aveva parlato di acquistare una casa in città, quando la loro storia fosse stata resa pubblica e il futuro più definito. Nulla di così lussuoso come la villa di Jane, aveva promesso a Coco, ma qualcosa di semplice e confortevole, magari in stile vittoriano e non lontano dal mare. In ogni modo, voleva trascorrere ancora del tempo con lei in riva all'oceano. Sicuramente, però, sarebbe stato più semplice abitare in centro, gli avrebbe facilitato gli spostamenti per Los Angeles. Glielo avrebbe detto presto; per il momento, però, teneva per sé quella opzione. Di una cosa era certo: era disposto a tutto, in termini di sforzi, di tempo e di denaro, pur di dimostrare a Coco il proprio amore. A lei chiedeva solo qualche compromesso sull'argomento «fama» e la possibilità di andare a Los Angeles ogni volta che fosse stato necessario. Coco ne fu un po' stupita.

La settimana a Bolinas trascorse serena e, dopo la grigliata, chiunque incontrasse Leslie sulla spiaggia lo salutava con affabilità. Nessuno tradì mai la sua presenza lì, né scattò fotografie o avvisò i media. Avevano cercato un luogo dove si unissero privacy, discrezione e relax e lo avevano trovato in quel piccolo villaggio fuori dal tempo, a Bolinas.

Jane e Liz erano a New York da sei settimane quando quest'ultima dovette volare a Los Angeles per questioni di lavoro. Da quando se n'erano andate, non avevano ancora selezionato qualcuno che potesse prendersi cura del cane e della casa al posto di Coco. Questa, dal canto suo, era convinta che la sorella non si fosse mai data da fare in tal senso. Ma che cosa importava? Neppure lei, e per ovvie ragioni, ne aveva più parlato. Liz chiamò Coco per informarla che sarebbe andata a Los Angeles per qualche giorno – mentre Jane sarebbe rimasta a New York – ma che non avrebbe avuto il tempo per passare da San Francisco. Sapeva che Leslie era ancora a casa loro e se ne rallegrava per Coco, che almeno avrebbe avuto un po' di compagnia e qualcuno con cui chiacchierare.

Un paio di volte aveva perfino accennato a Jane che Coco e Leslie erano entrambi intelligenti, belli e in gamba e avrebbero potuto, nonostante la differenza d'età, diventare amici, o addirittura qualcosa di più. Ma all'idea Jane aveva riso di gusto.

«Smettila di inventare sitcom!» l'aveva presa in giro.

«Baxter non si metterebbe mai con una dog sitter, neppure sapendo che si tratta di mia sorella. Credimi. Non è il suo tipo.» Liz si guardò bene dall'insistere. Si meravigliava però che Leslie, pur sapendo che la ex faceva coppia con una rock star, seguitasse ad abitare da loro. Al contrario della compagna, lei rispettava molto Coco e andava ben oltre le apparenze del suo originale stile di vita. Jane non si era mai sforzata di farlo, ma forse Leslie sì. Il pensiero attraversò la sua mente.

Come tutte le volte che era a Los Angeles, Liz andò a far visita alla madre di Jane, un piccolo tributo per dimostrarle il rispetto e la simpatia che provava nei suoi confronti. Trovò Florence più in forma e bella che mai. Non le era sfuggito, però, che mentre arrivava nella casa di Bel Air un uomo giovane, all'incirca dell'età di Jane, e di notevole bellezza ne usciva a bordo di una Porche grigio metallizzato. Incrociandosi, si erano salutati con un sorriso. Liz non aveva idea del perché, ma aveva avuto la sensazione che lo sconosciuto non avrebbe tardato a rincasare, sensazione che fu confermata poco dopo: andando in bagno, notò infatti un maglione di cashmere da uomo e un secondo spazzolino da denti. Si impose di non essere troppo sospettosa, ma alla fine si trattava pur sempre della madre di Jane, perciò, durante la consueta chiacchierata in giardino, sorseggiando champagne, non poté fare a meno di osservare attentamente l'ultimo lifting di Florence, che la faceva apparire di almeno quindici anni più giovane.

«È il tuo nuovo spasimante, quello che ho visto andar via in Porsche?» La reazione della suocera, che impallidì e quasi si strozzò con le bollicine, la colse di sorpresa.

«Io... certo che no... non essere sciocca... io...» Florence lasciò la frase a metà e, un secondo dopo, scoppiò a piangere. «Ti prego! Non dirlo né a Coco né a Jane. Stiamo così bene insieme. La credevo una cosa passeggera, e invece dura da circa un anno. Lo so che è una follia. Pensa che io abbia cinquantacinque anni. Ho mentito raccontando di aver avuto Jane appena sedicenne, non sapevo che altro inventare. Lui ne ha trentotto, e so che appare vergognoso, ma lo amo. Adoravo Buzz, ma adesso non è più qui e Gabriel... non hai idea di quanto sia maturo per la sua età.» Liz tacque, sforzandosi di non fissare stranita Florence. La donna si era spesso confidata con lei, essendo Liz più gentile e affabile di Jane, ma mai le aveva rivelato un segreto così intimo.

«Se questo ti rende felice», iniziò poi, incerta su cosa dire e su quali fossero le motivazioni che potevano spingere un uomo a mettersi con una donna tanto più matura. La risposta che si diede la impensierì, come avrebbe impensierito Jane e Coco. «Cosa fa nella vita? È un attore?»

«È un direttore di produzione e si occupa di film indipendenti.» Era piuttosto stimato nel suo ambiente e guadagnava discretamente: non era un gigolò a caccia di soldi. «Stiamo bene insieme e io mi sento tanto sola, da quando Buzz è morto e le ragazze non sono più qui. Non posso scrivere o giocare a bridge tutto il tempo. Le mie amiche sono ancora sposate e io sono l'unica senza compagno.» Liz aveva capito subito, e meglio di Jane, che per Florence la solitudine era un problema, che la sua vita, sessuale e affettiva, aveva bisogno di essere colmata. Ammetterlo era scioccante, Jane non voleva neanche accennarvi, ma si trattava pur sempre della verità. «Lo dirai a mia figlia?» chiese Florence, in preda al panico.

«Solo se lo vorrai tu.» Quella donna non stava commettendo alcun crimine, era sana di mente e non faceva nulla che potesse mettere a rischio la sua salute. Aveva solo una storia con un uomo più giovane di ventiquattro anni. Ma, in fin dei conti, che male c'era? Chi era lei per giudicare o per dire che non poteva farlo, oppure per farla sentire in colpa? Temeva, tuttavia, che Jane non si sarebbe fatta gli stessi scrupoli. Avrebbe affrontato la questione a muso duro, come faceva spesso. Liz l'amava nonostante tutti i difetti, le debolezze, i capricci, ma questo sarebbe stato per lei un rospo troppo brutto da ingoiare. «Penso che dovresti dirlo tu stessa alle ragazze.»

«Credi che sia il caso?»

«Sì. Fallo quando lo riterrai più opportuno e se la storia seguiterà a essere seria. In questo caso hai tutto il diritto di sentirti amata e accettata dalla tua famiglia. È giusto che sappiano cosa sta accadendo nella tua vita.»

«A Jane verrà un colpo», commentò Florence, triste.

«Sì. Lo penso pure io, ma supererà la faccenda. Non ha il diritto di interferire con la tua vita. Glielo ricorderò, se ce ne sarà bisogno.»

«Grazie di cuore.»

«Quanto a Coco, non mi preoccuperei», aggiunse Liz. Aveva vinto altre battaglie, in precedenza, ma questa sarebbe stata la più difficile. «È un'anima gentile e non una criticona come Jane. Non scordarti che entrambe vogliono la tua felicità.»

«Forse, però, non le tranquillizzerà il pensiero che io

abbia un amante giovane. Lui non vuole i miei soldi», precisò di nuovo Florence, rassicurando Liz e, indirettamente, Jane. «Gli ho detto che dovrebbe sposarsi, avere dei figli, ma lui mi ha risposto di essere divorziato e di avere una bambina di due anni. Anche se non saremo mai marito e moglie, siamo una coppia felice», concluse avvilita, come se stesse facendo una cosa orribile.

«Se tu fossi un uomo», disse Liz, irritata dall'imbarazzo che la situazione suscitava ingiustamente nella suocera, quasi obbligata a mentire alle figlie, «ti pavoneggeresti a tutte le feste andando a braccetto con una donna con la metà dei tuoi anni, frequenteresti i posti più esclusivi e non avresti paura di presentarla a nessuno, Coco e Jane comprese. Magari saresti sposato e con un bimbo in arrivo. Sì, è esattamente questo che succederebbe se sesso ed età fossero invertiti. E sai una cosa? Le persone ti invidierebbero. È una discriminazione disgustosa, ti fa quasi sentire in dovere di nasconderti e mentire, mentre un uomo nella tua stessa posizione non avrebbe difficoltà a gridarlo ai quattro venti. Florence, questa vita è *tua*! Ne abbiamo una soltanto, fa' ciò che ti rende felice. Prima di incontrare Jane ero sposata, e forse lo sarei rimasta a vita, per evitare che tutti sapessero che ero lesbica. Davo la priorità a quello che gli altri volevano che fossi, ma io ero infelice. La mossa migliore che io abbia mai fatto è stata quella di lasciare mio marito per stare con tua figlia. Da quel momento ho iniziato a vivere. Se al tuo posto ci fosse Buzz, anche lui avrebbe fatto come te.» Liz sollevò la coppa di champagne in onore della suocera. «A te e a Gabriel! Che possiate essere felici per tanto tempo.»

Si abbracciarono a lungo, dopo il brindisi, commosse. Qualche minuto più tardi, dopo essersi ripresa, Florence chiamò il compagno per raccontargli l'accaduto; propose a Liz di incontrarlo, ma lei rifiutò. Reputava più giusto che fossero Jane e Coco ad avere la precedenza, anche per evitare ogni possibile sospetto di «cospirazione».

«Grazie ancora», ripeté Florence al momento dei saluti. «Sei fantastica. Jane è fortunata ad averti al suo fianco.»

«Lo sono anch'io.» Liz le sorrise e poi salì sulla macchina che aveva noleggiato. Percorrendo il viale della casa, incrociò di nuovo la Porsche grigia. Abbassò il finestrino e sorrise al guidatore che, sorpreso, ricambiò.

Benvenuto in famiglia, pensò, sulla via per l'aeroporto. Sarebbe scoppiato il finimondo, quando Florence avesse avuto il coraggio di dirlo a Jane. Lei si sarebbe impegnata in ogni modo per attutire il colpo, ma la conosceva. Si sarebbe respirata aria di tragedia per un bel po'.

7

ALLA fine di luglio, due settimane dopo aver parlato con Liz, Florence si fece coraggio e telefonò a Jane. Decise di dirlo a lei per prima. Come era prevedibile, la figlia diede in escandescenze.

«Tu cosa?» esclamò incredula. «Hai un compagno? E da quanto?»

«Da circa un anno», confessò la madre, cercando di mostrarsi più calma di quanto in realtà non fosse: prima di telefonarle aveva bevuto tre calici di champagne. «È un uomo fantastico.»

«Cosa fa per vivere?» ringhiò Jane.

«Produce e dirige film.»

«Lo conosco?» Jane era ancora scioccata per il motivo della chiamata. «Come si chiama? Suppongo che abbia una casa di produzione sua.» A quell'età le pareva una ovvietà. Probabilmente si trattava di un pezzo grosso del settore, che frequentavano da anni come famiglia.

«Gabriel Weiss.» Jane fece mente locale e annuì. Non

c'era nulla di strano. Weiss era conosciuto e rispettato nell'ambiente.

«So che il figlio si chiama come lui e che ha fatto un paio di film davvero eccellenti. Non sapevo che Gabriel senior fosse anche lui produttore.»

«Non lo è. Era un neurochirurgo ed è morto una decina di anni fa. Stiamo parlando del Weiss che conosci tu.» All'improvviso, Florence si sentì coraggiosa come non mai: era arrivato il momento della verità. Lo champagne aveva fatto il suo effetto. Quel giorno Gabriel le aveva detto che, qualunque cosa fosse successa, lui avrebbe continuato ad amarla, perché non vi era nulla di sbagliato in quello che stavano facendo. Amarsi a dispetto della differenza d'età non era un problema. Una differenza sulla quale Florence aveva mentito per difetto, omettendo di dire, per paura, che di anni lei ne aveva sessantadue e non cinquantacinque.

«Aspetta un secondo, mamma», disse Jane, confusa. «Il Gabriel Weiss che conosco io ha dodici anni.»

«No. Ha la tua età. Ne compirà trentanove il prossimo mese.»

«E tu quanti ne hai? Sessantadue? Quasi sessantatré? Non trovi che sia leggermente ridicolo? No, anzi, quello che stai facendo è disgustoso. Cos'ha in testa quello lì, gli servono soldi per il prossimo film?» Liz, che era appena entrata nella stanza, trasalì nel sentire quelle parole. Detestava le brusche reazioni di Jane, non si tratteneva mai né con la famiglia né con il prossimo. Era una brava persona, certo, ma starle accanto richiedeva molta pazienza, pazienza che spesso gli altri non avevano. «È la cosa più imbarazzante, ributtante e vergognosa che io abbia mai sentito. Spero che tu torni in te il più in fretta possibile.»

La risposta di Florence non si fece attendere: «E io spero che tu possa ritrovare al più presto le buone maniere perdute. Gabriel è una persona rispettabile, come lo sono io, e non ha bisogno dei miei soldi. Non scordarti mai che sono tua madre e che ti sto facendo una cortesia, dicendoti di lui prima che tu lo venga a sapere da altri. Non c'è nulla di male in quello che stiamo vivendo e che qualunque uomo non esiterebbe a fare. È vero, Gabriel è più giovane di ventiquattro anni, ma, se per noi non è un problema, non vedo perché debba esserlo per te. Ci risentiamo presto», tagliò corto, prima di riagganciare.

Jane fissò la cornetta arrabbiata e incredula per quel saluto sbrigativo. Prima di allora era capitato che la madre le avesse riattaccato il telefono in faccia, ma questa volta aveva davvero superato i limiti.

«Mamma ha l'Alzheimer», disse a Liz con espressione incerta.

«Cosa ti ha portato a una conclusione simile?» replicò l'altra, imperturbabile.

«Sta con uno della mia età. Gabriel Weiss.»

«È una brutta persona?» chiese Liz.

«Cosa vuoi che ne sappia io? È un buon produttore, ma non deve essere tanto a posto, visto che se la fa con una che ha il doppio dei suoi anni.»

«Florence non li dimostra», le ricordò Liz. «Senza contare che ci sono un sacco di uomini che stanno con donne molto più giovani.»

«Stiamo parlando di mia madre, per l'amor del cielo!» Quando la compagna si sedette accanto a lei e l'abbracciò, Jane aveva le lacrime agli occhi.

«Come ti saresti sentita se lei avesse reagito allo stesso modo, quando le hai detto di essere omosessuale?»

«Ha reagito esattamente così!» rise Jane tra le lacrime. «Per due giorni ha minacciato perfino di uccidersi. Mio padre, invece, è stato magnifico. Non erano di certo al settimo cielo, ma alla fine mi hanno sempre supportata. Immagino però che tu abbia ragione. Ma porca miseria, Liz, perché lo ha fatto? E se il tipo la stesse prendendo in giro e mirasse al suo denaro?»

«E se invece non fosse così? Se anche avessi ragione, che male c'è se lui la rende felice per un po'? Non è facile invecchiare, specie se si è da soli.»

«Ha milioni di fan e vende sempre alla grande.»

«I fan non la scaldano a letto e non l'abbracciano quando è triste. Come ci sentiremmo noi se non fossimo insieme?» chiese Liz, mentre Jane si asciugava gli occhi.

«Io morirei. Senza di te la mia vita non avrebbe senso. Sei tutto per me. Sei la mia famiglia.»

«Prova a immaginare un'esistenza senza queste cose. Buzz era il suo mondo, ma tuo padre non c'è più. Ora, invece, non è più sola. È vero, non abbiamo idea di come sia quest'uomo, ma non dimentichiamoci che Florence ha il diritto di fare le proprie scelte.»

«Sei così giovane, eppure così saggia.» Jane si soffiò il naso, mentre Liz rideva.

«Non è mia madre, ma la rispetto e le voglio bene. Desidero il meglio per lei; diamole una possibilità, credo che la meriti.»

Jane l'abbracciò forte. «Mamma è un caso clinico, ma tu sei eccezionale.»

Liz sorrise. Il legame che le univa diventava ogni giorno più profondo.

«Okay. Per due giorni le potrai dire che intendi suicidarti, esattamente come ha fatto lei al tempo del tuo coming out. Poi però riflettici e passaci sopra, per il suo bene.»

«Ci penserò», rispose Jane calma. Quindi telefonò alla sorella. Aveva bisogno di lei in quel momento, dopotutto il loro era pur sempre un legame forte.

Coco stava ridendo a crepapelle con Leslie quando squillò il telefono. Lui le stava raccontando un paio di episodi divertenti accaduti durante le riprese dei suoi primi film. La voce tetra di Jane la fece tornare seria.

«Nostra madre è impazzita», esordì. Coco non ci mise molto a intuire l'argomento che stavano per affrontare, dopo quello che aveva visto con i suoi stessi occhi. «Ha una storia con uno della mia età.» Quasi sollevata, Coco sospirò di sollievo: aveva temuto che fosse ancor più giovane.

«Chi te lo ha detto?» domandò, calma.

«Mamma. E tu non sembri affatto sorpresa!»

«Sospettavo qualcosa.» Negli ultimi tempi, Florence era sempre allegra e, contrariamente alle sue abitudini, non la chiamava più volte a settimana per criticare le sue scelte; da qualche tempo si limitava a telefonate sporadiche e ad argomenti superficiali.

«E allora, che ne pensi?» le chiese Jane.

Coco sospirò. «Non saprei. Una parte di me è dell'idea che ha il diritto di fare ciò che vuole, l'altra pensa che sia solo un'enorme follia. Che posso dirti? Io vivo come una hippy in una baracca sulla spiaggia perché mi va, ho quasi sposato un istruttore subacqueo e stavo per trasferirmi in Australia. Tu sei lesbica e convivi da anni con una donna.

Che diritto abbiamo noi di giudicarla? Magari quell'uomo è una persona perbene e, comunque sia, mamma è matura abbastanza per capirlo da sola. Non è una stupida.»

«Da quando sei diventata adulta e assennata?» domandò Jane in tono sospettoso. «Ti ha tirato dalla sua parte?»

«No. Apprendo la notizia da te. Ma chissà, forse lo avrebbe fatto anche papà. Pensa se si fosse messo con una ragazzina, le persone di quell'età lo fanno spesso. A nessuno piace essere solo.» Leslie sorrise e sollevò il pollice in segno di approvazione.

«Non mi sembra che te ne importi più di tanto», replicò Jane, secca. «E se avessi l'età di mamma, te ne preoccuperesti ancor meno.»

«Perché, scusa? Perché, dopo tanti anni di matrimonio, mamma dovrebbe stare da sola?»

«Vediamola così: perché rendersi ridicola scegliendo un tizio più giovane?» Jane non riusciva proprio a capire.

«Forse per non sentire il peso degli anni e la solitudine.»

«Dovremmo andare a trovarla più spesso.»

«Non è la stessa cosa e lo sai. In ogni modo, non sta commettendo alcun crimine.»

«È di cattivo gusto, e mortificante per noi.»

«Mamma non ha mai detto nulla di simile sul fatto che sei omosessuale.» Coco aveva centrato il bersaglio, perché la sorella tacque per qualche istante. «Ti ha sempre appoggiata in tutto.»

«La mia non è una scelta. Sono così e basta.»

«Potrebbe obiettare lo stesso, ma non lo fa. È sempre stata orgogliosa di te.» Ma non di me, voleva aggiungere Coco, tuttavia tacque. Florence e Jane non l'avevano mai supportata in niente, mentre lei era ancora disposta a difenderle. Era ingiusto, certo, ma così andavano le cose nella sua famiglia.

«È fiera anche di te», le disse la sorella in un sussurro, intuendo le riflessioni di Coco e imbarazzata per il proprio atteggiamento ipercritico.

«No, non è vero», rispose Coco semplicemente, e gli occhi le si riempirono di lacrime. «E non lo sei neppure tu, non è un segreto. In ogni modo, dobbiamo rispettare o almeno accettare le sue scelte.»

Jane tacque a lungo e ripensò alle migliaia di volte in cui aveva detto alla sorella di reputarla una fallita. Il solo ricordo la faceva star male, perciò decise di condividere con lei una notizia importante.

«Devo dirti una cosa.» Jane guardò la compagna e Liz annuì. «Sono incinta di dodici settimane. Mi sono sottoposta all'inseminazione artificiale prima di partire per New York. Non lo volevamo dire a nessuno se non dopo avere avuto la certezza che la cosa andasse a buon fine. L'anno scorso ho avuto un aborto, mentre questa volta è tutto okay.» Coco restò senza parole. Non ne avevano mai parlato, e non aveva idea che la sorella e la compagna progettassero di avere un bambino, sebbene Liz lo avesse sempre desiderato. Le sembrava ironico il fatto che sarebbe stata proprio Jane, la meno dolce e materna, ma di qualche anno più giovane, a partorire.

«Auguroni! A quando il lieto evento?» chiese Coco sorridendo e in tono ancora sorpreso.

«Inizi di febbraio. Non riesco ancora a credere che sia accaduto. Per il momento non si vede ancora, ma sarò di sei o sette mesi, quando tornerò a casa.»

«Non vedo l'ora che tu sia qui!» rise Coco, poi aggiunse: «Spero che sarai un po' più gentile con mamma, considerato che stai per avere un figlio con una donna e che io vivo come una 'fricchettona', come siete solite dire, dopo aver abbandonato l'università. Ha tutti i diritti di avere un uomo della tua età. Chi siamo noi per giudicarci a vicenda?»

In cuor suo Jane sapeva che la sorella aveva ragione. Dopo aver riflettuto a lungo in silenzio, con gli occhi sempre fissi in quelli di Liz, Jane prese la mano della compagna, e questa le accarezzò con dolcezza il ventre.

«Scusami», sussurrò Jane alla sorella, sinceramente pentita. «Scusa per tutte le sciocchezze che ti ho detto. Ti voglio un mondo di bene e spero che il piccolo ti assomigli», aggiunse con le lacrime agli occhi.

«Anch'io ti voglio bene.» Per qualche istante, Jane fu la sorella maggiore che Coco aveva sempre desiderato avere.

Qualche minuto dopo riagganciarono e Coco si asciugò le lacrime, rivolgendo a Leslie un sorriso nostalgico.

«Sono fiero di te», le disse lui dolcemente, e la abbracciò.

«Mi ha chiesto scusa. Ha saputo di mamma ed era furibonda.»

«Hai detto le cose giuste.»

«Sì, alla fine l'ha capito pure lei.» Sorrise. «È incinta.»

«Interessante. Magari la maternità la addolcirà un po'.»

«Sembra che stia già ammorbidendosi.» Coco ripensò alle bellissime parole di sua sorella, mentre Leslie la baciava.

«Anche a me piacerebbe avere un figlio con te, più in là», le mormorò lui.

Coco annuì, allettata per la prima volta dall'idea e stordita da tanta felicità.

8

SIA Coco sia Jane parlarono spesso con la madre, nei giorni seguenti. La figlia maggiore faticava ancora a digerire la faccenda dell'amante più giovane, che riteneva incongrua e mortificante, sebbene Liz e Coco avessero cercato di farle capire che non spettava a lei criticare determinate scelte. Non era ancora convinta che Gabriel non mirasse ai soldi. Accettò tuttavia di incontrarlo quando lei e Liz fossero tornate a casa e di dargli una possibilità. Jane, inoltre, non aveva ancora comunicato a Florence la notizia della gravidanza, ma alla fine cedette alle pressioni di Liz e comunicò a sua madre che presto sarebbe diventata nonna.

«Sai», ammise quella, eccitata e sorpresa, «la cosa che mi ha maggiormente sconvolta, quando mi hai detto di essere omosessuale, è stata l'idea che non avresti avuto figli. Non ho mai pensato che potesse accadere in questo modo. Ti secca non sapere chi è il padre?» chiese candidamente.

«Non proprio. Abbiamo scelto il donatore dopo un'accurata selezione dei profili. Conosciamo la storia della sua famiglia, le origini geografiche, il dossier sanitario, le sue eccentricità e la sua carriera scolastica: sia lui sia il padre sono stati a Yale.» Jane era piuttosto esigente in fatto di istruzione e non avrebbe mai scelto nessuno che non avesse frequentato almeno il college, se non addirittura l'università. Era uno studente di medicina, sano, giovane e di origini svedesi. Conoscevano tutto di lui, tranne il nome.

Jane aggiunse che si sarebbe sottoposta all'amniocentesi per avere la certezza che non ci fossero malattie genetiche, ma anche per conoscere il sesso del nascituro. Lei e Liz avrebbero desiderato una bambina. Quanto a Florence, non riusciva a credere che sarebbe diventata nonna e, riflettendoci, l'idea la inquietava un po', perché non sapeva come si sarebbe sentito Gabriel.

Delle due, Coco l'aveva presa con più calma, ma Florence non immaginava di essere stata vista a Bel Air, circostanza che le aveva dato il tempo di metabolizzare la novità.

«Grazie per non esserti arrabbiata con me», le disse la madre. La minore era sempre stata la più dolce.

«Non sono arrabbiata, solo preoccupata per te.» Era strano avere l'impressione che il ruolo genitoriale si fosse invertito e che Florence confidasse più in lei che in Jane. In passato, il rapporto tra sua madre e sua sorella era stato più stretto e amichevole, anche in virtù del fatto che per molti anni Jane era stata figlia unica. Per questo spesso Coco si sentiva volutamente esclusa: Florence e Jane avevano lo stesso modo di pensare, di discutere e di criticare. Perfino da piccola Coco si era distinta per i suoi comportamenti ed era stata l'outsider della famiglia.

Jane era partita per il college quando la sorellina minore aveva sei anni, ma, invece di diventare la figlia preferita, Coco si era vista affidare alle tate mentre la madre lavorava, più interessata ai libri che a trascorrere del tempo con lei. Era per stare con Jane che Florence mollava tutto, ed era sempre con lei che partiva in viaggio. Coco, invece, non veniva mai considerata a sufficienza. E adesso, per la prima volta, era Florence Flowers, la donna famosa, sempre perfetta, irreprensibile, arbitro di ciò che era giusto o sbagliato, a sentirsi in disgrazia e a chiedere una parola di conforto alla figlia più sensibile.

«Dove hai incontrato Gabriel, mamma?» s'informò Coco, durante una lunga chiacchierata. Poiché lui era diventato un punto fermo della vita della madre, ci teneva a saperne il più possibile. Florence scambiava quell'interessamento per approvazione e gliene era grata. Si era sentita ferita dalle parole di Jane che, pur essendosi scusata, non era stata perdonata completamente. La figlia maggiore l'aveva accusata di essere vecchia, malata di Alzheimer, una stupida che si era lasciata abbindolare da un uomo a caccia di soldi e notorietà. Coco aveva avuto gli stessi pensieri, ma si era espressa con maggior cautela per non urtare la sua emotività.

«Ho venduto uno dei miei romanzi alla Columbia Pictures, l'anno scorso, e a Gabriel è stata assegnata la produzione e la regia. Abbiamo lavorato a stretto contatto per la sceneggiatura, anche se non credo che le riprese inizieranno prima del prossimo anno. È stato durante la nostra collaborazione che mi sono accorta di quanto fosse interessante e sensibile.» Florence parlò con una insolita timidezza che sorprese la figlia. «Lui ha provato le stesse cose nei miei confronti. E mi ha anche raccontato di essere stato con una donna maggiore di lui, ai tempi del college: lui aveva diciotto anni e lei trenta.» Era chiaro che aveva un debole per le donne più mature.

«Non vedo l'ora di conoscerlo», commentò Coco. La sua curiosità era motivata da più ragioni. Sebbene evitasse di esprimersi in merito, sospettava ancora del fatto che un uomo della sua età potesse scegliere di stare con una donna che aveva ventiquattro anni più di lui, anche se Florence non li dimostrava e gli aveva nascosto la sua vera data di nascita. Coco non poté fare a meno di chiedersi se la madre avesse riflettuto sulla possibilità di trovare un partner più giovane dopo la morte del marito, quando aveva iniziato con i lifting facciali e le liposuzioni. Ne dubitava, ma non era da escludersi. Era sempre stata una persona vanitosa, come del resto tutti nell'ambiente nel quale si muoveva, e da cui Coco era fuggita. Anche Jane teneva al suo aspetto, seppure non in modo eccessivo come la madre, e da parecchi anni ricorreva alle punture di botox. Coco, invece, non avrebbe mai modificato né il proprio volto né il corpo con degli interventi di chirurgia. Quel genere di vanità ed egocentrismo le era estraneo.

«Anche lui è impaziente di conoscerti», replicò Florence, sollevata da quella affermazione. Il pensiero che le ragazze avrebbero potuto decidere di non vederla più l'aveva tormentata per giorni. Jane aveva preso in considerazione la possibilità di farlo, ma era stata ricondotta alla ragione da Liz.

«Che mi dici della notizia del bimbo?» domandò Coco, certa che l'idea di diventare nonna la sconvolgesse.

«Sono felice per loro. Ho sempre creduto che saresti stata tu a darmi dei nipoti. Mi turba un po' il fatto di non avere idea di chi sia il padre.»

«Jane ha preferito fare così per evitare eventuali complicazioni, che sarebbero potute insorgere se avesse chiesto aiuto a un amico. In questo modo il bambino sarà solo suo e di Liz. In fondo, la capisco. Sarebbe strano che avesse un figlio da una persona che conosce. Quanto a noi, nei sei mesi che mancano alla nascita avremo tutto il tempo di abituarci all'idea.»

«Non ne sono certa», rispose Florence in tutta onestà. «Ho altro per la testa, in questo momento. Sto iniziando un nuovo romanzo.» Lo choc della notizia e l'umiltà che per un po' l'avevano ammansita, anche a causa delle dure parole di Jane, stavano iniziando a sparire. Tornava a essere quella di sempre. Le sembrava che renderla nonna proprio adesso che faceva coppia con un uomo più giovane fosse una specie di vendetta da parte di Jane – delle due, quella con la quale aveva un rapporto di grande confidenza – e temeva che con la nascita del piccolo la figlia si sarebbe allontanata da lei. Jane avrebbe avuto una sua famiglia e Florence iniziava a sentirsi messa da parte; questo, quindi, la avvicinava ancora di più a Gabriel.

Quella sera, Florence parlò con lui delle figlie. Gabriel sapeva che la loro storia era ormai nota, ma l'idea di essere presentato in famiglia lo innervosiva. Non era certo che la sua presenza venisse accettata e non gli si poteva dar torto.

«Sono sempre sconvolte?» chiese lui durante la cena in terrazza da *Ivy*. Florence indossava un paio di jeans bianchi, sandali dorati col tacco alto e una camicia di seta turchese. Era più bella che mai. A nessuno sarebbe mai venuto in mente che avesse appena attraversato un periodo stressante.

Lo guardò adorante: «Ci passeranno sopra. Si stanno già abituando all'idea. Coco è una ragazza dolcissima. Desidera che io sia felice e non vede l'ora di conoscerti. Per il momento non può muoversi perché ha in custodia la casa della sorella». Non disse nulla del nipotino in arrivo, e non intendeva farlo fin quando non avesse avuto altra scelta, per evitare che Gabriel la considerasse una nonna. La differenza d'età tra loro era già abbastanza grande, non era il caso di rendere più pesante la situazione. «Jane, invece, ha un carattere più duro», seguitò Florence, mentre lui ordinava lo champagne per festeggiare l'ufficialità della loro relazione. Da quel momento in poi, non ci sarebbero stati più sotterfugi per sfuggire alle figlie. Rimaneva, però, il problema della stampa: Florence era una celebrità, i suoi romanzi finivano spesso su giornali e tabloid, perciò la coppia era stata fortunata fino a quel momento.

«Jane era molto arrabbiata?» Gabriel toccò il bordo della coppa di champagne di Florence con il proprio e la guardò con aria preoccupata. Indossava jeans bianchi e una T-shirt dello stesso colore, mentre ai piedi portava un paio di mocassini beige scuro di coccodrillo. Florence amava molto vederglieli indossare e mesi prima glieli aveva presi anche in nero.

«All'inizio sì», rispose sincera. «Non credo che avesse mai considerato una simile eventualità. La faccenda le ha scosse entrambe, anche perché sei il primo uomo che frequento dalla morte di Buzz.» Questa, invece, era una bugia, ma Florence credeva che sarebbe stato meglio nascondergli la verità. Dopo la scomparsa del marito aveva avuto due brevi flirt senza importanza, dei quali non aveva mai parlato con le ragazze. Di Gabriel Weiss, però, era innamorata follemente dal giorno in cui l'aveva incontrato e lui diceva di ricambiarla. La loro storia era nata in breve tempo e sull'onda della passione, ma durava ancora. «Vedrai che ti accetteranno tutti. La compagna di Jane è molto dolce e intelligente, ha promesso di aiutarmi con mia figlia. Liz non si è mostrata affatto sorpresa.» Gabriel sorrise. Da quello che aveva sentito nell'ambiente di lavoro, Jane Barrington era una tipa tosta.

«A sconvolgerle sarà stata la differenza d'età, ma quando sono con te non ci penso affatto.» Sorridente, la baciò sul collo, ben consapevole del décolleté che si intravedeva tra le pieghe della camicetta e che era difficile ignorare. Florence era la donna più sexy e seducente che avesse mai conosciuto. «Mi sento come se fossimo coetanei.» Aveva colto nel segno e Florence gli credette. Forse era un po' folle come situazione, ma era sicura della sincerità del partner. Liz, pensò, aveva ragione. Se fosse stata un uomo, nessuno avrebbe fatto caso a loro, anzi, sarebbero stati accettati e persino invidiati.

«A Jane passerà presto, vedrai. Ha ben altro per la testa,

in questo periodo. È piena di problemi con i sindacati per quanto riguarda la location di un film. La nostra storia è l'ultimo dei suoi pensieri.» Per non parlare del bambino, il cui arrivo presto non sarebbe più stato un segreto. Magari lei e Gabriel si sarebbero sposati prima del lieto evento. Weiss ne parlava da tutta l'estate e Florence ne era estasiata. L'unico ostacolo da superare sarebbe stato quello delle figlie. Prima di osare avventurarsi oltre e di parlare di matrimonio, bisognava che Jane e Coco imparassero a conoscerlo.

Trascorsero il resto della cena a chiacchierare dell'ultimo film al quale Gabriel stava lavorando. Da mesi elaborava una sceneggiatura alla quale Florence contribuiva con consigli illuminanti. Insieme formavano un team perfetto sotto tutti i punti di vista. Florence ricevette molti sguardi di ammirato stupore e d'invidia dalle altre signore presenti nel locale e mai nessuno si riferì a lui scambiandolo per suo figlio, anche perché Gabriel appariva più maturo della sua età. Gli anni che li separavano sembravano essere all'incirca una decina, una differenza ormai considerata nella norma, come dimostravano altre coppie celebri.

Dopo cena, tornarono a casa di lei, come ormai accadeva da mesi. Talvolta, quando desideravano fare qualcosa di speciale, trascorrevano il fine settimana al *Bel Air Hotel* ed era sempre Gabriel a pagare. Non accettava che qualche sporadico regalo da Florence. Per i loro sei mesi le aveva donato un braccialetto di diamanti e sperava, l'anno dopo, di comprarle l'anello di fidanzamento che aveva già scelto a sua insaputa. Non gli restava che attendere l'approvazione di Jane e Coco e pregare il cielo che il suo rapporto con Florence, che amava follemente, non arrecasse alcun danno alla famiglia.

Gabriel si sdraiò sul letto che ormai gli apparteneva come gli apparteneva lei. Per Florence, la scoperta del sesso con quell'uomo era stata un'esperienza senza pari e molto più intensa di quella vissuta con Buzz in trentasei anni di vita coniugale. Gabriel era un amante incredibile. Di recente, aveva raccontato di Florence a sua madre e la reazione della donna, in un primo momento, era stata uguale a quella di Jane. Ma in seguito, pian piano, pure lei si era abituata all'idea. Gabriel le aveva detto di essere innamorato pazzo di quella donna; conosceva fin troppo bene il figlio e sapeva che quando prendeva una decisione nulla riusciva a dissuaderlo. Era l'uomo più tenace del mondo e aveva utilizzato questa sua dote per vincere le resistenze di Florence, ma lei aveva ceduto dopo poco, abbandonandosi al piacere che lui era riuscito a darle. Il sesso non era la cosa più importante nel loro rapporto, pur avendo ampio spazio. Gabriel adorava parlare, ridere, scherzare, ascoltarla e tenerla a lungo stretta a sé dopo aver fatto l'amore. Gli piaceva tutto di lei: il corpo, il modo di pensare, lo stile che la caratterizzava, la forza, la fama, la reputazione e l'enorme talento. Era una donna come poche e aveva il pregio di farlo sentire al suo stesso livello. Florence gli aveva dato parecchi suggerimenti su come affinare l'arte della scrittura, il talento, il senso dell'umorismo e della disciplina. Grazie a lei, sia le sceneggiature sia il lavoro di regia erano notevolmente migliorati. Era la sua musa ispiratrice e una dea ai piedi della quale amava prostrarsi.

Florence si tolse i sandali dorati e li lasciò cadere per terra; i jeans e la camicetta di seta li seguirono subito dopo. Gabriel, sorridente, la ammirò sfoggiare un completino di pizzo azzurro.

«Sei la donna più sexy del mondo.» Aveva un corpo tonico e snello grazie a un personal trainer che la allenava ogni giorno. Fare l'amore con Gabriel, poi, era un'ottima motivazione per mantenersi in forma. E lei gli insegnava cose che lui non conosceva ancora.

Florence si spogliò con movenze sensuali che eccitarono subito il compagno e poco dopo erano già avvinghiati l'uno all'altra. Talvolta, nelle notti più tiepide, facevano l'amore in piscina, ma quella sera preferirono restare nel letto, protetti dalle tende del baldacchino rosa. L'anno precedente, avevano trascorso le notti a casa di lui.

Lei lo baciò sulle labbra, gli scivolò addosso e iniziò a cavalcarlo fino a quando Gabriel non gemette di piacere. Seguitò in quel modo per un po', lusingandolo e facendolo godere, poi lo soddisfece con la bocca. Lui le restituì il favore prima dolcemente, poi in modo più travolgente. Si amarono a lungo e, alla fine, restarono l'uno nelle braccia dell'altra, esausti ma appagati. Gabriel sorrise, incurante di quello che Coco e Jane pensavano di lui. Non aveva mai amato una donna come amava Florence. Quando si abbandonarono al sonno, pochi minuti dopo, lo fecero abbracciati e con l'illusione di essere gli unici al mondo.

9

VERSO la metà di agosto, Leslie ricevette una telefonata dalla mamma di Chloe con cui lei gli comunicava di essere stata invitata a trascorrere due settimane nel sud della Francia a bordo di uno yacht. Dopo aver lavorato un anno intero a Broadway e aver passato i weekend a Southampton con la bambina, meritava una pausa tutta sua, aggiunse.

«Scusami se te lo chiedo così.» Di solito gli dava un preavviso più ampio. «Ho davvero bisogno di una vacanza e questa potrebbe essere la mia unica occasione. La produzione ha trovato un'ottima sostituta per la mia parte e a me piacerebbe da morire poter andar a Saint-Tropez in barca. Puoi occuparti tu di Chloe?» Di norma, Leslie avrebbe colto l'occasione al volo, ma questa volta esitò, incerto su come avrebbero potuto reagire Jane e Liz all'idea di avere una bambina in casa. Certo, a breve anche loro avrebbero avuto un figlio, ma quella era un'altra storia. Una ragazzina di sei anni era più movimentata di un neonato, ma era anche vero che gli sarebbe piaciuto molto che Coco e Chloe si conoscessero.

«Credo di sì», rispose un po' impacciato. «Al momento sono ospite a casa di due amiche che sono fuori città per lavoro. Devo prima chiedere il loro permesso. Suppongo che mi dicano di sì, se però non dovessero essere d'accordo, posso sempre andare in albergo.» Leslie era disposto a tutto per la figlia, anche a perdere l'anonimato che gli aveva permesso di vivere indisturbato con Coco e, soprattutto, lontano dalle pressioni dei media. «Ti richiamo tra poco», promise, riattaccando. Quindi telefonò a Jane per spiegarle la faccenda, ma fu Liz a rispondere poiché la compagna era impegnata sul set.

Quando lui le prospettò l'ipotesi di andare in albergo, la donna lo tranquillizzò. «Non essere sciocco. Sarà bene che ci si abitui ad avere bambini in casa, visto che presto ne arriverà uno tutto nostro», aggiunse, non sapendo se Coco lo avesse messo al corrente della novità. Sebbene Jane le avesse detto che sua sorella e Leslie quasi non si vedevano, Liz non ne era proprio sicura.

«Sì, l'ho saputo. Auguroni a entrambe. E ti ringrazio davvero di permettermi di tenere qui Chloe: è una ragazzina tranquilla e bene educata, una piccola adulta che Monica porta con sé ovunque.» Ma non su uno yacht nel sud della Francia, pensò Liz tra sé. «Non vedo l'ora di mostrarle San Francisco e magari anche di portarla in spiaggia con Coco.»

«Sono certa che le piacerà molto.» Liz rifletté sulla frase di Leslie. Quella risposta contraddiceva le affermazioni di Jane sul fatto che lui e Coco si vedessero di rado. «A proposito... come ti trovi con Coco?» chiese, candida, gettando un'esca. Non poté resistere. Per qualche strana ragione, l'idea di Leslie e Coco insieme la allettava parecchio. Al contrario di Jane, infatti, Liz stimava molto la cognata, profondamente diversa dalla sorella maggiore, e sapeva che la morte prematura di Ian era stata un duro colpo per lei. Nei confronti di Leslie, poi, nutriva grande ammirazione perché era rimasto un uomo di sani principi, pur essendo una star di grande fama.

«Andiamo d'accordissimo», ammise Baxter quasi con timidezza. «È una donna fantastica, molto particolare, buona e d'animo gentile», la lodò senza che ce ne fosse bisogno.

«Sembra proprio che tra voi parliate», disse Liz in tono di approvazione.

«Sì, quando non è in giro con la carica dei 101. È un lavoro piuttosto particolare, il suo, che però la tiene impegnata e la rende felice, almeno per il momento.» Per lui era naturale che si trattasse di un lavoro temporaneo e non capiva perché la madre e la sorella ne facessero un affare di Stato. Tutto sommato, si era creata un piccolo giro piuttosto redditizio.

«Sì, è molto apprezzata. È un po' il pifferaio magico dei cani.»

«Suppongo che se la caverà egregiamente anche con i bambini. Chloe di sicuro l'adorerà. Grazie ancora per la possibilità di ospitarla qui, lo apprezzo molto. Volete che vi versi una specie di deposito per eventuali danni? Sarebbe come se stessi pagando l'affitto.»

«Sei una buona compagnia per Coco. Mi sento in colpa per non aver trovato qualcuno che le desse il cambio per badare alla casa. Ci abbiamo provato, ma tutti avevano già pianificato le vacanze estive e alcuni non torneranno che in prossimità della riapertura delle scuole. Be', almeno ha avuto la possibilità di abitare sotto lo stesso tetto con un bel divo del cinema. È tutto quello che ci devi per la tua permanenza a casa nostra.»

Solo mentre chiacchierava con lui, a Liz venne in mente che da mesi Coco non parlava più di voler tornare a casa. Fu questo ad alimentare i suoi sospetti. L'entusiasmo con cui Leslie parlava di lei, inoltre, lasciava pochi dubbi sulla fondatezza dell'ipotesi, sebbene Baxter non avesse mai accennato a un sentimento più profondo. Forse erano solo amici, rifletté Liz, oppure – ipotesi più probabile – si muovevano con estrema discrezione. Oppure davvero non era successo niente e nulla mai sarebbe accaduto.

Quello che non avrebbe mai immaginato era che già la seconda notte dopo essersi conosciuti Leslie e Coco avevano fatto l'amore appassionatamente nel loro letto. C'erano però delle cose che non era necessario che lei sapesse, per questo Baxter mantenne la conversazione su toni leggeri. Coco gli aveva detto che Jane non si interessava di come andassero le cose tra loro, convinta com'era che la sorella fosse un tipo lontano anni luce dai suoi gusti.

«Dai un bacio a Jane da parte mia», disse Leslie prima di riagganciare, «e ancora auguri per il bimbo. Vi cambierà radicalmente la vita.»

«Jane sostiene che si prenderà una pausa di sei mesi, ma ci crederò solo quando l'avrò visto. Io starò a casa per un anno, se potrò, tanto è lì che scrivo, comunque. È un desiderio che si avvera.» Liz, infatti, aveva sempre voluto avere un figlio, ma non con l'uomo che aveva sposato e che di figli non voleva sentir parlare. Quello, invece, era il momento perfetto che attendeva da tanto. Se il dottore non avesse deciso diversamente, le sarebbe piaciuto portarlo lei in grembo; Jane, però, era più in forma e aveva quattro anni in meno, due fattori che si sperava riducessero il rischio di aborto. Grazie al cielo, fino a quel momento tutto procedeva a gonfie vele. «E tu salutami Coco. Si è ripresa dallo choc per la storia di Florence?» Non si era intrattenuta mai a lungo sull'argomento, lasciando che fossero le sorelle a parlare tra loro e intervenendo solo alla fine, per placare l'ira di Jane che, seppur in maniera più tranqilla, non aveva ancora del tutto accettato la situazione. Anche Coco sembrava essersi calmata, ma Liz non aveva mai dubitato che avrebbe accolto la notizia con maggiore filosofia, dato il suo carattere più tollerante.

«Credo che sia tutto okay, anche se all'inizio non ha fatto salti di gioia. In seguito, si è resa conto che la madre ha diritto a vivere la vita che più le aggrada. Al giorno d'oggi, inoltre, situazioni del genere si verificano sempre più di frequente e nessuno bada più se nella coppia è la donna la maggiore di età.»

«È quello che ho detto a Jane, ma qui le cose non vanno altrettanto lisce», sospirò Liz. Fortunatamente, la gravidanza l'aveva ammorbidita un po'.

«Lo immagino», replicò Leslie, che conosceva fin troppo bene l'amica. «So anche che Jane si comporta piuttosto duramente con Coco», aggiunse, scoprendosi un po' troppo. Il piccolo passo falso non sfuggì a Liz, ma la donna decise di non farne parola con la compagna. Aveva già un sacco di grane per conto suo, non era il caso di aggiungerne altre.

Jane era molto gelosa dei propri amici e Liz aveva il presentimento che non avrebbe gradito una storia tra Coco e Leslie, a causa di un'inspiegabile rivalità tra sorelle. Leslie poteva essere amico della maggiore, ma non di Coco.

«Coco ti ha raccontato di come la tratta Jane?» s'informò Liz, interessata. Quell'atteggiamento l'aveva sempre infastidita. Coco aveva bisogno del supporto e della comprensione famigliare, non del trattamento irritante che subiva fin troppo spesso dalla madre e dalla sorella.

«Non esattamente», cercò di svicolare Leslie, consapevole di essersi sbilanciato troppo. Liz non era una stupida e c'era il rischio che mangiasse la foglia, anzi forse l'aveva già fatto. Occorreva muoversi con i piedi di piombo. «L'ho intuito tra una conversazione e l'altra.»

«Coco ha ragione, tanto perché tu lo sappia», disse Liz in tutta franchezza. «Per anni le hanno dato il tormento, specie dopo l'abbandono dell'università. L'hanno bersagliata in ogni modo e lei non è in grado di difendersi. A parer mio è fin troppo buona sulla faccenda, ma d'altronde è la sua indole.» Leslie fu sul punto di confessare che l'amava proprio per quel motivo, ma si trattenne in tempo.

«Magari adesso si potranno sfogare con il fidanzato di Florence», rise Leslie. «È stato bello scambiare quattro chiacchiere con te. Non ci vediamo da un sacco di tempo. Sai, Liz, mi sento un po' in colpa a vivere qui, ma mi piace da matti perché non mi conosce nessuno. A settembre, però, dovrò tornare a Los Angeles per i preparativi della pellicola che inizierò a girare a ottobre. L'arrivo di Chloe è la ciliegina sulla torta.»

«Divertiti», ribatté Liz, criptica, prima di riagganciare.

Terminata la telefonata, Leslie richiamò Monica. «Tutto sistemato», le annunciò al culmine della gioia. «Può stare qui. Quando me la mandi?»

«Stasera sarebbe troppo presto?» chiese Monica, a disagio. «Se così fosse, potrei volare fino a Nizza sull'aereo di un amico già domani. Lo yacht si trova a Montecarlo. Poi, da lì, si sposterà verso Saint-Jean-Cap-Ferrat e Saint-Tropez.»

«La tua sì che è una vitaccia», scherzò Leslie.

«Mi sono guadagnata questa vacanza», fu la replica ferma di Monica. «Ho lavorato un anno intero a Broadway senza fermarmi mai e non mi pare che fare una vacanza di due settimane sia chiedere troppo. Grazie per Chloe.»

«Figurati. Per me è una gioia immensa», rispose, sincero.

«Ti manderò il numero del volo per SMS.»

«E io ti chiamerò non appena sarà con me», promise Leslie. Anche se vivevano separati, erano degli ottimi genitori e Chloe era per entrambi una benedizione: aveva permesso loro di restare amici nonostante la fine della relazione. Chloe faceva salti di gioia ogni volta che Leslie andava a New York a trovarla, e lui era già impaziente di vederla.

Quando Coco tornò a casa, fu la prima cosa che le disse. «Stasera?» chiese stupita. Non aveva mai pensato di conoscere Chloe così presto. «Spero che la mia presenza non le crei problemi», aggiunse, preoccupata. «Potrebbe non essere contenta di condividere il papà.»

«Le piacerai, ne sono certo», la rassicurò lui con un

bacio. «Ho fatto una piacevole chiacchierata con Liz quando le ho chiesto di poter ospitare Chloe.»

«Sospetta qualcosa?» chiese Coco interessata.

«Non saprei, ma Liz è molto sveglia.»

«Più di mia sorella, che è fin troppo presa da se stessa. Sono sicura che l'idea non l'ha neppure sfiorata.»

«Penso che tu abbia ragione», disse, poi aprì il frigo e la dispensa per controllare che non mancasse nulla di quello che sua figlia amava: waffle, cereali, pizza surgelata, burro di arachidi, gelatina, croissant. Chloe mangiava anche le lumache quando la mamma la portava nei ristoranti francesi, trattandola come un'adulta, ma a casa preferiva il cibo che tutti i bambini amano.

Prima di andare a prenderla in aeroporto, cenarono con un'insalata mista che Coco quasi non toccò, agitata com'era per l'incontro.

«E se mi detestasse?» gli domandò ansiosa, mentre parcheggiavano la macchina nel garage dell'aeroporto. Avevano preso la Mercedes station wagon di Leslie al posto del furgoncino malconcio di Coco, al quale lei, per fare spazio ai cani, aveva tolto tutti i sedili posteriori.

«Ti amerà come ti amo io. Non dimenticarlo», la rassicurò abbracciandola.

L'aereo atterrò con una decina di minuti di anticipo e loro arrivarono appena in tempo per vedere Chloe uscire dalla zona passeggeri, accompagnata da un membro dell'equipaggio. La bambina corse tra le braccia del padre, guardò Coco da sopra le spalle di Leslie e le sorrise. Era bellissima: aveva grandi occhi azzurri e lunghe trecce bionde. Indossava un vestitino rosa plissettato e teneva stretto a sé un orsetto dall'aria vissuta. Sembrava una ragazzina da cartellone pubblicitario, con i colori della madre e la bellezza mozzafiato del padre. Da grande sarebbe stata meravigliosa.

Leslie la fece scendere dolcemente e, tenendola per mano, la presentò a Coco. «Questa è la mia amica Coco», le disse semplicemente. Chloe la osservò con interesse. «Abiteremo a casa della sorella. Il posto è molto bello e ti piacerà di sicuro. Ah, c'è anche una piscina coperta e riscaldata.» Lui seguitò a parlare con la figlia, mentre Coco si rese conto all'improvviso che in quelle due settimane non avrebbero potuto dormire insieme. L'arrivo improvviso della piccola non aveva dato loro la possibilità di discutere della questione, ma era indubbio che né lei né Leslie avevano intenzione di scioccarla.

«Bene, e adesso andiamo a ritirare i bagagli. Devi essere stanca.» Leslie si diresse ai nastri trasportatori tenendo per mano Chloe, mentre Coco li seguiva. La bambina continuava a studiarla con interesse, come se si stesse chiedendo chi fosse.

«Ho dormito sull'aereo», li informò, «e per cena ci hanno dato hot dog e gelato.»

«Magnifico. Anche noi abbiamo del gelato a casa. E due cani enormi ma buonissimi. Uno è veramente grosso», disse Leslie, per prepararla all'incontro ed evitare che si spaventasse. Coco non poté fare a meno di notare che Leslie era un papà attento e premuroso che adorava la figlia. Non l'aveva mai visto nei panni di padre, ma era ovvio che Chloe fosse pazza di lui ed eccitata di essere lì: non gli aveva lasciato la mano nemmeno per un minuto.

«Mi piacciono i cani», rispose la bambina con semplicità, guardando Coco. «La nonna ha un barboncino e non morde.»

«Neppure i nostri», rispose Coco. «Si chiamano Jack e Sallie. Jack è alto quanto il tuo papà, quando si alza sulle zampe posteriori.»

Chloe scoppiò a ridere. «Che buffo!»

Baxter ritirò le due valigie della figlia dal nastro, poi disse loro che sarebbe andato a prendere la macchina e che lo aspettassero lì. Una volta che furono sole, Coco fu presa dal panico, ma si tranquillizzò subito di fronte alla naturalezza con la quale le parlava Chloe.

«Mamma fa l'attrice a Broadway», le disse, mentre aspettavano che il padre tornasse. «È bravissima, ma recitare è molto triste. Muoiono tutti, anche lei, alla fine. Ero presente alla prima. Io, invece, preferisco i musical.» Chloe era esattamente come aveva detto Leslie: una bambina incantevole e un'adulta in miniatura. «Sei un'attrice anche tu?»

«No, io sono una dog sitter», rispose Coco, in imbarazzo. Era più difficile spiegarlo a un bambino. «Porto a passeggio i cani delle persone mentre loro sono al lavoro. È divertente.»

Quando Leslie tornò, fu contento di vederle chiacchierare in armonia. I tre si diressero alla macchina, Baxter sistemò la figlia sul seggiolino, le allacciò la cintura di sicurezza, mise le valigie nel portabagagli e partirono.

«Cosa abbiamo di bello in programma?» chiese Chloe. «C'è uno zoo, in città?»

«Sì», rispose Coco per Leslie, perché lei conosceva meglio la città. «E c'è anche il tram e un quartiere chiamato Chinatown. E possiamo anche andare al mare.»

«Coco possiede un delizioso cottage sulla spiaggia che ti piacerà di sicuro», intervenne Leslie, e Coco gli rivolse un sorriso. Realizzò allora che avrebbero vissuto come una famiglia vera, dopo quasi due mesi e mezzo di convivenza. Sì, quella era la vita reale, un assaggio di ciò che li aspettava; Coco ne era da un lato turbata, dall'altro felice.

Arrivati a destinazione, Leslie aprì la porta e disinserì l'allarme, poi si girò verso la figlia. «Benvenuta in quella che per le prossime due settimane sarà la tua casa», disse sorridendo, e la accompagnò in cucina per offrirle un gelato. Chloe era in piedi e stringeva ancora a sé il suo orsetto. In aeroporto aveva detto a Coco che si chiamava Alexander, un nome altisonante per un peluche fin troppo sgangherato. Poi tutti e tre si sedettero a tavola e Coco servì i gelati. Fu allora che Leslie raccontò alla figlia la scena dello sciroppo d'acero. La piccola rise di cuore nell'immaginare l'accaduto e, così facendo, si sporcò il mento con il gelato. A quella vista Coco rimase meravigliata: Chloe sembrava far parte della vita quotidiana di Leslie e per lui il ruolo di padre era qualcosa di naturale, di spontaneo.

Finito il gelato, arrivò il momento della presentazione dei cani: Coco chiese a Jack di dare la zampa in segno di saluto e la scena fece sbellicare dalla risate la piccola, che non sembrava affatto intimorita. Sallie, invece, correva in circolo intorno al gruppo per tenerlo unito, mentre Coco le spiegava che era una caratteristica tipica del pastore australiano. Dopo la calorosa accoglienza di Jack e Sallie, Leslie accompagnò la figlia nella camera degli ospiti nella quale avrebbero dormito entrambi, ma strizzò un occhio in direzione della compagna per farle intendere che l'avrebbe raggiunta non appena la bambina si fosse addormentata.

Coco disfece i bagagli della piccola mentre questa, sotto lo sguardo compiaciuto del padre, si lavava i denti e indossava il pigiama. Poi Coco la aiutò a sciogliere le trecce: Chloe aveva capelli lunghi, morbidi e leggermente ondulati dall'acconciatura. Non appena fu pronta, saltò nel grande letto del padre e Coco la baciò augurandole la buonanotte, prima di ritirarsi in camera propria. Leslie rimase sdraiato accanto alla piccola fin quando non si addormentò.

Una ventina di minuti dopo, felice, raggiunse Coco e si lasciò cadere sul letto.

«È adorabile», gli disse lei sorridendo, mentre Leslie si protendeva per baciarla. «Ed è la tua versione bionda.»

«Lo dicono tutti», rispose orgoglioso. «Chloe ti trova simpatica e carina. Ha voluto sapere se ti amo e le ho risposto di sì. Sono sempre sincero con lei. Ha detto che, se voglio, posso dormire con te. Ho lasciato la porta aperta e la luce del bagno accesa. Se non è un problema, potremmo lasciare anche la nostra porta aperta.»

«Hai un comportamento davvero assennato», ridacchiò Coco.

«Già. Sono gli effetti della paternità, Chloe mi fa sentire davvero responsabile. Non hai idea di quanto mi piacerebbe vederla più spesso. È un amore di bambina.»

«Sì», concordò Coco, mentre Leslie si infilava sotto le lenzuola. «Sei certo che non sia un problema per lei se dormiamo insieme?»

«È stata lei a dirmelo, è proprio una piccola saggia.»

Leslie era felice dell'armonia che aveva regnato fin da subito tra le sue due donne. Coco aveva un modo di fare gentile e dolce non solo con i cani ma anche con i bambini, oltre che con lui. E amava osservarla quando parlava con sua figlia, avrebbero trascorso due settimane fantastiche. La strinse forte tra le braccia e conversarono a lungo sottovoce, sebbene dall'altra stanza Chloe, che dormiva già profondamente, non li potesse sentire.

Mezz'ora dopo, anche lui e Coco caddero in un sonno profondo, mentre i cani restarono chiusi in cucina per evitare di disturbare la nuova ospite.

La mattina dopo, la casa era ancora immersa nel silenzio quando suonò la sveglia. Coco rotolò su un fianco, allungò una mano per spegnerla, aprì un occhio e si trovò dinanzi Chloe, che le sorrideva. Era salita sul letto quando l'aveva vista svegliarsi. Leslie, al contrario, continuava a dormire profondamente.

«Hai fame?» sussurrò Coco. La bambina annuì, allegra. «Andiamo di sotto, allora.» Uscirono dalla stanza in punta di piedi. Coco fece uscire i cani in giardino e Chloe si sedette a tavola, mettendosi subito a proprio agio. «Cosa mangi a colazione?»

«Cereali con una banana, un toast e un bicchiere di latte.»

«Eccoli in arrivo!» scherzò Coco, dandosi da fare e mettendo a bollire anche l'acqua per il tè. «Hai dormito bene?» Chloe, contenta, fece di sì con la testa e la fissò con attenzione.

«Papà ti ama. E tu?» chiese, seria.

«Moltissimo.» Le servì la colazione. «E lui adora te», aggiunse per rassicurarla.

«Mamma mi fa vedere i suoi film ogni volta che voglio.» Chloe tuffò il cucchiaio nella tazza dei cereali.

«Anche a me piace guardarli», confessò Coco, prendendo posto di fronte a lei. «Nella stanza in cui dormiamo noi c'è uno schermo gigante, se vuoi puoi vedere qualcosa di suo o qualcos'altro. È divertente guardarli lì.»

«Papà detesta vedere i suoi film», la informò Chloe. Coco annuì.

«Lo so. Con lui possiamo guardare dell'altro.»

«Che state tramando, voi due?» Trasalirono entrambe nel ritrovarselo davanti, poiché non lo avevano sentito arrivare.

«Parlavamo del megaschermo che c'è al piano superiore», spiegò Coco. Chloe aveva la bocca troppo piena di banana e non riuscì a parlare. Leslie ne imitò l'espressione e tutti e tre scoppiarono a ridere. I cani, intanto, entravano e uscivano dal giardino. La loro sembrava proprio una famiglia perfetta.

«Perché non portiamo Chloe al mare, quando finisci di lavorare?» suggerì Leslie. Era sabato e l'idea fu accolta con entusiasmo.

«Possiamo anche nuotare?» chiese la piccola, eccitata, ma il padre le spiegò che il mare era troppo freddo e che avrebbero potuto farlo nella piscina di casa. Non le disse, invece, degli squali.

Leslie accompagnò la figlia a vedere la piscina, mentre Coco ne approfittava per rassettare la cucina e andarsi a cambiare. Quando i due furono di ritorno, lei si offrì di fare le trecce a Chloe: era divertente prendersi cura della bambina. Prima di uscire per andare al lavoro le preparò l'acqua per il bagno, promettendo di rincasare il prima possibile. La bambina la salutò dalla finestra. Era bello, si disse Coco, sapere di essere attesa da una famiglia e condurre un'esistenza del tutto diversa da quella solitaria che viveva da due anni a Bolinas.

Tornò appena in tempo per pranzare con loro e subito dopo partirono per andare al mare. Chloe osservava la strada con attenzione, faceva un mucchio di domande, raccontò dei suoi weekend a Southampton, disse che il nuovo fidanzato della madre aveva una barca a Montecarlo e che sarebbero andati insieme a Saint-Tropez. Coco ascoltò deliziata le chiacchiere e i commenti della piccola che, di sicuro, al suo rientro a New York avrebbe riferito a Monica di lei.

«Ha un aspetto buffissimo», aggiunse, riferendosi al compagno della madre. «È pelato e ha la pancia, ma è molto simpatico. Mamma dice che la sua barca è grandissima.» Monica non aveva mai avuto compagni con un modesto patrimonio, ma, se era questo che voleva, perché no? Si accorse che Coco si tratteneva a stento dal ridere. «Secondo me è troppo vecchio», continuò Chloe. Poi sollevò l'orsetto che stringeva tra le braccia per consentirgli di vedere il mare brillare ai piedi della scogliera e, subito dopo, concentrò la sua attenzione sulla sua nuova amica. «Come mai non sei sposata e non hai figli?» domandò, curiosa. Quella mattina aveva ripetuto al padre di trovarla molto simpatica.

«Non ho ancora incontrato l'uomo giusto», rispose Coco, sincera. «Anche la mamma mi fa spesso la stessa domanda, sai?»

«Hai fratelli e sorelle?» Chloe era curiosa di sapere e non temeva di chiedere.

«Ho una sorella. Si chiama Jane ed è maggiore di me di undici anni.»

«È molto grande», rispose Chloe, quasi dispiaciuta per lei, mentre percorrevano in discesa la strada per Stinson Beach. Si intravedeva un accenno di foschia sull'oceano, ma il cielo era azzurro e il tempo ancora bello. In agosto il clima era sempre imprevedibile e la città fredda e ventosa. Gli abitanti del posto erano abituati, ma i turisti non gradivano quelle bizzarie. A Chloe, tuttavia, pareva non importare. Era troppo felice di stare con il padre e Coco. Il fatto di condividere Leslie con una donna diversa dalla madre sembrava non turbarla, perché la bambina ne aveva conosciute parecchie, nel corso degli anni, come aveva detto a Coco quella mattina. «Tua sorella è sposata e ha figli?» seguitò a interrogarla, sperando in una compagnia della sua età, sebbene si adattasse perfettamente anche a quella degli adulti. Era raffinata e ben educata per i suoi anni.

«No. Non è sposata neanche lei e non ha figli. Vive con un'amica, una specie di coinquilina di nome Liz.»

«È omosessuale?» Chloe sgranò gli occhi e Coco quasi sobbalzò sul sedile, prima di voltarsi a guardare la bambina con un sorriso cauto. Sentì Leslie sogghignarle in un orecchio: lui era sopravvissuto a molti interrogatori del genere, mentre per Coco era tutto nuovo.

«Omosessuale? Che significa?» chiese, fingendo di non saperlo, per vedere che cosa le avrebbe risposto.

«Non lo sai? È quando un ragazzo vive con un ragazzo o una femmina con una femmina; qualche volta si baciano. Non possono avere figli perché solo un maschio e una femmina possono farlo. Vuoi sapere come si fa un bambino? Mamma me lo ha spiegato», continuò Chloe con aria da esperta, stringendo a sé l'orsacchiotto. Era una deliziosa via di mezzo tra una bambina e un'adulta. Coco non aveva mai conosciuto una piccola divertente come lei e la adorava già.

«Non credo sia indispensabile che tu me lo dica», si affrettò a rispondere. «Anche la mia mamma me ne ha già parlato, ma io ero un po' più grandicella di te.» Florence si era decisa a farlo quando la figlia aveva quattordici anni e Coco era stata messa al corrente delle cose essenziali da Jane.

«È una faccenda stranissima», continuò Chloe mentre l'auto imboccava la strada per Bolinas. «Non ho intenzione di farmi mettere dentro il pene da nessuno, quando sarò grande. Lo trovo disgustoso.» Di nuovo, la bambina guardò Coco con i suoi occhioni azzurri. «Papà lo fa con te?» Leslie tossì e osservò Coco che cercava una risposta.

«Ehm... no... certo che no», mentì. Ammettere una cosa del genere era fuori discussione. C'erano argomenti che seguitavano a essere tabù per una bambina di sei anni, indipendentemente da quanto bene fosse informata.

«Ecco perché non hai figli. Se un giorno vorrai averne, dovrai fare quella cosa lì, proprio come è stato tra mamma e papà.» Ne aveva parlato come se si trattasse di una sciocchezza fatta molto tempo prima o di un semplice episodio. Era chiaro che, pur avendo capito la dinamica dell'atto, non ne comprendeva il significato.

«Sono contenta che ti abbiano avuta», rispose Coco cercando di riprendersi dalla conversazione, mentre

Leslie imboccava la strada sconnessa e piena di buche che conduceva a Bolinas. «Oh, eccoci arrivati!» esclamò poi, scattando fuori dall'auto come una molla per evitare di essere colta alla sprovvista su altri argomenti delicati.

Coco aprì la porta di casa, mentre Chloe la seguiva saltellando. I cani stavano già correndo sulla spiaggia per sgranchirsi le zampe dopo il lungo tragitto.

«Bella!» Chloe incastrò l'orsetto sotto un braccio e batté le mani. Sistemò poi il peluche sul divano e si guardò intorno. «Sembra la casa di Riccioli d'Oro o di Biancaneve», aggiunse, prima di andare in veranda. Coco scoppiò a ridere: erano passate dal sesso a Biancaneve nel giro di cinque minuti. Leslie sghignazzò e la lanciò un'occhiata d'intesa.

«La mia piccola è così», le sussurrò. «Te l'ho detto, Monica la tratta come un'adulta. Quanto a poco fa, te la sei cavata benissimo. Prometto di non fare più quella cosa disgustosa a meno che non decidiamo di avere un figlio.» Coco rise forte e con Leslie raggiunse Chloe.

«Si può giocare sulla spiaggia?»

«Certo. Siamo venuti qui per questo. Vogliamo costruire un castello di sabbia o fare una corsetta?» domandò Coco.

«Il castello!» esclamò la bambina, battendo le mani.

Come risposta, Coco prese dalla cucina pentole e ciotole di diverse grandezze e un piccolo secchio per trasportare l'acqua. Poi tutti e tre si tolsero le scarpe e si incamminarono verso il bagnasciuga.

Coco assunse il ruolo di portatrice d'acqua, Leslie costruì la maggior parte del castello, mentre Chloe lo decorò con grande estro servendosi di sassi, conchiglie, legnetti e pezzetti di vetro colorati, facendone un capolavoro di cui tutti furono pienamente soddisfatti.

Nel tardo pomeriggio, scongelarono delle pizze, prepararono un'insalata, arrostirono dei marshmallow su un fornello e si ripromisero di farne altri per dessert. Cenarono in cucina, per poi spostarsi in veranda e godersi il tramonto. Leslie allietò la serata raccontando di quando Chloe era piccolissima; la bambina conosceva a memoria quelle storie, ma amava riascoltarle. Al termine della serata, Coco cedette la sua camera da letto a padre e figlia, lei avrebbe dormito tranquillamente sul divano del soggiorno al calore del camino. Prima che la piccola si addormentasse, andò a darle il bacio della buonanotte e Chloe le chiese di darlo anche al suo peluche.

«Grazie per la bella giornata», disse Chloe sbadigliando.

«Anche per me è stata una bella giornata», le rispose sorridendo. Quando uscì dalla camera, la bambina si era già addormentata.

«È una piccola molto divertente», sussurrò Coco a Leslie, appena si sedettero sul divano.

«Lo so», rispose fiero, «e io stravedo per lei. Non mi ero mai posto il problema, ma Monica è davvero una buona madre. Per i miei gusti è forse un po' troppo moderna, ma Chloe sta venendo su benissimo e non grazie a me, temo. Io la vizierei da morire e le farei saltare la scuola per passare del tempo con lei.» Sorrise felice.

Coco gli si accoccolò contro. «Sei un buon padre.» Era paziente, gentile e amorevole.

«Abbiamo costruito davvero un bel castello. Saresti potuta diventare un bravo architetto.»

«Preferisco vivere sulla spiaggia come una hippy.»

«Fai benissimo anche quello.» Leslie la baciò e le fece scivolare una mano sotto la maglietta per accarezzarle i seni.

«Hai forse intenzione di fare quella cosa disgustosa di cui parlava Chloe?»

«Mai!» disse lui, con tono fintamente serio. «Specie non con mia figlia che dorme nella camera accanto... date le circostanze, però, potrei farmi convincere... se per caso tu volessi un bambino...» continuò con voce gutturale. Coco gli sorrise in modo enigmatico.

«Un giorno, forse.» In quegli ultimi mesi ci aveva riflettuto spesso, e l'idea di una piccola Chloe non le dispiaceva affatto.

Restarono sul divano fino a mezzanotte, a chiacchierare, e poi andarono in veranda a guardare le miriadi di stelle che brillavano in cielo. Quando si separarono, Leslie raggiunse la figlia, mentre Coco si sdraiò nel sacco a pelo che aveva preparato sul divano.

Il mattino dopo si svegliarono tutti presto e di ottimo umore. Leslie si occupò della colazione, preparò dei pancake alla banana a forma di Topolino per la bambina, poi andò da Jeff per aiutarlo con la sua macchina. Lo aveva visto armeggiare fin dalla mattina e non vedeva l'ora di unirsi a lui. Coco e Chloe, invece, riordinarono la cucina per poi spostarsi in veranda a leggere dei racconti.

Leslie le raggiunse un paio d'ore dopo, tutto sporco di grasso ma felice di aver risolto il problema di Jeff.

Dopo essersi rassettato, propose di andare a Stinson con

la macchina e poi di fare una bella passeggiata a piedi lungo il bagnasciuga con i cani. Rincasarono per pranzo: prima di mangiare panini e patatine, Chloe e il padre giocarono a dama, mentre Coco faceva da spettatrice; in seguito si spostarono in veranda, sdraiandosi al sole. Dopo una cena a base di hot dog e marshmallow alla fiamma, dispiaciuti di lasciare Bolinas, rientrarono in città. Chloe si addormentò in auto, stremata ma felice per quel fine settimana perfetto.

Arrivati alla villa, guardarono *Mary Poppins* sul megaschermo di Jane; quando la piccola cadde di nuovo in un sonno profondo, Leslie la portò nella camera degli ospiti. Il programma del giorno seguente, come Coco aveva promesso, prevedeva una cena a Chinatown con tanto di bacchette; in settimana, invece, non avrebbero mancato di visitare lo zoo e di fare un bel giro sui famosi tram di San Francisco.

«Grazie di essere così gentile con lei», disse Leslie, tornando a letto.

«Non è così difficile», gli sorrise Coco, soddisfatta. «Che fai, adesso?» aggiunse, vedendolo alzarsi e chiudere la porta a chiave.

«Pensavo di ritagliarci qualche attimo di intimità, cosa non facile quando si ha una bambina che gira per casa.» Fino ad allora, in quei giorni avevano vissuto pochi momenti da soli.

Baxter spense la luce e la strinse a sé, felicemente sorpreso di trovarla senza pigiama. In fretta, si spogliò anche lui e nel giro di qualche minuto si persero l'uno nell'amore dell'altra. La visita di Chloe li aveva avvicinati ancora di più e Coco, per la prima volta da anni, si sentì una donna completa.

10

NELLE due settimane che Chloe trascorse con loro, riuscirono a fare tutto quello che avevano previsto e anche di più. Visitarono gli zoo di Oakland e di San Francisco e il museo delle cere di Fisherman's Wharf, che Coco credeva sarebbe stato troppo per una bambina, ma che a Chloe piacque da matti. Andarono due volte a Chinatown e fecero un giro a Sausalito. Passarono un paio di serate al cinema, scorrazzarono per la città con i tram locali e andarono a Bolinas anche per il secondo weekend. Sulla spiaggia costruirono un castello ancora più grande ed elaborato del precedente, e Coco accompagnò la bambina in una fabbrica di giocattoli di cui aveva letto, dove Chloe ricevette un orsacchiotto di peluche disegnato da lei stessa. Alexander trovò così una nuova compagna tutta vestita di rosa. La piccola la mostrò con orgoglio al padre, annunciando di averla chiamata Coco. La sera prima della partenza di Chloe, nuotarono in piscina, poi Coco preparò la cena accompagnandola con una torta ricoperta di glassa rosa e decorata con confettini di zucchero. Dato che non era una cuoca provetta, il dolce non aveva un aspetto impeccabile, ma Chloe aveva gradito ugualmente, felice di vedere il suo nome scritto con gli M&M's.

In quell'occasione, la bambina chiese loro se avessero intenzione di sposarsi, ma Leslie si mantenne sul vago. Né lui né Coco avevano ancora deciso in questo senso, pur avendo toccato l'argomento bambini. Lui stava ancora cercando di convincerla, invano, a trasferirsi a Los Angeles. Coco detestava la città in cui era nata e cresciuta e il suo stile di vita. Gli ostacoli da superare prima di arrivare al matrimonio erano quindi tanti, sebbene Leslie ci avesse già pensato. Reputava giusto, però, evitare di parlarne con Chloe, per non illuderla nel caso in cui le cose non fossero andate per il verso giusto. La piccola adorava, ricambiata, Coco e amava perfino i due cani di casa.

«Credo che tua sorella sia omosessuale», aveva detto Chloe, un pomeriggio. «Lo capisco dal cane. Di solito, le ragazze amano i barboncini, gli Yorkshire o le razze piccole e morbide. Solo i maschi hanno i bestioni come Jack.»

«Potresti aver ragione», aveva risposto Coco senza sbilanciarsi troppo. «Devo chiederglielo.» Non desiderava mentirle, ma non si sentiva pronta ad affrontare un argomento così delicato con una bambina, sebbene Monica non avesse esitato a parlarne con sua figlia. Tuttavia erano altri i legami che lei desiderava rafforzare, legami e valori che coincidevano con quelli di Leslie, di stampo più tradizionale della ex compagna.

Solo un piccolo incidente turbò il soggiorno di Chloe.

La sera prima di partire, si scottò un dito arrostendo con Coco un marshmallow. Colta dall'entusiasmo della cena, aveva cercato di sfilarlo dalla forchetta rovente, per poi scoppiare in un pianto disperato alla vista di una vescica che si stava formando sul polpastrello. Coco agì con prontezza mettendole la mano sotto l'acqua fredda, mentre Leslie, preoccupato dalle grida della figlioletta, si precipitava in cucina.

«Che è successo?» In preda al panico fissò il volto rigato di lacrime di Chloe. «Si è tagliata?»

«Si è scottata un dito.» Coco teneva la piccola stretta a sé e la mano ancora sotto l'acqua.

«L'hai fatta stare da sola accanto al fornello?» Leslie le rivolse un'occhiata carica di accuse.

«Non è colpa sua!» esclamò Chloe in sua difesa. «Mi aveva avvertita di non toccare la forchetta, ma io non l'ho ascoltata.» La bambina si accoccolò tra le braccia di Coco. «Va molto meglio, adesso», aggiunse coraggiosa. Tutti e tre esaminarono la piccola vescica, poi Coco le spalmò un unguento e le mise un cerotto.

«Perdonami. Sono stato uno sciocco», si scusò Leslie. «Temevo solo che si fosse fatta molto male», aggiunse, pentito per aver dubitato della compagna. Notò infatti che lei era altrettanto preoccupata e che aveva soccorso la bambina egregiamente.

«Non importa», lo rassicurò Coco, prendendo in braccio Chloe.

«Ti voglio bene.» La bambina la strinse forte a sé e Leslie sorrise.

«Anch'io te ne voglio.» Coco la baciò sui capelli.

«Possiamo fare degli altri marshmallow, adesso?» Chloe sventolò in aria allegramente il dito ferito.

«No!» risposero in coro i due adulti, scoppiando a ridere. Leslie si sentiva ancora in difetto per aver dubitato di Coco, ma lei aveva già perdonato l'aspro commento dettato dalla preoccupazione per la figlia.

«Che ne dici di un bel gelato?» propose Coco, più sollevata. Il piccolo incidente l'aveva fatta sentire in colpa, anche se alla fine tutto si era risolto per il meglio. Terminato il dolce, si stesero tutti e tre sul letto a guardare un film e a godersi l'ultima serata insieme. Rammaricata per la fine della breve vacanza, Coco rifletté che la piccola Chloe le sarebbe mancata immensamente.

Il giorno dopo, in aeroporto, avevano tutti e tre un'aria afflitta: Chloe stringeva entrambi gli orsacchiotti tra le braccia, mentre Coco fu sul punto di piangere quando la salutò e, con Leslie, la affidò all'assistente di volo incaricata di condurla a bordo.

«Spero che tornerai presto.» La abbracciò forte. «Non sarà più lo stesso senza di te.»

Chloe annuì e la fissò con espressione seria. «Papà sarà ancora qui, se verrò di nuovo a trovarti?»

«Mi auguro di sì. Sappi, però, che potrai venire ogni volta che ne avrai voglia.»

«Penso che tu e papà dovreste sposarvi», ripeté Chloe come aveva fatto poco dopo il suo arrivo. Il vincolo che la univa a quella ragazza era nato subito e in modo spontaneo, rafforzandosi di giorno in giorno.

«Ne parleremo, una di queste volte.» Leslie la strinse

forte. «Mi mancherai, scimmietta. Saluta la mamma da parte mia e chiamami, stasera.»

«Promesso», fece Chloe, triste.

«Ti voglio bene.» La abbracciò un'ultima volta prima di affidarla alla hostess. La piccola si voltò per salutarli con la mano, mentre Coco le mandava baci volanti e si toccava il cuore in segno di affetto. La guardarono sparire oltre il cancello d'imbarco e rimasero in aeroporto fino al decollo del volo, in caso vi fossero stati ritardi o imprevisti.

Una volta in macchina, rifletterono per buona parte del tragitto sul fatto che la casa, senza Chloe, sarebbe sembrata vuota.

«Mi manca già», disse Coco dopo un po'. Non aveva mai abitato con un bambino e adesso non riusciva a immaginare la vita senza la piccola.

«Pure a me», sospirò Leslie. «Invidio chi vive con i propri figli. Monica è davvero fortunata.» Ciononostante, non era mai riuscito a immaginarsi sposato con lei. «Se dovessi avere un altro bambino, mi allontanerò il meno possibile. Mi si spezza il cuore ogni volta che mi separo da mia figlia.» Rientrati in città, decisero di non andare dritti a casa, ma di fermarsi al cinema e distrarsi con un film d'azione, per dimenticare che si sentivano come due anime perse. Al loro rientro, Chloe era a metà strada tra New York e San Francisco.

Coco fece qualche vasca in piscina, mentre Leslie si accomodò nello studio per scrivere qualche commento a margine del copione che stava leggendo, e decidere così se accettare la parte che gli era stata offerta. Quando si incontrarono in cucina, si ritrovarono a fissare con tristezza il dolce che Coco aveva preparato la sera prima per Chloe. L'atmosfera perse un po' della sua cupezza quando Leslie preparò due tazze di tè fumante.

«Lo stato in cui ci troviamo indica che la sua visita è stata un successone», disse Leslie con un sorriso. «Ci siamo davvero divertiti.»

«È impossibile non spassarsela con lei.» Coco sorseggiò il tè. «Spero che fra sei anni anche il figlio di Jane e Liz sia così carino», aggiunse, eccitata all'idea del nipotino.

«A proposito», buttò lì con noncuranza Leslie. «Che te ne pare del suggerimento di Chloe? Sì, insomma, sulla questione matrimonio.» Era nervoso e intimidito mentre glielo chiedeva, come qualunque altra persona, e non sembrava affatto un acclamato divo del cinema. «Personalmente, la faccenda m'intriga», aggiunse con una sicurezza che non provava. Era così british, a volte, che Coco non poté fare a meno di sorridere. L'umiltà e la riservatezza erano due qualità che lo rendevano gradito sia sul grande schermo sia nella vita privata. E lei lo aveva ammirato fin dal primo incontro.

«È interessante, lo ammetto», gli sorrise, gli occhi traboccanti d'amore, «ma un tantino prematuro. Prima dovremmo decidere dove vivere e come organizzarci.» Questi, per Coco, erano dei punti cruciali. Abitavano insieme da tre mesi, ormai, il che rappresentava un ottimo inizio. Mai, neppure con Ian, era stata così bene. Purtroppo, però, la notorietà di Leslie e il fatto che gli occhi del mondo intero, oltre che della stampa, fossero sempre puntati su di lui non semplificavano la situazione. Se si fossero trasferiti entrambi a Los Angeles non avrebbero avuto alcuna privacy e avrebbero corso il rischio di rovinare tutto. Al problema non avevano ancora trovato una soluzione e, forse, non l'avrebbero trovata mai.

A parte quel particolare rilevante, lei e Leslie avevano avuto una piccola discussione solo in un'altra occasione, quando una sera i cani, inzuppati dopo il bagno in piscina, erano saltati sul letto. Per il resto, se si escludeva il piccolo incidente della scottatura di Chloe, vivevano in perfetta armonia. Amavano stare insieme, condividere gli spazi e Coco esprimeva spesso le proprie opinioni sui copioni che lui riceveva. Tra loro non vi erano problemi di nessun tipo. Leslie la rispettava in ogni modo possibile e lei stravedeva per la piccola Chloe. L'unico nemico da temere era la fama di Leslie e le ripercussioni che questa avrebbe potuto avere sulla loro vita.

Costretti a vivere in quella prigione dorata, c'erano ancora molte cose che non conoscevano l'uno dell'altra, quali tipi di persone preferivano frequentare o gli eventi mondani ai quali avrebbero potuto partecipare. Non avevano mai viaggiato insieme o affrontato un momento di crisi, e Coco non sapeva com'era Leslie nei periodi in cui era stanco o stressato dal lavoro. Per adesso tutto andava a gonfie vele, entrambi rispettavano gli spazi e le esigenze del partner e adoravano trascorrere ogni minuto all'insegna dell'allegria e del buonumore. Non restava che vedere come avrebbero superato la prova della convivenza di lunga durata. La sola cosa che preoccupava Coco era lo stile di vita che Leslie conduceva a Los Angeles. Su questo argomento, però, lui si era dichiarato pronto alla massima flessibilità, suggerendo alternative come San

Francisco e Santa Barbara e la possibilità di spostarsi a Bolinas ogni volta che ne avesse avuto il tempo. Aveva perfino considerato l'idea di andare ad abitare a New York. Era una persona ragionevole, sensibile, desiderosa di compiacerla e, soprattutto, sicura di aver trovato la donna perfetta da sposare. Quanto a Coco, aveva solo bisogno di un altro po' di tempo per riflettere. Tre mesi non le sembravano sufficienti per prendere una decisione che avrebbe condizionato il resto della loro vita.

«Non è importante dove andremo a vivere», le ribadì una volta Leslie in tono pacato. Non desiderava forzarla in alcun modo, ma era fermamente convinto della loro storia, specie dopo aver visto l'attaccamento che Chloe aveva sviluppato per lei. «Non puoi smettere di amare un uomo, o anche solo pensare di lasciarlo, per il fatto che non ti piace la città in cui vive.»

«La città non c'entra. Quello che mi dà da pensare è lo stile di vita che si accompagna al tuo lavoro. Non ho idea di cosa potrebbe comportare stare con una stella del cinema ed è proprio questo che mi terrorizza. La stampa, i paparazzi, la continua pressione dall'esterno e la nostra quotidianità perennemente esposta al pubblico rischierebbero di interferire con il rapporto che stiamo costruendo. Ho bisogno di essere cauta per non rovinare la tua carriera o la mia esistenza. Adoro la vita che stiamo conducendo qui, ma... questa è una specie di isola dorata. Ci stiamo nascondendo, e quando verremo fuori da questa torre d'avorio esploderà una bomba che si avvertirà in tutto il mondo. Non sai che paura mi fa questa cosa e l'idea di poterti perdere per colpa delle altre persone.»

«Cominciamo a dire che stiamo insieme e vediamo cosa succede. Perché non vieni in Italia con me per le riprese del film? Starò a Venezia per almeno un mese, forse anche due. Potresti partire con me se riuscissi a trovare una dog sitter che ti rimpiazzasse. Ci penserai? E magari prima si potrebbe fare una capatina anche a Los Angeles.» Leslie era pronto ad annunciare pubblicamente la sua storia con Coco. Moriva dal desiderio di farsi vedere al suo fianco e di condividere la felicità che provava con l'intero pianeta. «Ti amo, tesoro, e qualsiasi cosa accadrà, in qualunque modo reagirà la stampa, io sarò con te.»

Lei gli sorrise con le lacrime agli occhi. «Suppongo di essere solo spaventata. E se la gente mi odiasse o io facessi una stupidaggine oppure ti rovinassi la piazza? Non sono mai stata esposta agli sguardi del pubblico, ma ho visto clienti di mio padre sperimentare sulla propria pelle come questo possa influire negativamente. Non voglio che accada anche a noi. È tutto così semplice, ora, ma una volta che si saprà della nostra storia nulla sarà più lo stesso.» Ancora un paio di settimane e quell'esistenza idilliaca sarebbe finita: quindici giorni dopo, infatti, Leslie sarebbe partito per Los Angeles e da quel momento in poi tutto si sarebbe trasformato in un'incognita. Lo sapeva anche lui, era impossibile negarlo. La preoccupazione per Coco lo divorava. Lei era così schiva e riservata, mentre lui viveva in un ambiente in cui la privacy non esisteva. Negli ultimi tre mesi, la fortuna era stata dalla loro parte e la loro condotta discreta come non mai. Una volta a Los Angeles, però, o sul set di Venezia, ogni mossa di Leslie sarebbe stata pubblicata sui giornali. Coco doveva necessariamente avere un assaggio di quella vita, prima di prendere qualunque tipo di decisione.

«Facciamo un passo alla volta», le disse un secondo prima che il cellulare di Coco squillasse. Era Jane. Da quando aveva fatto la famosa sfuriata alla madre, chiamava più spesso la sorella, con la quale adesso pareva avere un'intesa migliore. Leslie si alzò e fece il giro del tavolo per baciarla, prima di lasciare la cucina. Non aveva avuto una risposta soddisfacente sulla questione del matrimonio, ma sapeva di dover dare a Coco il tempo di abituarsi alla sua vita da personaggio pubblico. Ci sarebbero state altre occasioni per riprendere l'argomento, e lui non aveva certo intenzione di lasciar perdere. Meglio, però, evitare di stressarla più del dovuto, dal momento che lui presto avrebbe lasciato San Francisco.

Coco chiese a Jane della gravidanza e la sorella le disse che tutto procedeva per il meglio, ancora incredula che di lì a cinque mesi avrebbe avuto un bambino. Anche Coco si sentiva in quel modo, perché mai e poi mai aveva pensato a una maternità della sorella.

«Be', sappi che la tua villa è perfetta per una ragazzina di sei anni. La figlia di Leslie ci è stata due settimane e si è trovata benissimo.» Jane tacque senza commentare.

«È andato tutto bene?» chiese poi.

«Alla grande. È una creatura deliziosa. Spero che tu abbia una bambina come lei.»

«A quanto pare ti è piaciuta parecchio», disse Jane, cauta. «Non ha rotto nulla?»

«Certo che no. È molto bene educata.» Il tono della sorella la innervosì, a maggior ragione dopo la conversazione con Leslie. «L'abbiamo portata ovunque: allo zoo, sul tram, a Chinatown, a Sausalito, al museo delle cere e ci siamo divertiti un sacco.»

«*Ci*? C'è qualcosa che forse non mi hai detto, Coco?» Non riusciva ancora a credere che i sospetti di Liz fossero fondati, e quello che aveva appena sentito iniziava a preoccuparla seriamente. «C'è qualcosa tra te e Leslie?» chiese senza mezzi termini. Coco avrebbe potuto mentirle, come talvolta aveva fatto in passato, ma poco prima lei e Leslie avevano deciso di non nascondere più il loro amore. Era giunto il momento di uscire allo scoperto e iniziare con il comunicarlo alla famiglia sarebbe stata la mossa migliore. Jane poteva essere il banco di prova.

«Sì.» Non aveva idea di che cosa sarebbe accaduto da quel momento in poi. La sorella si sarebbe senz'altro stupita, ma alla fine avrebbe sicuramente approvato, visto che Leslie era un suo amico. Per una volta non le avrebbe fatto la predica, rimproverandola, come in passato con Ian, di non aver scelto un uomo del suo ambiente. E invece si sbagliava di nuovo.

«Sei pazza? Sai chi è nel mondo reale? È una star cinematografica. I media ti spolperanno viva. Sei una dog sitter di Bolinas, per l'amor del cielo! Hai una vaga idea di come la stampa sfrutterà la notizia?»

«Sono anche la figlia di Buzz Barrington, di Florence Flowers e tua sorella. Non scordare, inoltre, che in quel mondo io ci sono cresciuta.»

«E ne sei uscita per condurre una vita da hippy. Leslie ha frequentato le donne più sofisticate del mondo ed è stato con un sacco di attrici famose. La stampa farà di te un sol boccone! E a Leslie hai pensato? Ti rendi conto di quanto imbarazzo gli creerai? Come hai potuto imbarcarti in una sciocchezza simile? Ti chiedo di badare alla casa e a Jack e tu che fai? Ti scopi il mio ospite che, guarda caso, è anche una famosa star di Hollywood. Si può sapere che vi è saltato in mente?» Jane parlò con la rudezza e la cattiveria che mostrava sempre nelle sue sfuriate. Coco sentì gli occhi riempirsi di lacrime.

«Veramente ci siamo innamorati», replicò con un filo di voce. Dio, come la odiava e come detestava tutte le parole con le quali la stava bersagliando; ma a farla sentire peggio era il timore che la sorella avesse detto la verità.

«Come hai fatto a essere così stupida? È una cretinata incredibile. Cinque minuti dopo essere tornato sul set, ti avrà già dimenticata. Si porterà a letto tutte le partner possibili e immaginabili, e tu sarai l'ennesima tacca che inciderà sulla cintura. Credimi, conosco Leslie fin troppo bene.» In quel preciso momento lui tornò in cucina e notò l'espressione sconvolta di Coco. Jane, pensò, si era di nuovo accanita contro la sorella. Accarezzò con una mano le spalle della compagna, ma lei, per la prima volta, si ritrasse.

«Vedremo come andrà una volta che sarà tornato», rispose Coco, enigmatica, mentre Leslie la lasciava di nuovo sola per non invadere la sua privacy.

«Non andrà in nessuna maniera», ribatté Jane, cruda. «Fidati, quando ti dico che la cosa morirà non appena sarà uscito di casa. Anzi, è già tutto finito, solo che tu non te ne sei accorta. Sono sicura che a letto sa il fatto suo, ma oltre a questo non ti resterà nient'altro. Per lui saresti solo una presenza imbarazzante.» Coco avrebbe voluto rispondere che stavano già parlando di matrimonio, ma non osò aprir bocca. Forse, rifletté in preda alla nausea, Jane aveva ragione e lei si stava illudendo che sarebbe stata in grado di vivere nel mondo di Leslie. «Spero che tornerai presto con i piedi per terra, bella mia, e cerca di mantenere la tua dignità evitando di attaccarti a lui. Quando sarà il momento, lascialo andare con signorilità. Non ti saresti dovuta imbarcare in un'avventura del genere. Credevo che fossi più scaltra e avessi più rispetto per te stessa.» Come spesso faceva, Jane non lesinò le parole taglienti. No, la gravidanza non l'aveva cambiata affatto.

«Grazie infinite.» Coco ingoiò tutta la tristezza che provava. Basta cattiverie, voleva solo interrompere quella telefonata al più presto. «Ci sentiamo.» Premé il tasto rosso, mentre le lacrime le rigavano le guance. Mai e poi mai avrebbe dato a Jane la soddisfazione di sentirla piangere.

«Che è successo?» chiese Leslie tornando da lei. «Che altro ti ha fatto? Jane mi piaceva, ma giuro che adesso sto cominciando a odiarla per come ti tratta.»

«Questioni tra sorelle», ribatté Coco. Jane riusciva a ridurre la sorella a uno straccio in pochi minuti, e Leslie desiderò poterla affrontare per farla soffrire allo stesso modo. Lui sì che sarebbe stato un degno avversario.

Coco, singhiozzante, si lasciò stringere in un abbraccio.

«Jane ha ragione», disse tra le lacrime. «Mi ha definita una poco di buono, una stupida che ti metterà in imbarazzo. Ha aggiunto che sono solo una tacca in più sulla tua cintura, che sei stato con le donne più glamour, che i media mi spolperanno viva e che la nostra storia finirà nel momento stesso in cui partirai.» Le parole le sgorgarono come un fiume in piena, liberandola dal dolore inflittole dalla sorella. Piangeva abbattuta e inconsolabile e, più si disperava, più gli occhi di Leslie si accendevano di rabbia.

«Giuro che prima o poi l'ammazzo!» esplose. «Che diavolo ne sa, lei, di quello che farà la stampa? E poi chi se ne frega! Sei bellissima, intelligente, piena di dignità e per me starti accanto è motivo d'orgoglio. Io dovrei prostrarmi ai tuoi piedi. Tua sorella non è neppure degna di pulirti le scarpe, è una donna malvagia e crudele. È gelosa di te perché sarai sempre la più giovane. Non m'importa un accidenti di quello che ti dice, Coco, perché sono falsità. Quando andrò via di qui non sarà la fine della nostra storia, ma l'inizio. Voglio che tu venga con me e annuncerò a tutti quanto sono fortunato ad averti. Non ci sarà persona che non ti adorerà come ti adoro io. E chi non lo farà sarà un idiota. Chiedi a Chloe, lei ha capito tutto.» Le sorrise. «I bambini difficilmente si sbagliano, certamente non la mia.» Coco si sentì più sollevata, era proprio quello che aveva bisogno di sentirsi dire. La cattiveria della sorella, però, l'aveva ferita nel profondo.

«Ti sbagli», insisté, sebbene meno convinta di prima. «Ti rovinerò la carriera.» Parlava come una bambina avvilita.

«No, lo faresti se mi lasciassi. Perché se lo facessi io mi trasformerei in un ubriacone senza speranza.» Coco ridacchiò tra le lacrime, ancora scioccata dalla conversazione con Jane. «Tua sorella è un mostro! Non parlarle più. Ti deve, anzi, *ci* deve delle scuse. Quello che importa è solo l'amore che provo per te.» Con infinita dolcezza la condusse in camera da letto e si sdraiò accanto a lei. Gli ci volle più di un'ora prima di riuscire a calmarla, ma alla fine lei si sfogò completamente. Più Coco si tranquillizzava, più Leslie ribolliva di rabbia. Pensò addirittura di chiamare lui stesso Jane per dirgliene quattro. Alla fine, però, decise di concentrarsi unicamente sulla sua donna. La sorella, tutto sommato, non contava nulla.

Dopo un po', a forza di parole amorevoli e baci, Coco si rilassò. Leslie le sorrise e con calma la spogliò. Lei non riusciva a dimenticare ciò che Jane le aveva detto.

«Che fai?» gli chiese in un sussurro, mentre Leslie la baciava sul collo, facendole correre un brivido lungo la schiena.

«Ho pensato di provare ancora una volta quella cosa disgustosa. Voglio accertarmi di avere capito come si fa. Ci vuole un sacco di pratica per imparare una cosa del genere.» Coco rise e, quando Leslie l'ebbe spogliata completamente, di Jane non le importò più nulla. Lui era l'amore della sua vita.

11

DOPO la partenza di Chloe, le ultime due settimane di Leslie a San Francisco trascorsero in un lampo. Entrambi cercarono di sfruttarle al massimo e di passarle sempre insieme, sebbene lui avesse parecchie cose da fare prima dell'inizio delle riprese. Dopo una permanenza di circa dieci giorni a Los Angeles sarebbe partito per la location italiana e voleva che Coco lo raggiungesse.

Lei, intanto, dopo l'attacco subito si astenne dal parlare con la sorella per parecchi giorni, rifiutandosi perfino di rispondere alle chiamate. Ne aveva sentite di tutti i colori e non intendeva tollerare una parola di più. Jane, per contro, aveva raccontato a Liz ogni particolare prima di recarsi sul set e la compagna, per niente stupita dell'amore sbocciato tra i due, si era indignata per l'eccessiva aggressività della sua reazione.

«Si può sapere perché la faccenda ti sconvolge tanto?» le aveva chiesto versando a entrambe del caffè.

«È mio amico, non suo», aveva replicato l'altra imbronciata, quasi si sentisse tagliata fuori o priva del controllo della situazione.

«Sarà pure un tuo amico, ma adesso è anche il ragazzo di tua sorella. E quello è un rapporto di tutt'altro genere, un legame speciale. Leslie è una persona seria e perbene. Non credo affatto, come sostieni tu, che la stia prendendo in giro. Ha un senso dell'onore molto radicato.»

«A me risulta che se la sia solo spassata alla grande», aveva insistito Jane.

«Come tutti.» Liz l'aveva guardata preoccupata. Immaginava fin troppo bene che cosa avesse detto alla sorella e quanto dovesse averla ferita. «È di questo che hai paura, che la stia prendendo in giro? La stai proteggendo o ti secca che stia con un tuo amico? Sappi che, se il motivo della tua reazione è quest'ultimo, sei ingiusta nei confronti di Coco. Ci ha fatto il favore di trasferirsi a casa nostra e quello che è successo sono affari loro, non nostri.»

«La deluderà», erano state le parole di Jane.

«Sono in totale disaccordo con te e non è onesto che tu lo presuma. Non dimenticare che sono adulti e che sanno perfettamente cosa vogliono e cosa stanno facendo. Proprio come noi.»

«Perché ti schieri sempre dalla parte degli altri? Prima la mamma, adesso Coco. Ogni volta che fanno qualcosa di stupido o scandaloso ne diventi la paladina», aveva detto Jane in tono petulante.

«Sai che ti amo, ma non sempre sono d'accordo con te. In questo caso, credo che tu ti stia sbagliando.»

«Cosa ci trova in lei? È solo una dog sitter, santo Iddio!»

«Non fare la snob. È molto più di questo e lo sai. E, anche se così non fosse, Leslie ha tutto il diritto di innamorarsene. Staranno bene insieme, se Coco si saprà adattare a ciò che l'aspetta vivendo accanto a un personaggio famoso.»

«Non ce la farà mai», aveva detto Jane, convinta. «Non ha abbastanza fegato. È fuggita da Los Angeles, ha lasciato la facoltà di legge. È una perdente.»

«Niente affatto! E comunque, ogni decisione spetta a loro.»

«La mollerà come mollerebbe un tizzone ardente non appena inizierà a girare il nuovo film. Il che, se non erro, sarà tra due settimane. Scommetto che andrà subito a letto con la coprotagonista, dimenticandosi di Coco e della sua vita da hippy in riva alla spiaggia.»

«Forse no. Magari la loro è una storia vera», aveva insistito Liz. Per una qualche ragione, era convinta che tra i due ci fosse un sentimento reale. Lo provava il fatto che si erano dati tanto da fare per proteggere il loro segreto. Sarebbe stato fantastico se il loro amore avesse avuto un seguito. «Coco ha tutto il diritto di vivere questa esperienza e di capire cosa significa per lei e per Leslie. Non ci metterà molto a rendersi conto se sta facendo sul serio.»

«E lo stesso sarà per chi leggerà la notizia sui tabloid. Né loro né noi abbiamo bisogno del polverone che solleverà la cosa. Adoro Leslie, ma non mi va di leggere che mia sorella è la sua ultima avventura.»

«Credo che per lui Coco sia molto più di questo. Inoltre, Leslie ti rispetta troppo per farti uno sgarbo simile.»

«Sono sciocchi se pensano che possa funzionare, perché si sbaglierebbero di grosso. Il genere di pressione cui è sottoposto Leslie è troppo difficile da gestire per una come Coco. Vedrai che non tarderà a crollare come un castello di carte.»

«A mio avviso devi avere più fiducia in tua sorella. Ha reagito piuttosto bene alla morte di Ian.»

«Niente affatto, visto che negli ultimi due anni ha vissuto da reclusa. E cosa accadrebbe se i paparazzi iniziassero a piantonare casa sua e la nostra? Ci piacerebbe sopportare una cosa del genere? Coco vive in un mondo tutto suo, Liz, e pure Leslie, se pensa davvero che lei possa far parte del suo ambiente. Vedrai come la tratterà la stampa.»

«O forse no. Coco saprà perfettamente come cavarsela.»

«Non tornerà mai a Los Angeles e lui non può certo vivere in quella baracca sulla spiaggia. Ha una carriera più in vista della nostra.»

«Vediamo cosa succede. Quanto a noi, abbiamo solo il compito di offrirle il nostro aiuto incondizionato. Coco non ha certo bisogno di altre ramanzine.»

«Non le ho fatto la ramanzina», si era difesa Jane, pur sapendo di essere dalla parte del torto. «Le ho solo detto esattamente quello che pensavo.»

«Talvolta non fai differenza tra le due cose. Non immagini neppure il male che possono causare le tue parole. Hai una lingua molto tagliente.»

«E va bene! La chiamerò», aveva promesso, mentre si preparavano a lasciare l'appartamento preso in affitto. Sul set tutto stava andando a gonfie vele e loro sarebbero tornate a casa prima del previsto. Coco era rimasta da loro tutto il tempo senza fare storie e solo adesso Jane ne capiva il motivo.

Quando però quella mattina telefonò sul cellulare della sorella, questa non rispose, e lo stesso fece anche nel pomeriggio. Dopo due giorni di silenzio, le fu chiaro che Coco si negava. Fu così che decise di contattare Leslie, essendosi un po' calmata e avendo il senso di colpa alle stelle.

Lui le rispose con voce fredda e distaccata, poiché aveva riconosciuto il suo numero sul display.

«Che succede?» chiese con un tono più gelido del normale. Dalla sua reazione, Jane comprese quanto avesse ferito la sorella, e si mise sulla difensiva.

«Coco mi ha detto che state trascorrendo un'estate appassionata», gli rispose, affrontando la questione con toni leggeri, poiché reputava il loro un flirt passeggero, al contrario di quanto credeva Liz.

«Non la metterei in questi termini», fu la replica secca di Leslie. «Io sono innamorato di tua sorella, è una donna straordinaria. Negli ultimi tre mesi ti ha fatto un favore e io ho avuto la fortuna di beneficiare della sua vicinanza grazie alla tua ospitalità. Le frasi che le hai detto erano assolutamente fuori luogo, se non addirittura imperdonabili. Non so quale tarlo ti roda dentro, Jane, ma ti consiglio di tenere a freno la lingua da adesso in poi. Se le parlerai ancora in quei termini, fra me e te non ci sarà più alcun rapporto d'amicizia. Detesto le persone che feriscono il prossimo solo per il gusto di farlo. Cos'è, il tuo, un nuovo tipo di sport? Vivi con una donna favolosa e tua sorella lo è altrettanto. Ti suggerisco di imparare da loro.» Jane tacque, colpita nel segno, proprio com'era nelle intenzioni di Baxter. Mai più la sorella avrebbe dovuto sconvolgere Coco dicendole che lui l'avrebbe lasciata, tradita o dimenticata nell'istante in cui fosse tornato a Los Angeles. Non si era mai innamorato così prima di allora.

«Non ho bisogno che tu mi dica come parlare a mia sorella. Le ho solo detto quello che pensavo e che penso ancora. Non raccontarmi stronzate, Leslie! Non ci metterai molto a portarti a letto la tua prossima partner e a scordarti di Coco.» Si conoscevano da parecchio tempo.

«Grazie per la fiducia», ribatté Leslie, seccato. «Non è necessario che tu sia scortese con Coco o con me. Non avrò più nulla da dirti fino a quando non imparerai le buone maniere o a usare un po' di più il cuore. Puoi chiedere a Liz di prestartene metà del suo, considerato che quello che ha nel petto è il doppio di un cuore normale. Tu, Jane, hai solo due cose davvero notevoli: il talento e la lingua. Il primo lo rispetto immensamente; con la seconda, invece, non voglio avere niente a che fare. Te lo ripeto un'ultima volta: lascia in pace Coco.»

«Solo perché le ho detto la verità? È per questo che te la sei presa tanto? Forse così ti ho rovinato il divertimento!»

«Il divertimento non c'entra affatto, qui, Jane. Amo davvero tua sorella e spero di riuscire a convincerla a venire a Los Angeles con me.»

«Non contarci. La odia con tutta se stessa. Il fatto di essere cresciuta circondata da persone famose e di successo l'ha forse traumatizzata. Ci detesta tutti, te incluso, probabilmente. Non ha la capacità di farcela, e se la conosco bene, non ci proverà neppure.»

«Io nutro maggior fiducia nei suoi confronti», ribatté

Leslie, calmo, pregando il cielo che Jane avesse torto. Lo stava davvero esasperando.

«Ti deluderà.» Anche Jane adesso si era calmata. Lei e Baxter stavano discutendo alla pari, a differenza di quanto accadeva tra le due sorelle: Coco non era sufficientemente dura e determinata per tenerle testa. «Lo ha già fatto con tutti noi. Ha iniziato questa storia con te, adesso, ma presto ti mollerà. Non ha il carattere adatto a condividere il tuo stile di vita. Ecco perché fa la dog sitter, invece di fare l'avvocato, e perché vive sulla spiaggia in mezzo a dei surfisti fuggiti dal mondo reale una quarantina d'anni fa. E così sarà lei, un giorno. Anzi, lo è già», concluse amara.

«Perché il fatto che sia una dog sitter e abbia abbandonato la facoltà di legge ti scoccia così tanto?» Il ferro era ancora caldo, meglio approfittarne subito. Jane era talmente ossessionata dal successo da non riuscire ad accettare che sua sorella avesse scelto un'esistenza diversa. «In fin dei conti a me non importa, e rispetto il coraggio che l'ha portata a non competere con nessuno di voi. Coco non è fatta della vostra pasta. E, grazie al cielo, non è malvagia. È una persona gentile che ha imboccato la strada che reputava migliore per se stessa.»

«Grazie per questa tua analisi, ma credimi, conosco mia sorella meglio di te. Le voglio bene, ma è una perdente che sta sprecando la propria vita.»

«Scusa, ma adesso sono io a conoscerla più a fondo e ti dico che è una persona migliore di me e di te. Non cede a compromessi e vive secondo i suoi valori.»

«Se pensi che sopporterà lo stress della vita che conduci,

be', stai prendendo in giro te stesso e lei. Si affloscerà come un soufflé alla vista della prima macchina fotografica o di te tra le braccia di una star. E scapperà, scapperà come se avesse un diavolo alle calcagna.»

«Farò il possibile perché non accada», la rassicurò Leslie, sebbene nutrisse le stesse preoccupazioni. Essere una star non era facile, ma non lo era neanche amarne una e viverci accanto.

«Buona fortuna», disse Jane sarcastica, prima di riagganciare. Erano entrambi seccati, dopo quella conversazione: lui odiava il modo in cui la sorella maggiore trattava Coco e le cose che diceva sul suo conto, i suoi attacchi spietati e continui; a Jane, invece, non andava giù il fatto che Leslie difendesse Coco. Chi si credeva di essere? Era ancora furibonda quando raccontò della telefonata a Liz, quella sera. E lei rifletté sul fatto che l'amico si fosse difeso più che bene dalla lingua tagliente di Jane.

Leslie mise Coco al corrente della conversazione quando, nel pomeriggio, andarono al presidio di Crissy Field per una passeggiata con Jack e Sallie. Lei ascoltò in silenzio il resoconto, epurato dalle considerazioni della sorella che avrebbero potuto ferirla. La cosa importante, pensava Leslie, era farle sapere che finalmente qualcuno aveva preso le sue difese.

«Non dovevi fare questo per me», sussurrò, mentre camminavano mano nella mano. «So difendermi da sola.» Ma non allo stesso modo, pensò Leslie, ricordando le parole impietose di Jane. Nessuno avrebbe potuto sostenere quell'attacco. Per fortuna, quella donna era andata via di casa proprio quando Coco era nel pieno della crescita.

«Non trovo normale che ci si debba difendere dalla propria sorella. Non è questo il senso di una famiglia, o almeno non dovrebbe esserlo.»

«Erano tutti così. Non vedevo l'ora di andarmene di casa», rispose lei, ricordando la sua famiglia.

«Posso immaginarlo. Le cose che ha detto e le ipotesi che ha formulato sono odiose. Non sopporto la sua convinzione che io ti stia solo prendendo in giro e che la nostra sia un'avventura da niente. Tu sei la donna dei miei sogni.» Leslie si chinò per baciarla. Restarono abbracciati a lungo, mentre camminavano sotto gli sguardi sorridenti dei passanti che ammiravano quella coppia bellissima.

La sera, Liz chiamò per scusarsi del comportamento di Jane. La giustificò dicendo che il lavoro era stato molto stressante e che la gravidanza di certo non rendeva più semplici le cose. Leslie ribadì la serietà delle sue intenzioni con Coco e Liz gli augurò tutto il meglio.

C'era ancora un'ultima questione da affrontare prima di lasciare San Francisco e Leslie decise di farlo alla vigilia della partenza, prenotando un tavolo a nome di Coco in un delizioso ristorante.

Erano entrambi molto dispiaciuti: insieme avevano trascorso dei mesi splendidi che non si sarebbero ripetuti più. La vita reale stava per bussare alla loro porta. Coco ne era terrorizzata, ma anche lui aveva paura di come lei avrebbe affrontato la cosa e di come avrebbe vissuto il lungo periodo di separazione che li attendeva. Di lì a una decina di giorni, infatti, avrebbe dovuto partire alla volta di Venezia.

«Quando verrai a Los Angeles?» chiese per l'ennesima volta.

«Erin, un'amica di Liz, mi darà il cambio per tre giorni alla fine di questa settimana.» Leslie si sentì sollevato. Jane lo aveva terrorizzato con l'idea che Coco non si sarebbe mai mossa. «Si occuperà anche di Sallie e di Jack. Mia sorella non vuole che dorma alla villa.»

«Cercherò di liberarmi, ma spesso dovrò essere sul set. Puoi venire con me, se ti va.» Desiderava starle lontano il meno possibile e sperava che regista e produttore non lo monopolizzassero. Si sarebbe portato avanti con gli impegni prima dell'arrivo di Coco.

«Una volta sul posto vedrai come fare. Io ti aspetterò in albergo.» Come per il soggiorno precedente, avrebbero alloggiato al *Bel Air Hotel*. «Approfitterò per vedere mia madre, se non è impegnata con il suo nuovo libro.» Coco sapeva che, se fosse stata troppo presa dalla scrittura, non si sarebbero neppure incontrate. «La chiamerò non appena conoscerai i tuoi impegni. Sei tu la mia priorità, non lei.» Gli sorrise e il cuore di Leslie si sciolse.

La loro ultima notte insieme fu dolce e romantica. Fecero l'amore diverse volte e Coco rimase sveglia fino all'alba, mentre Leslie dormiva tra le sue braccia. Non riusciva più a immaginarsi senza di lui, si sarebbe sentita sola ovunque e neppure Bolinas sarebbe stata più la stessa. Leslie era diventato una parte imprescindibile della sua vita, ma Coco sapeva che i ritmi di un attore erano lontani anni luce dai propri e che il tempo trascorso con lui a casa di Jane era stato un dono prezioso. Sarebbe stata grata per sempre alla sorella, anche se lei credeva ben poco alla loro storia. Jane le aveva scritto un SMS per scusarsi della veemenza delle sue parole e Coco le aveva risposto ringraziandola, ma da allora non si erano più sentite. La conversazione con Leslie aveva sortito l'effetto sperato: Jane, su consiglio di Liz e dello stesso Leslie, aveva fatto un passo indietro. A lui, tuttavia, non interessava che cosa Jane pensasse di loro, voleva semplicemente che la sua compagna non venisse aggredita.

La sera prima della partenza, Coco lo aveva aiutato a preparare i bagagli, perché il giorno seguente la macchina con l'autista sarebbe arrivata fin troppo presto. Quella mattina, infatti, Leslie aveva un primo incontro con la produzione, ma aveva fatto in modo di rimanere con Coco fino all'ultimo momento. Per imbarcarsi sul volo delle nove doveva uscire di casa alle sette e mezzo. Sulla soglia la baciò un'ultima volta.

«Abbi cura di te», disse sorridendole. «Ci vedremo presto. Ti chiamo alla prima pausa. Pensa che tra qualche giorno saremo di nuovo insieme», la tranquillizzò, anche per confortare se stesso. Odiava andar via senza di lei.

«Ti amo, Leslie», sussurrò Coco, improvvisamente consapevole del fatto che quell'uomo non apparteneva solo a lei. Lui stava per tornare nel suo mondo di produttori, di registi, di compagnie cinematografiche, di fan, di agenti e di amici; che le piacesse o no, doveva dividerlo.

«Anch'io ti amo.» Leslie la baciò di nuovo, per poi affrettarsi a raggiungere la macchina. Non poteva permettersi di perdere quel volo, avendo rifiutato l'offerta del produttore di viaggiare su un aereo privato. Non ritenendolo necessario, aveva infatti preferito prenotare un volo con una normale compagnia aerea, soprattutto considerato che Coco non lo accompagnava e che quindi non doveva proteggerla da occhi indiscreti.

L'auto si avviò, mentre i due innamorati continuavano a scambiarsi baci volanti e saluti fino all'ultimo istante. Quando, poi, l'autista svoltò in direzione di Divisadero, Coco rientrò in casa con le lacrime agli occhi.

Rifugiatasi in camera, si lasciò cadere sul letto che presto sarebbe tornato a essere di Liz e Jane. Con la partenza di Leslie, niente sarebbe stato come prima. La sola cosa che potesse aiutarla era il lavoro, perciò si alzò e indossò jeans e maglietta, pur avendo il cuore a pezzi.

Lui la chiamò dall'aeroporto proprio mentre Coco portava a passeggio i cani di taglia grande; era affannata per la corsa.

«Non dimenticare che ti amo», le ricordò Leslie imbarcandosi.

«Anch'io», rispose lei con un sorriso, e continuarono a chiacchierare fino a quando l'assistente di volo pregò Leslie di spegnere il cellulare.

Terminata la conversazione, Coco ripensò a com'era stata la sua vita fino a quel momento, una vita che senza di lui adesso le pareva priva di senso. Come aveva potuto credere, solo quattro mesi prima, di essere soddisfatta di ciò che aveva?

Si occupò dei cani e alle quattro andò in città per fare shopping. Non poteva far sfigurare Leslie a Los Angeles, indossando vestiti come quelli che portava da anni. Girò per negozi fino all'orario di chiusura e tornò al furgoncino carica di pacchi; per l'occasione aveva anche comprato due valigie. Sì, pensò felice. Leslie sarebbe stato orgoglioso di lei.

12

L'aereo su cui viaggiava Coco decollò da San Francisco alle dieci e atterrò alle undici a Los Angeles. L'incontro con Leslie era previsto al *Bel Air Hotel* per mezzogiorno e lui sperava, tra un impegno e l'altro, di riuscire a trattenersi per un paio d'ore. Avrebbero trascorso la notte lì. Il giorno seguente, invece, Baxter sarebbe dovuto andare a una cena offerta dal produttore a tutto lo staff e aveva deciso di portarla con sé. Il piccolo ricevimento si sarebbe tenuto nella villa del produttore e sarebbe stato il primo incontro del cast al completo, un cast di cui Leslie era il protagonista. Per Coco avrebbe rappresentato il debutto al fianco dell'uomo che amava, e per l'occasione aveva acquistato un abito da cocktail nero, elegante e sexy, cui avrebbe abbinato raffinate calzature col tacco alto.

Come promesso, all'aeroporto trovò ad attenderla un'auto con autista che, dopo aver caricato i bagagli, la accompagnò in albergo. Sulla strada, Coco cercò di non pensare a quello che sarebbe potuto accadere il giorno seguente, e si concentrò invece sull'imminente incontro con Leslie. Si chiese se l'avrebbe trovato cambiato. E se Jane avesse avuto ragione?

La suite che le avevano riservato era più grande di quella della volta precedente. La stessa coppia di cigni le diede il benvenuto nuotando con grazia nel ruscelletto del giardino. L'albergo era tranquillo e la sistemazione favolosa. Coco si stava ancora guardando intorno, quando la porta si aprì e apparve Leslie con un'espressione raggiante. Fino all'ultimo istante aveva vissuto col terrore che lei cambiasse idea e non salisse sull'aereo. Averla lì era un miracolo, pensò, stringendola in un abbraccio che le tolse letteralmente il fiato. Sembravano due bambini che si erano ritrovati dopo tanto tempo. Quella separazione di quattro giorni era stata per loro una vera e propria agonia.

«Credevo che non saresti mai venuta!» Leslie allentò la stretta per guardarla negli occhi. Sembrava più matura. Indossava dei jeans, un maglioncino bianco che ne metteva in risalto la silhouette, una giacca scamosciata e tacchi alti che la rendevano molto sexy. I capelli erano sciolti sulle spalle e due piccoli diamanti scintillavano ai lobi delle orecchie. Leslie, che non l'aveva mai vista così elegante, ne ammirò il gusto. A San Francisco avevano entrambi un look casual, anche quando andavano a cena fuori. «Wow!» esclamò, incantato. «Sei uno schianto!»

«Mi sento tanto Cenerentola al ballo. Potrei trasformarmi in zucca da un momento all'altro.»

«Be', a me non importerebbe. Saresti la mia zucca e ti inseguirei per tutto il regno con la scarpetta di cristallo.» Coco calzava delle Louboutin degne di una diva.

Leslie, grande conoscitore di moda femminile, ne aveva riconosciuto la caratteristica suola rosso intenso. «A proposito, quelle che hai ai piedi adesso sono favolose.» Non smetteva di farle complimenti. Anche lui, quanto a eleganza, sapeva il fatto suo: indossava una camicia di taglio sartoriale inglese, jeans, mocassini di coccodrillo e un pullover di cashmere poggiato sulle spalle. Si era tagliato i capelli e aveva fatto un leggero cachet per nascondere qualche filo grigio. Era in tutto e per tutto il Leslie Baxter che Coco aveva visto centinaia di volte sullo schermo. I suoi occhi, però, dicevano che apparteneva solo a lei. Ed era quello che contava.

Coco si complimentò per la suite e Baxter le spiegò che era un gesto di cortesia del produttore. «Per il fine settimana mi ha offerto la sua casa di Malibu, in una zona appartata e lontana da occhi indiscreti.» Aveva pensato a tutto per farla felice e proteggerla. Versò a entrambi dello champagne. «Al nostro futuro», brindò, prima di baciarla. Coco mangiò una grossa fragola e ne offrì una anche a lui. Dopo, si persero l'uno nelle braccia dell'altra, vinti da un desiderio che non potevano più tenere a freno. Non pranzarono neanche. Si separarono un'oretta dopo, quando Leslie dovette correre a un appuntamento col regista per apportare alcune modifiche al copione. Le promise che sarebbe rientrato per le sei; lei, intanto, rimasta da sola, fece un bagno ristoratore.

Nel pomeriggio telefonò alla madre, ma la segretaria le disse che Florence stava lavorando. Coco non lasciò detto che si trovava a Los Angeles e decise di trascorrere il pomeriggio a passeggiare, godendosi il clima caldo, o a leggere il libro che aveva con sé. Leslie rientrò alle sette, con un'ora di ritardo. Ordinarono la cena in camera, guardarono un po' la televisione e chiacchierarono dell'incontro al quale lui aveva partecipato. Il cast e il produttore erano di suo gradimento, con il regista aveva già lavorato in passato, sapeva che era un tipo difficile ma che otteneva sempre ottimi risultati; le riprese, però, sarebbero iniziate solo una volta arrivati a Venezia. Si lamentò poi di un collega e aggiunse che Madison Albright, la protagonista femminile che Coco conosceva di fama, era molto carina.

«Devo preoccuparmi?» chiese lei. Erano sdraiati sul divano, Leslie le aveva appoggiato la testa sul grembo e, compiaciuto come un gatto in procinto di fare le fusa, si lasciava accarezzare i capelli. Gli era mancata incredibilmente, durante quei quattro giorni.

«Non hai motivo di preoccuparti di niente e di nessuno», la rassicurò. «Quello che dovrebbe avere paura sono io, visto il look di quando sei arrivata.» Coco aveva sistemato gli abiti nuovi nell'armadio e aveva mandato in stireria quello da cocktail, perché fosse impeccabile per il party della sera successiva. Leslie non le aveva ancora detto che sarebbe stata presente anche la stampa. Non voleva spaventarla, sebbene non ce ne fosse motivo. La bomba del nuovo flirt sarebbe esplosa davvero solo dopo che fossero stati sorpresi insieme più volte. Per di più, la sua ex era ormai fidanzata con un altro, la loro storia era acqua passata. Si era trattato della solita storiella sentimentale di stampo tipicamente hollywoodiano, sebbene più turbolenta del consueto e con le false illazioni sull'omosessualità di Leslie alle quali i tabloid avevano dato scarso seguito.

Andarono a letto presto perché l'indomani lui aveva un impegno di prima mattina; quando Chloe chiamò, erano ancora svegli. La bambina aveva chiesto alla baby sitter – sua madre era uscita – di telefonare al padre perché voleva raccontargli del primo giorno di scuola e degli amichetti che aveva conosciuto quella mattina. Chloe, poi, rassicurò Coco che l'orsacchiotto rosa con il suo nome stava bene: la conversazione con la piccola le fece venire nostalgia dell'idilliaca estate appena trascorsa insieme.

Dormirono entrambi come bambini sfiniti nel confortevole letto della suite e furono svegliati alle sette del mattino seguente da una chiamata della receptionist. Leslie doveva essere al lavoro per le otto e lo aspettava una lunga giornata. Purtroppo, le disse, non si sarebbero potuti vedere per pranzo, perché le modifiche del regista al copione avrebbero impegnato l'intero cast fino alle sei, se non alle sette. Il ricevimento sarebbe iniziato alle otto; lui avrebbe avuto solo il tempo di cambiarsi e poi sarebbero andati via insieme. Coco aveva deciso di andare dal parrucchiere nel pomeriggio e farsi trovare pronta al suo arrivo.

«Non ti annoierai a passare la giornata da sola?» domandò Leslie quando finì di bere il caffè, mentre Coco sorseggiava il suo tè.

«Ho già fatto un programmino niente male: shopping e una puntatina al museo.» Coco conosceva molto bene la città nella quale era cresciuta. Avrebbe potuto far visita ad alcuni amici, ma non voleva: non si faceva vedere spesso a Los Angeles e quei legami si erano allentati. Il suo stile di vita, poi, era molto differente da quello delle ex compagne di scuola, diventate facoltose casalinghe di Beverly Hills oppure attrici o produttrici. Lei era una delle poche a essere fuggita da quella Los Angeles che tutti parevano amare.

Leslie la salutò con un bacio e le ricordò che aveva a disposizione una macchina con autista. Alle dieci, Coco lasciò l'hotel e fece un giro per negozi su Melrose Avenue, poi si fermò per uno spuntino presso *Fred Segal*, quindi visitò il County Museum of Art. Non essendoci ancora alcun indizio che la collegasse a Leslie, nessuno la disturbò durante la sua passeggiata. Alle quattro andò dal parrucchiere dell'albergo e alle sei era di nuovo in camera. Aveva tempo per fare un bagno, truccarsi e vestirsi prima dell'arrivo di Leslie che, alle sette, rientrò esausto con il copione tutto spiegazzato e disseminato di note. Ne avrebbe ricevuto uno riveduto e corretto il giorno seguente e con parecchie battute piuttosto complicate da imparare.

«Come è stata la giornata?» Leslie la baciò, felice di essere di nuovo con lei. Coco era il suo porto sicuro, il suo angolo di paradiso nella vita frenetica che conduceva. Amava l'idea che lei facesse parte della sua vita normale, era tutto ciò che aveva sempre desiderato avere e che mai si era azzardato a sognare.

«Divertente.» Aveva un'espressione soddisfatta e rilassata. Leslie sorrise nel vedere quello che indossava: un tanga nero, un reggiseno di pizzo dello stesso colore, orecchini e scarpe con tacchi alti; i capelli le ricadevano morbidamente sulle spalle. Avrebbe messo l'abito all'ultimo momento per non sgualcirlo prima del tempo.

«Bel vestito», commentò lui, ammirando le sue gambe longilinee e il fisico perfetto: era bellissima. Aveva fatto anche manicure e pedicure. La dog sitter della quale si era innamorato a San Francisco si era trasformata in un incantevole cigno. Adorava la versione originale, ma neppure quella che aveva davanti era da sottovalutare.

Leslie corse in bagno per una doccia. Quando ne uscì, sbarbato e con i capelli ancora umidi, si stava abbottonando una camicia di un candore abbagliante. Indossò poi un paio di pantaloni neri, un blazer di cashmere dello stesso colore e scarpe nere di coccodrillo. Anche Coco finì di prepararsi. Il suo abito, sexy e discreto al tempo stesso, aveva solo una leggera scollatura che lasciava appena intravedere il décolleté. Era bella da togliere il fiato e Leslie la guardava, ricambiato, ammirandola. Quella sarebbe stata la loro prima uscita pubblica nel mondo di Leslie.

«Sei la donna più affascinante che io abbia mai conosciuto», disse estasiato, mentre uscivano dalla suite. Sotto un braccio, Coco stringeva una pochette di satin nero che completava con raffinata ricercatezza la sua mise. Arrivarono a braccetto alla macchina che li attendeva sul viale dell'hotel e un fotografo scattò loro una foto. Coco trasalì un istante, ma una volta in auto si riprese, mentre Leslie le accarezzava una mano per rassicurarla. Non parlarono dell'episodio, ma preferirono chiacchierare della villa del produttore che non distava molto da Bel Air.

All'ingresso, addetti al parcheggio attendevano l'arrivo degli invitati; alle loro spalle, la casa appariva immensa e lussuosa. Il party sarebbe stato più affollato di quanto Leslie avesse immaginato, vista la presenza di star di alto livello. Sollevato dall'assenza di paparazzi, Leslie condusse Coco in un imponente atrio con pavimento di marmo, una sontuosa scalinata e una collezione d'arte degna del Louvre. Coco riconobbe due Renoir, un Degas e un Picasso, mentre si muoveva negli ambienti affollati e arredati con mobili antichi e raffinati oggetti da collezione. Il produttore li salutò con grande cordialità e baciò Coco su una guancia.

«Ho sentito parlare molto di lei», disse sorridendole. «Conoscevo suo padre: per parecchi anni è stato il mio agente. Ho avuto anche il piacere di fare la conoscenza di sua madre e di sua sorella. Lei, mia cara, proviene da una leggendaria stirpe hollywoodiana.» In quell'istante, Leslie sorrise a una bellissima donna che stava venendo loro incontro e che Coco riconobbe subito: era Madison Allbright, la protagonista femminile del film.

«Maddie, lascia che ti presenti Coco», disse Leslie, mentre il padrone di casa si occupava di accogliere altri ospiti.

«Non ha fatto che parlare di te per tutta la settimana», le disse Madison con un sorriso. Indossava jeans, scarpe col tacco e un top di strass e pietre dure. I capelli biondi le ricadevano sulle spalle come una sontuosa criniera. Aveva la stessa età di Coco, ma sembrava una diciottenne con la pelle di porcellana e grandi occhi azzurri.

Le due donne chiacchierarono per qualche minuto, mentre Coco cercava di non mostrarsi troppo colpita dalle persone che vedeva. Aveva conosciuto gente altrettanto famosa a casa dei propri genitori, ma ormai erano passati anni. Era più nervosa di quanto desse a vedere, sebbene Leslie non si allontanasse mai dal suo fianco e continuasse a cingerle la vita per farle avere il suo sostegno. Sapeva che non doveva essere facile per lei.

Fu poco prima di cena che, dal nulla, iniziarono ad apparire i fotografi. Leslie, com'era facile immaginare, fu tra i soggetti più ricercati. Una giornalista che lo vide con Coco inarcò un sopracciglio con aria interrogativa, poi fissò Leslie negli occhi e gli chiese quello che ogni fan avrebbe voluto sapere: «Una nuova amicizia?»

«Non così nuova», rise lui. «Ci conosciamo da lungo tempo. Sono un amico di famiglia da anni», disse, cingendole la vita. Ma, quando percepì Coco tremare, la prese per mano.

«Come si chiama?» domandò la giornalista a Baxter.

«Colette Barrington», rispose Coco.

«È una delle figlie di Florence Flowers?» La reporter scribacchiò qualcosa sul suo taccuino.

«Sì.»

«Ho letto tutti i suoi libri e adoro i film di sua sorella», la informò l'altra con un sorriso da barracuda. Coco conosceva fin troppo bene il tipo. «Di chi è il vestito che indossa?»

Mio, avrebbe voluto risponderle, ma sapeva di doversi adeguare alle regole del gioco e di doverlo fare per Leslie. «Oscar de la Renta.»

«Davvero bello», commentò la donna, mentre un fotografo immortalava la coppia. «Allora, Leslie, si tratta di una storia seria o cosa?» Quel «cosa» sottintendeva «solo un altro bel faccino».

«Miss Barrington è stata così gentile da unirsi a me per la serata, una vera imposizione per qualunque persona civilizzata.» Leslie rivolse alla giornalista uno dei suoi sorrisi più abbaglianti. «Non penso che sia già il caso di distruggere la sua reputazione.» Anche la giornalista rise, momentaneamente soddisfatta.

«Quando partirai per Venezia?»

«La prossima settimana.» Leslie sapeva come rispondere per evitare domande indiscrete.

«Sei eccitato all'idea di lavorare con Madison Allbright?»

«Molto», replicò lui, con aria esageratamente deliziata. La giornalista rise di nuovo. «Sì, insomma, basta guardare il top che indossa. Tutti quegli strass abbaglierebbero qualunque uomo o lo renderebbero cieco.» Leslie tornò serio. «È un'attrice eccezionale ed è un onore recitare con lei. Sono certo che farà un lavoro fantastico.»

«In bocca al lupo per il film», lo salutò la reporter, prima di rivolgere la sua attenzione agli altri ospiti, come faceva la mezza dozzina di colleghi delle testate di maggior spicco invitati al ricevimento. Leslie sussurrò a Coco che in quelle occasioni era come trovarsi a una fiera del bestiame. Anche i fotografi non erano meno attivi dei giornalisti e facevano scattare i flash con particolare zelo. Immortalarono Leslie e Coco in coppia e singolarmente e alcuni chiesero loro di mettersi in posa con Madison. La stampa fu invitata a lasciare la villa nel momento in cui la cena doveva essere servita a bordo piscina. Ciascun tavolo era decorato con orchidee, mentre centinaia di altre galleggiavano sull'acqua. Mentre si sedevano ai posti che erano stati loro assegnati, Leslie studiò con attenzione la compagna.

«Va tutto bene?» Coco si era comportata egregiamente con la stampa, dosando garbo, cortesia, sorrisi e non dando alcuna informazione, se non sullo stilista del suo abito. Era un sollievo per lui non essere accompagnato da una donna appiccicosa e tutta moine, come si sarebbe mostrata qualunque attrice per promuovere la propria carriera. Coco non sgomitava per stare sotto i riflettori né fingeva una relazione inesistente, anche se nel loro caso il legame esisteva effettivamente. Era così elegante e posata da non lasciar intendere a nessuno se fosse la dama di una notte o qualcosa di più. Leslie le era infinitamente grato della discrezione che mostrava e del comporta mento impeccabile che sapeva tenere. Coco aveva fatto esperienza di questo genere di cose, in passato, e sapeva gestirle meglio di quanto lei stessa credesse.

Gli sorrise. «Sì.» Se non ci fosse stata la stampa, la serata sarebbe stata perfetta, ma purtroppo certe situazioni non potevano essere evitate. Ne aveva sospettato la presenza fin da subito, ma per evitare di terrorizzarsi non aveva osato fare domande.

«Sei stata fantastica», le mormorò Leslie in un orecchio, prima di presentarla agli altri colleghi e alle rispettive compagne.

La serata trascorse splendidamente, ma loro furono tra i primi ad accomiatarsi dal produttore e dalla moglie.

Leslie riteneva di aver fatto ciò che ci si aspettava da lui e non desiderava stancare ulteriormente Coco.

All'uscita furono avvicinati da altri fotografi desiderosi di accaparrarsi gli ultimi scatti. Nel vederli avanzare, Leslie non batté ciglio e prese Coco per mano. «Come si chiama?» gridò uno dei paparazzi.

«Cenerentola! State attenti o vi trasformerete in topolini», scherzò lui, montando in fretta in auto con l'amata. Chiusa la portiera, la vettura sfrecciò via e Leslie sospirò di sollievo. «Sono certo, amore mio, che sarai felice di sapere che detesto questo genere di serate. Sono davvero troppo impegnative. Sento che mi si frantumerebbe il viso se facessi anche solo un altro sorriso.»

«Sei stato bravissimo», rise Coco con orgoglio.

«Anche tu. Hai detestato ogni istante del ricevimento?» Leslie la guardò con aria preoccupata.

«No. È stato stranamente divertente, sebbene andasse troppo per le lunghe. La casa era magnifica», rispose lei, sforzandosi di non apparire preoccupata come invece era. Le parole della sorella sulle attrici che lavoravano con Leslie le mulinavano costantemente nella testa e la rodevano come un tarlo. Anche Leslie ne era consapevole.

«Sei molto più bella di lei. Hai visto che volgarità tutte quelle paillettes? E il seno rifatto? Era almeno di quattro taglie più grande del normale. Mi è parso raddoppiato dall'ultima volta che l'ho vista. Tu eri favolosa ed elegantissima. Sei stata il mio orgoglio. Grazie per quello che hai fatto per amore mio.»

«Stare con te è sempre meraviglioso», rispose Coco. Era riuscita a non farsi impressionare troppo dalla stampa. «Anche se le cose con i media si dovessero fare più pressanti, sono certa che riuscirò a cavarmela.»

Seppur a malincuore, Leslie fu costretto ad ammettere la verità. «Le pressioni purtroppo aumenteranno, tesoro mio. Questa sera i giornalisti avevano delle regole da seguire per evitare di essere messi alla porta.» Le sorrise di nuovo e, una volta arrivati in albergo, si diressero subito in camera, nel caso in cui uno dei paparazzi li avesse seguiti fin lì. Di solito si avvaleva dell'aiuto di un bodyguard, ma quel giorno non lo aveva ritenuto necessario, considerata la meticolosa organizzazione dell'evento.

Leslie si tolse le scarpe e il blazer per poi gettarsi sul divano. Fu solo allora che ricordò che il produttore gli aveva dato qualcosa: pescò nelle tasche dei pantaloni e ne estrasse un mazzo di chiavi. «Sono della villa di Malibu. Ci passeremo il weekend.» Trionfante, le gettò sul tavolino. L'indomani mattina, sabato, sarebbero partiti con comodo per la loro nuova meta.

Coco si sfilò il vestito, lo appese e andò con Leslie in camera da letto. La serata era stata un successo e lei era sopravvissuta con onore, consapevole di averlo reso orgoglioso di sé. Pochi minuti dopo si lasciarono cadere esausti, ma felici, sul letto. A quel punto non rimaneva che godersi il weekend. Leslie si addormentò ancor prima che Coco spegnesse la luce e non si rese conto neppure di quando lei lo baciò, sfinito com'era per l'interminabile e faticosa giornata.

Il mattino seguente, al risveglio, ordinarono la colazione in camera e Leslie, cauto, diede una sbirciatina al giornale, porgendolo poi subito dopo a Coco senza alcun commento. Sulla pagina campeggiava una grande foto di loro due impegnati a chiacchierare con Madison Allbright. Nella didascalia appariva solo il nome di Coco, nient'altro.

«Ben fatto», esclamò lui.

Mezz'ora dopo lasciarono l'albergo per andare a Malibu, senza trovare difficoltà nel localizzare la villa: la posizione era spettacolare, perché si affacciava direttamente sulla spiaggia; il frigo, poi, era pieno di tutto il necessario. La vita con Leslie era come una favola e, di nuovo, Coco si sentì una moderna Cenerentola.

«Be', non è esattamente come essere a Bolinas», ridacchiò. La villa, enorme, era stata disegnata da un noto architetto e interior designer che aveva scelto come tinte predominanti il bianco e il blu. Il letto della camera padronale, poi, era una vera piazza d'armi con tanto di baldacchino.

Il weekend fu idilliaco. Passeggiarono sulla spiaggia, sonnecchiarono sulle comode sedie a sdraio della veranda, giocarono a carte, guardarono dei film, fecero l'amore e parlarono di mille cose. Sfruttarono ogni istante del loro tempo insieme e lui le promise che il fine settimana successivo sarebbero andati a Bolinas. Stava progettando, infatti, di partire per Venezia da San Francisco. Sarebbe stato più complicato per lui, ma voleva stare con Coco fino all'ultimo secondo.

«Che ne pensi di venire a trovarmi in Italia, dopo che mi sarò sistemato?» le chiese, sdraiato comodamente con Coco sul lettino della veranda, dopo una lunga passeggiata sulla spiaggia.

«Non credo di poterlo fare prima del ritorno a casa di

Liz e Jane. Difficilmente troverò qualcuno che mi sostituisca per un periodo così lungo, ma ci proverò. In ogni caso, tu sarai superimpegnato sul set.»

Leslie la guardò contrariato: non voleva rivederla soltanto al suo ritorno dall'Italia.

«Be', prima o poi dovrò pur rientrare in albergo. Quanto a te, potrai sempre gironzolare tra le quinte o fare la turista. Venezia è un incanto.» Era lui a essere incantevole, pensò Coco.

«Farò del mio meglio, te lo prometto. Liz mi diceva che tra una quindicina di giorni dovrebbero rientrare.» Una settimana dopo la partenza di Leslie. «Chiederò a Erin di sostituirmi.» Anche quel weekend Erin stava lavorando al posto suo. Quell'entrata straordinaria e il genere di attività sembravano farle piacere. La loro collaborazione si sarebbe potuta intensificare, se la ragazza fosse stata d'accordo, ma Coco sapeva che aveva un'altra occupazione part time.

«Impazzirò senza di te. Detesto starti lontano», le disse Leslie, triste. Anche per lei rimanere sola a San Francisco per quattro giorni era stato un tormento. E questo era solo l'inizio. Leslie era via per lavoro diversi mesi l'anno.

«Mi mancherai da morire», rispose Coco, cercando di non pensare al peggio e concentrandosi sul loro prossimo fine settimana a Bolinas.

Leslie fu tentato di chiederle se fosse ancora in dubbio su un eventuale trasloco a Los Angeles, ma alla fine tacque. Era ancora troppo presto per forzarle la mano. La sera prima, l'incontro con i media era avvenuto in ambiente protetto, ma non sarebbe stato sempre tutto così sotto controllo. Sapeva quanto Coco odiasse il solo pensiero e anche per lui non era una cosa piacevole, sebbene, in un certo senso, ci avesse fatto l'abitudine.

Ritornarono in albergo la domenica pomeriggio. Un solo fotografo li attendeva e li immortalò mentre scendevano dalla macchina. Coco si accorse della contrarietà di Leslie, nonostante il sorriso che gli illuminò il volto. La sua filosofia era semplice: se si veniva beccati, meglio sembrare felici che assomigliare a un assassino pronto a compiere una strage. Ed era quello il motivo per cui lei lo aveva sempre visto sorridente e cortese in presenza della stampa.

Si affrettarono a raggiungere la camera, ma il paparazzo non li seguì. Al *Bel Air Hotel* l'accesso era severamente proibito. Restarono in camera fino a sera, fecero l'amore, riposarono un po' e al risveglio, riluttante, Coco iniziò a preparare i bagagli. Poi fecero la doccia insieme e si vestirono. L'aspettava l'ultimo volo per San Francisco. Erin non poteva sostituirla a lungo. I tre giorni insieme erano stati intensi ed entrambi, il giorno seguente, sarebbero tornati alle rispettive attività.

Leslie portò di persona le valigie di Coco, le affidò all'autista perché le sistemasse e poi tornò da lei per dirle qualcosa. Fu allora che un lampo improvviso accecò entrambi. In un attimo Coco fu spinta sul sedile posteriore dell'auto, prima di capire che cosa l'avesse toccata. Leslie le cadde addosso e gridò al conducente di partire. Sconvolta, la ragazza lo fissò.

«Cos'era *quello*?»

«Uno stuolo di paparazzi. Tesoro, qui c'è in ballo la

tua reputazione. Da adesso in poi, non sarai più considerata la dama di una sera. La giostra si è messa in moto.» Leslie, ormai abituato, parlò con rassegnazione. Ci era passato mille volte, prima, mentre per Coco quello era solo il primo assaggio. «Ti ho fatto male, spingendoti?»

«Non ho avuto il tempo di accorgermi di niente. Non ho neanche capito chi mi avesse spinta.»

«Ho voluto evitare che ti assalissero. L'avrebbero fatto, credimi. Erano una decina. O si è sparsa la voce che eravamo insieme o il loro è stato solo un colpo di fortuna. Be', adesso che hanno ciò che volevano, ci daranno la caccia. Sono felice che tu parta stanotte. Sarebbe stato pesante per te.» Grazie al cielo, nessuno conosceva il suo indirizzo di San Francisco. Leslie sembrava imperturbabile, perciò lei si fece forza e provò a non lasciarsi prendere dal panico. Ormai la loro storia non era più un segreto. Benvenuta nel mondo di Leslie, pensò Coco. Lui aveva avuto ragione. Non sempre gli incontri con la stampa sarebbero stati soft come al ricevimento del venerdì precedente. Questo era stato più forte, sebbene lui l'avesse saputa proteggere.

Leslie la accompagnò fino ai controlli di sicurezza e la baciò. Non c'erano fotografi, lì, ma solo persone che, dopo averlo riconosciuto, sussurravano scambiandosi commenti. Solo dopo che l'ebbe lasciata andare, qualcuno lo avvicinò per un autografo. Prima che Coco sparisse oltre la linea di sicurezza, Leslie la salutò con una mano e lei gli sorrise. Le mancava già. La carrozza, rifletté la ragazza mentre si avviava da sola al cancello d'imbarco, si stava di nuovo trasformando in una zucca.

13

FU con grande sorpresa che alle otto del mattino seguente, poco prima di andare a lavorare, Coco ricevette una telefonata. Era Florence.

«Buon Dio! Si può sapere che stai combinando?» Coco non capiva a che cosa sua madre si riferisse. Era andata a letto tardi, la sera precedente, e non si era svegliata alla solita ora, perciò aveva fretta di uscire per recarsi dal suo primo cliente.

«Sto andando al lavoro, perché?»

«Be', sembra che negli ultimi tempi tu stia facendo qualcosa di più. Ci sono un sacco di pettegolezzi su te e Leslie Baxter, sui giornali di questa mattina. Ho appena letto che hai trascorso il weekend a Bel Air con lui e che sei la sua ultima fiamma. Quando è successo?» le chiese con interesse.

«Quest'estate», replicò Coco cauta. Non aveva voglia di discuterne con sua madre né di sentire lo stesso genere di commenti che Jane non le aveva risparmiato. Florence aveva un po' abbassato la cresta da quando aveva ammesso di frequentare un uomo più giovane, ma era quella di sempre, la Florence che non aveva mai approvato i pochi ragazzi avuti dalla figlia. Inutile sperare che lo facesse questa volta.

«Non credi che sia una storia un po' troppo impegnativa per te?»

«È una persona come tutte le altre, quando non è a Los Angeles.»

«Lo sono tutti, o quasi, quando sono lontano dall'ambiente. Lui, però, è una star di primo piano, mentre tu no. Questo significa che, presto o tardi, tornerà a frequentare il suo ambiente. Sei una boccata d'aria fresca, per lui, ma vedrai che non durerà», disse la madre sincera, ma con più garbo della figlia maggiore.

«Grazie per la fiducia. E comunque non posso trattenermi. Rischio di iniziare a lavorare in ritardo.»

«Divertiti con lui, tesoro, ma non prenderlo troppo sul serio.»

«È così che fai tu con Gabriel?»

«Certo che no. Perché dici una cosa simile? Noi stiamo insieme da un anno e ci rispettiamo reciprocamente. Il nostro non è un flirt estivo», ribatté Florence, quasi offesa.

«Be', magari non lo è neppure questo. Vedremo come andranno le cose.»

«Ti si spezzerà il cuore quando ti lascerà per qualche attrice famosa. E poi, lui è troppo vecchio per te.»

Coco alzò gli occhi al cielo. «Da che pulpito! Scusa, mamma, devo proprio andare.»

«Fai attenzione. E goditela finché dura.»

Infastidita, Coco montò sul furgoncino. Perché tutti

credevano che Leslie la stesse prendendo in giro e che non avrebbe tardato a mollarla? Perché un divo non poteva innamorarsi, essere una persona come le altre o desiderare qualcosa di più di una storiella passeggera con una collega? Perché tutti pensavano che lei, Coco, non potesse interessargli davvero? Quella era la prova che avevano un'opinione davvero bassa della sua persona; credevano che lei fosse così insignificante che lui l'avrebbe lasciata perché non alla sua altezza. Coco affrontò la giornata di malumore e per di più riuscì a parlare con Leslie solo verso le sei, perché lui era oberato di lavoro.

«Ciao, tesoro», la salutò con voce stanca. «Com'è andata, oggi?»

Coco gli raccontò subito della madre. Anche Jane aveva cercato di chiamarla, ma lei non se l'era sentita di rispondere.

«È tutto così stereotipato», disse, indignata. «La star cinematografica e la dog sitter. E mia madre che mi reputa buona unicamente per un idiota a tempo determinato!»

«Non ti sottovalutare», replicò serio Leslie. «Avrai un meraviglioso idiota a tempo indeterminato!»

«Oh, taci, per favore!» Coco sorrise per la prima volta nella giornata.

«Non prendertela. Hanno pubblicato un bel po' di cosucce sui giornali, oggi. Inclusa una foto, la mia preferita, dove io ti spingo in macchina appoggiandoti le mani sul didietro.»

«Cosa?» esclamò lei, preoccupata.

«In un articolo si dice che sei la mia ultima fiamma. Un altro ti definisce la nuova fidanzata misteriosa. Routine, insomma. Non abbiamo fatto nulla di sbagliato e nessuno di noi due era ubriaco fradicio. Non ci hanno neppure sorpresi a fare sesso in un luogo pubblico, anche se in effetti potremmo pensarci. Si dice solo che sei il mio ultimo flirt o cose così. Vedrai che tra un po' la stampa si abituerà a vederci insieme e le acque si calmeranno. Per ora sono tutti curiosi di sapere dove abiti e chi sei. Il fatto che ancora non vivi con me e che io partirò a breve ti mette al sicuro.» E se avessero abitato insieme? si chiese Coco. Li avrebbero avuti sempre addosso. Ecco perché non voleva trasferirsi a Los Angeles. «Non preoccuparti, sapevamo che, prima o poi, sarebbe successo. Ormai siamo usciti allo scoperto. È un po' come perdere la verginità: fa male solo la prima volta. L'importante, adesso, è comportarci con discrezione in pubblico.» Coco pensò che Leslie avesse una visione troppo ottimistica della faccenda, ma decise di non discutere.

Quella sera, quando la madre le telefonò di nuovo, la testa le brulicava di interrogativi, al punto che per un paio di volte si rifiutò di rispondere. Fu solo dopo qualche altro tentativo che accettò di parlare. Florence era stata chiamata da alcuni giornalisti curiosi di sapere dove abitasse sua figlia. Probabilmente, si disse Coco, tra loro c'era la reporter che aveva incontrato al ricevimento. Una delle testate, infatti, riportava il suo nome associato a quello di Florence. Sua madre lei riferì poi che aveva dato istruzioni alla segretaria di rispondere che Coco risiedeva in Europa e che si trovava a Los Angeles solo per qualche giorno.

«Bella mossa, mamma. Grazie», rispose lei con riconoscenza, sebbene Florence avesse detto chiaramente di non ritenerla adatta a un tipo come Leslie.

«Ho confuso le tracce per un po'. Quando vi rivedrete?»

«Questo fine settimana. A Bolinas. Lunedì prossimo parte per Venezia e vi resterà uno o due mesi.»

«Potrebbe essere la fine del vostro rapporto. Sarà circondato da colleghe e tu ti troverai a chilometri di distanza, troppi perché un flirt hollywoodiano sopravviva. L'assenza fa dimenticare il cuore che si è lasciato a casa.»

«Ti ringrazio per la sicurezza che sai infondermi», disse Coco, seccata.

«Devi essere realistica.» Realistica? Coco voleva chiedere se lei lo fosse, con un fidanzato di ventiquattro anni più giovane. Ma la rispettava troppo per una domanda simile. «Chi sarà la protagonista femminile?» chiese Florence, curiosa.

Tra le attrici che Coco elencò spiccava il nome di Madison Allbright. «Forse la prescelta sarà lei», commentò Florence. «È bellissima. Difficilmente gli uomini riescono a resisterle.»

«Ancora mille grazie per avermi coperta con la stampa», disse Coco, depressa, prima di riagganciare. Una volta a letto, rimase sveglia a rimuginare su ciò che le aveva detto la madre. Il giorno dopo, il solo pensiero di Madison la gettava nel panico. Non voleva parlarne con Leslie, sarebbe stato troppo imbarazzante. Si trovò quindi a trascorrere una settimana d'inferno e il venerdì sera, quando lo sentì entrare in casa con le chiavi che aveva tenuto, scoppiò in un pianto dirotto. Leslie la trovò nella vasca da bagno, con un asciugamano avvolto intorno ai capelli appena lavati. La guardò, si tolse i vestiti e, con un sorriso furbetto, si preparò a raggiungerla.

«Questo sì che è un benvenuto», mormorò deliziato mentre la baciava. In pochi minuti fu nella vasca e fecero l'amore. A dispetto di tutti i timori che l'avevano tormentata durante la settimana, la notte trascorse perfetta come se lui non fosse mai stato via.

Il mattino seguente partirono con i cani. Il tempo, sebbene fosse settembre inoltrato, era splendido come in estate, con temperature serali miti. Il loro amore era più forte e appassionato che mai e lui seguitava a comportarsi come se Madison non esistesse neppure. Quando la sera giaceva sdraiata in veranda tra le braccia di Leslie e sotto una coltre di stelle, non aveva alcun timore; il loro era un sentimento solido, nel quale lei credeva con tutta se stessa. Non c'era motivo di non farlo. Per questo, quando lui la supplicò per l'ennesima volta di raggiungerlo a Venezia, Coco gli promise che sarebbe andata non appena avesse potuto.

Leslie le aveva portato tutte le foto e gli articoli pubblicati in una settimana. Sì, non c'erano dubbi: ormai la stampa era sulle loro tracce.

Ne parlarono quella domenica mattina a colazione.

«Sapevamo che, prima o poi, sarebbe successo», commentò Leslie con filosofia. «Basta una faccia nuova per catturare il loro interesse, visto che lavorano per scovare pettegolezzi piccanti.»

«Il termine piccante non mi si addice affatto», disse Coco, guardando le foto mentre sorseggiava il suo tè. «Aspetta che si sappia in giro che sono una dog sitter. Quello sì che sarà un bell'osso da spolpare.» In tutti gli articoli si menzionava il fatto che fosse una delle figlie di Florence Flowers, e la cosa la rendeva ancora più interessante.

«Sei molto piccante, invece!» la rassicurò lui, baciandola. «Cosa credi che dirà Jane, nel caso che telefonino anche a lei?»

«Che sono una hippy, una fallita, uno zero totale o qualcosa del genere», rispose Coco, triste.

«Se si azzarda la uccido. Vuoi sapere come la vedo io? Tua sorella è gelosa.» Pensieroso, Leslie fissò qualche istante l'oceano e poi Coco. «Le rode la consapevolezza che tu sei bella, che fai quello che vuoi e che sarai sempre di una decina d'anni più giovane. È talmente narcisista che lo considera un insulto. Forse è stata gelosa di te fin da quando eri piccola e tu non lo hai mai capito. Non credo che il suo atteggiamento abbia a che fare con il fatto che hai abbandonato gli studi o che vivi a Bolinas. Quelle sono soltanto scuse.»

Leslie si concesse una breve pausa, prima di riprendere a parlare: «Sì. Invidia ciò che tu sei e lei non è. Hai un carattere dolce, gentile e compassionevole. Le persone ti adorano. Jane, invece, è aggressiva, altrimenti non sarebbe potuta arrivare dove è arrivata. L'unica che riesce ad addolcirla è Liz, senza di lei è insopportabile. Tutti quanti preferiscono Liz e te. E questo lei non lo sopporta. La tua nascita, tesoro, deve aver sconvolto il suo mondo, visto che per anni è stata figlia unica. Tutte le cattiverie che ti dice e il comportamento che ha nei tuoi confronti sono la testimonianza del fatto che, dentro di sé, non ti ha ancora perdonato. Ecco perché ti mette i piedi in testa e ti tratta come se avessi cinque anni.» Leslie aveva probabilmente ragione e le sue parole stavano gettando una nuova luce sui modi poco rispettosi di Jane verso la sorella minore. La sua teoria era certamente una spiegazione.

«La cosa peggiore è che sono io per prima a comportarmi come se avessi cinque anni, quando sono con lei. Mi terrorizza come quando ero piccola. Minacciava sempre di mettermi nei guai con mamma e papà o mi trattava come se fossi la sua schiava, cosa che fa ancora adesso.» Sospirò. «E io glielo lascio fare. Non ho mai capito perché sembri avercela perennemente con me. È sempre stata la cocca di mamma e per papà era come se camminasse sulle acque, soprattutto da quando è diventata produttrice. Anche prima, quando studiava cinema alla UCLA, lui era elettrizzato. Penso che nemmeno i miei studi a Princeton lo abbiano entusiasmato tanto, li reputava convenzionali. Il riscatto è arrivato con la mia iscrizione alla facoltà di legge di Stanford. Non penso di averlo mai voluto veramente, l'ho fatto solo per accontentarlo e dopo ho odiato ogni singolo istante passato lì. In realtà il mio sogno era laurearmi in storia dell'arte e lavorare in un museo, ma papà mi disse che non avrei mai fatto soldi, era una stupidaggine.»

«Perché non lo fai adesso?» gli occhi di Leslie brillarono a quell'idea. «Oppure ti potresti iscrivere a veterinaria.» Coco adorava i cani e li trattava come bambini. Ma anche l'arte l'appassionava molto, come testimoniavano i libri sull'argomento che invadevano il suo cottage.

«A che pro? È un po' tardi per tornare a scuola.»

«Niente affatto. E poi, se ti rende felice perché no? Potresti frequentare la UCLA, se venissi ad abitare con me. Oppure Stanford o Berkeley, nel caso ci trasferissimo lì.» Dicendole questo, Leslie cercava di spronarla ad andare a vivere insieme. Los Angeles sarebbe stata la sistemazione più semplice per lui, ma era disposto anche a mettere radici a San Francisco.

«Forse. Mi ha sempre attirato il restauro.» Coco assunse un'espressione pensierosa. «Ne sono rimasta affascinata da quando, al college, ho frequentato un corso.» Era la prima persona alla quale lo confessava. A Ian interessavano solo le attività sportive e a lei, così giovane ai tempi della loro storia, andava benissimo. Quanto al padre, se si escludeva la facoltà di legge, reputava tutto il resto una perdita di tempo.

«Perché non inizi a informarti? Penserai in un secondo momento a cosa fare. Potresti anche decidere di non riprendere, io sarò comunque dalla tua parte.» Coco era profondamente diversa dalla sua famiglia e per questo Leslie la rispettava ancora di più. Solo lui aveva la capacità di farla sentire a proprio agio con se stessa. «Venezia potrebbe essere interessante per te, anche dal punto di vista della sua conservazione. Sono anni che si lotta per evitare che sprofondi. Quella città è un vero gioiello.» Coco non ci era mai stata, sebbene avesse visitato Firenze, Roma, Pompei e Capri.

«Non vengo a Venezia per le bellezze artistiche, ma per te», sorrise Coco.

«Puoi fare entrambe le cose. Sai bene che la maggior parte del tempo sarò impegnato sul set. Se sei interessata alle chiese, ne potrai visitare a decine, una più bella dell'altra.» La prospettiva era eccitante, e una promessa andava sempre rispettata. Non avevano ancora risolto il problema del come e dove avrebbero vissuto, ma iniziavano a fare piccoli progetti insieme. Il resto sarebbe venuto col tempo, se così doveva essere. Se Coco avesse lasciato San Francisco avrebbe dovuto dire addio al suo lavoro. Aveva ereditato dal padre una somma cospicua, ma aveva sempre continuato a guadagnarsi da vivere per non vergognarsi di se stessa. Fare la dog sitter le aveva consentito di provvedere più che adeguatamente alle proprie necessità ed era riuscita perfino a risparmiare qualcosa. Era risoluta a continuare a non dipendere da nessuno, tanto meno da Leslie. I soldi che guadagnava erano spiccioli in confronto a quelli della madre e della sorella, ma più che sufficienti per il suo modesto stile di vita.

Quel pomeriggio, Leslie insisté più volte per sapere quando lo avrebbe raggiunto a Venezia e Coco gli assicurò che sarebbe partita dopo il rientro di Jane e Liz, sempre ammesso che Erin la potesse sostituire con i cani. Non aveva una data certa, ma pensava che sarebbe stato non molto tempo dopo la partenza di Leslie. Si sarebbe trattenuta in Italia per una o due settimane, come gli aveva promesso, anche se lui sperava di convincerla ad allungare il soggiorno.

Rientrarono in città dopo il tramonto. Coco, seduta sul sedile del passeggero, ammirò le amate scogliere e l'oceano, ripensando a quanta fortuna avesse avuto a vivere lì; non si sentiva ancora pronta a lasciare Bolinas, perché quel posto era il suo porto sicuro da ben tre anni. Sarebbe stato un enorme sacrificio rinunciare alle sue comodità, a quel rifugio sicuro in riva al mare. Nessuno l'aveva mai disturbata lì, né si era mai dovuta nascondere dalla stampa quando era con Baxter. Adesso, però, era consapevole che riprendere la vita solitaria di prima non le era più possibile, non da quando Leslie era diventato parte di lei. Probabilmente in futuro, tra un film e l'altro, avrebbero potuto ancora trascorrere un po' di tempo nel cottage; in fin dei conti, Leslie aveva passato un'estate meravigliosa a Bolinas, anche se per il suo stile di vita era più abituato alle grandi città e a maggiori comfort. Coco sapeva inoltre che, tra i due, era lei che avrebbe dovuto adeguare la propria vita a quella di lui; era inevitabile perché Leslie aveva una carriera cinematografica da portare avanti, mentre lei di suo non aveva che un lavoretto.

Passarono la serata a guardare un vecchio film che Coco non aveva mai visto e che le piacque parecchio. Leslie le aveva assicurato che ne sarebbe stata entusiata e aveva avuto ragione; in fin dei conti, non era solo un bell'attore che recitava in film commerciali, ma un cinefilo: aveva studiato e analizzato ogni genere di film, dai più sconosciuti ai più famosi. Coco amava imparare da lui. Una volta le aveva confidato di voler essere come Sir Laurence Olivier, un sogno che sapeva bene essere difficilmente realizzabile. Le sue scelte cinematografiche, tuttavia, erano oculate e le sue interpretazioni professionali. I produttori tendevano a puntare sul suo fascino e sulla bellezza, ma Baxter era un bravo attore sempre a caccia di parti più impegnative; la stessa Jane nutriva un profondo rispetto per il Leslie attore. Non disprezzava comunque i ruoli più leggeri e adorava le commedie, che gli permettevano di mettere in luce il suo fine senso dell'umorismo. Non andava tralasciato, poi, un altro aspetto: le commedie sentimentali avevano fatto la sua fortuna anche da un punto di vista economico, oltre che di fama.

Quella notte restarono svegli a lungo a parlare, tra una cucchiaiata di gelato e l'altra, della parte che Leslie si stava preparando a recitare, e lui le raccontò perfino alcune idee con le quali pensava di arricchire il personaggio. Coco rimase molto colpita da quanto si prodigasse lui in termini di attenzione e di preparazione per la realizzazione di un film e chiese se tutti gli attori si impegnassero alla stessa maniera. No, solo i più bravi, aveva risposto lui. Leslie le confessò poi di essere preoccupato della partecipazione di Madison che, a detta di altri colleghi, non imparava mai bene la parte. L'impegno sarebbe stato maggiore per lui, anche in considerazione delle discussioni che aveva avuto con il regista in merito al proprio ruolo. Avevano visioni opposte del personaggio, mentre invece aveva dalla sua lo sceneggiatore, e la cosa aveva creato non poche difficoltà con il regista, un uomo dall'ego smisurato. Andare a Venezia, concluse Leslie, sarebbe stata un'ardua sfida, ma sapeva di poter contare sull'appoggio di Coco quando lo avesse raggiunto.

Andarono a letto alle due e si alzarono la mattina presto, perché un'ora dopo lui sarebbe partito. Fecero l'amore appena svegli e dopo fecero la doccia insieme. Prima di partire, Leslie mangiò rapidamente qualcosa, la baciò e poi corse via promettendole di chiamarla non appena fosse arrivato a destinazione, mentre Coco gli augurava buona fortuna. Una volta rimasta da sola, si sentì quasi schiacciata dal silenzio che improvvisamente la circondò, e fu ancora peggio quando tornò a casa per la pausa pranzo. Il pensiero della lontananza da Leslie era opprimente, ma era anche quello il prezzo da pagare per poter stare con lui. In fin dei conti era pur sempre un attore, e il suo lavoro lo portava spesso a viaggiare. Non aveva grande scelta: se fosse rimasta con lui avrebbe dovuto lasciare il suo lavoro e non avere una propria vita, sarebbe stata la sua ombra. Leslie, tuttavia, aveva insistito molto perché lei fosse felice e indipendente; non era come sua sorella, che pensava unicamente a soddisfare i propri bisogni e la trattava come una nullità. Forse era vero che Jane non le aveva ancora perdonato, e forse non lo avrebbe fatto mai, di aver stravolto la sua vita.

Quella notte, il silenzio che imperava nella casa le parve insopportabile. Coco guardò uno dei primissimi film di Leslie per lenire la solitudine che la attanagliava, ma purtroppo le sue speranze fallirono miseramente. Seduta sul letto di Jane, di fronte al megaschermo, si sentì travolgere dall'infinito amore che provava per lui. «Oddio...» esclamò a voce alta. Era innamorata di uno degli attori più famosi del mondo. Forse non era Laurence Olivier, ma agli occhi delle sue ammiratrici era ancora meglio. Sentì riecheggiarle in testa le parole della sorella e fu colta da mille incertezze. Lei non era niente e nessuno, solo una dog sitter che abitava in un modesto cottage sulla spiaggia di Bolinas. Forse Jane aveva ragione. Terrorizzata da quei pensieri, proruppe in un pianto che la sfinì e si addormentò tra le lacrime. Si consolò solo quando, nel cuore della notte, Leslie le telefonò per avvisarla di essere arrivato a Venezia dopo due voli interminabili.

Coco cercò di spiegargli come si sentiva e il terrore che l'aveva pervasa nel rendersi conto di quello che lui era.

«Tutte assurdità», rispose lui dopo averla ascoltata con attenzione. «Sei la donna che amo, non scordarlo mai.» Le rassicurazioni di Leslie, tuttavia, la calmarono solo per poco. Per quanto tempo l'avrebbe amata? E, se Jane aveva ragione, quale diva glamour e bellissima avrebbe preso il suo posto? A quel pensiero, un brivido le corse lungo la schiena.

14

JANE e Liz rientrarono a casa una settimana dopo la partenza di Leslie per Venezia. Coco tornò a Bolinas la sera precedente il loro arrivo. Andando via, si era accertata che tutto fosse pulito, che la cucina brillasse, che in camera da letto e in bagno la biancheria fosse fresca di bucato. Non aveva trascurato nulla, neppure un mazzo di fiori di benvenuto. Liz l'aveva chiamata per ringraziarla la domenica stessa. Il lunedì mattina, poi, prima di iniziare a lavorare, Coco passò da loro per riconsegnare le chiavi. Quando Jane le aprì la porta, quasi strabuzzò gli occhi: indossava un paio di leggings neri e un maglione che aderiva al corpo, mettendo in risalto il ventre al quinto mese di gravidanza. Il resto del corpo era snello come di consueto. Incapace di trattenersi, Coco scoppiò a ridere.

«Cosa ci trovi di tanto divertente?» chiese Jane.

«Niente. Sei deliziosa.» Coco indicò con un dito il futuro nipotino, o nipotina, e salutò allegramente anche Liz, che nel frattempo le aveva raggiunte.

«Colpisce parecchio, non trovi?» chiese con orgoglio Liz, abbracciando forte Coco. Anche le due sorelle si erano salutate con un rapido abbraccio.

«È favoloso.» Coco consegnò le chiavi alla sorella.

«Grazie per i quattro mesi e mezzo trascorsi qui», si affrettò a dire Liz. Sul set tutto era filato liscio, permettendo loro di anticipare il rientro.

«È stata un'ottima cosa anche per me.» Coco arrossì. «Sì, insomma... l'ho fatto volentieri.»

«Ci scommetto», replicò, secca, la sorella. «Leslie dov'è?»

«A Venezia. Ci rimarrà fino al Ringraziamento o addirittura fino a Natale.»

«Questo vi darà il tempo di ritornare in voi», fu il commento scortese di Jane. «Mamma mi ha fatto avere foto e articoli su di voi. Andando a Los Angeles hai sollevato un polverone. Spero che tu sia pronta ad affrontarlo.»

«Abbiamo deciso di fare un passo alla volta», disse Coco, usando le parole di Leslie.

«Ti andrebbe di pranzare con noi, domani?» chiese la sorella.

«Non posso, sono impegnata», replicò Coco senza la minima esitazione. Non aveva voglia di farsi deprimere da Jane e dalle sue tristi previsioni sul fatto che Leslie l'avrebbe lasciata dopo l'ennesimo flirt con qualche attrice conosciuta a Venezia. Era già abbastanza preoccupata di suo.

«Un'altra volta, allora. Ah, a proposito, il prossimo fine settimana abbiamo nuovamente bisogno di te», buttò lì Jane sull'uscio della porta, senza neppure chiederle se fosse disponibile.

«Non posso.» Coco assaporò il dolce gusto di quelle parole così poco familiari per lei. Pronunciarle fu difficile, ma ci riuscì. Jane sarebbe rimasta per sempre la sorella dominante e che le incuteva un certo timore. C'erano troppi anni di differenza tra loro, perché Coco riuscisse a sentirsi un'adulta di fronte a lei.

«Devi. Siamo costrette ad andare a Los Angeles per la post-produzione. Dobbiamo prendere in affitto una casa e abbiamo degli appuntamenti con l'agente immobiliare. E poi voglio approfittarne per conoscere il toy-boy di mamma. Tu non l'hai ancora incontrato, vero?» Jane la fissò con un'espressione quasi minacciosa.

«Verissimo. Mamma era impegnata con il suo romanzo, quando ero a Los Angeles con Leslie, e non l'ho vista.» Sapevano entrambe che Florence non riceveva né chiamate né visite quando lavorava. Probabilmente la stessa regola valeva per Gabriel, chissà; di sicuro le figlie dovevano rispettarla. Ora Florence aveva appena finito il suo libro e si era detta disponibile a incontrarle.

«Comunque sia, ho bisogno di te per Jack, si tratta di una settimana. Puoi portarlo a Bolinas, se vuoi. Una volta affittata la casa, verrà con noi.» Coco, invece, sapeva bene che si sarebbero trattenute a Los Angeles per diversi mesi.

«Non ci sono», disse semplicemente, fissando la sorella dritta negli occhi. Era la verità.

«Perché no?» Jane parve stupita. Mai, in tutta la sua vita, Coco le aveva rifiutato qualcosa. C'era voluto Leslie per liberarla. Liz avrebbe voluto esultare, ma tacque; da sopra una spalla della compagna, tuttavia, rivolse a Coco un sorriso d'incoraggiamento.

«Venerdì prossimo partirò per Venezia e ci resterò un paio di settimane. Sono certa che Erin si occuperà anche di Jack e del mio cane, oltre che dei miei clienti. Volevo chiedervi di lasciare qui Sallie, ma suppongo che dovrò cambiare programma.»

«Certo che puoi lasciarla qui», intervenne Liz, per appoggiare il coraggioso gesto di Coco. «Erin si occuperà di entrambi e Jack non soffrirà la solitudine.» I due cani avevano vissuto insieme per quasi cinque mesi e andavano perfettamente d'accordo. Jane non disse nulla e si limitò a fissare la sorella con disappunto e incredulità evidenti. Alle schiavette non era permesso ribellarsi e fare progetti. Quella inaspettata reazione di Coco meritava di essere riconsiderata.

«Hai pensato a quanto ti infastidiranno i paparazzi a Venezia?» chiese Jane in tono gelido. Sembrava quasi che desiderasse punirla per quel gesto di indipendenza.

«Ci ho pensato, sì», fu la risposta quieta di Coco. «Faremo del nostro meglio. Abbiamo anche deciso di andare a Firenze per qualche giorno, durante una pausa di lavorazione del film.»

«Sembra fantastico», replicò Liz con entusiasmo, mentre Jane seguitava a osservare Coco e a chiedersi che fine avesse fatto la sorella di un tempo. Quanto a lei, sebbene la maternità l'avesse trasformata fisicamente, il suo cuore era rimasto duro come sempre.

«Abbiamo i risultati dell'amniocentesi», disse di punto in bianco Jane. «Il bambino sta bene.» Per un istante assunse un'aria delusa. «È un maschio.» Avrebbero voluto una femmina, ma Liz disse che adesso importava solo che fosse sano. «Sarà un po' più difficile tirarlo su. I ragazzi non sono il mio forte», aggiunse con un sorriso. L'affermazione fece ridere Coco.

«Oh, sono sicura che te la caverai egregiamente», disse, e in cuor suo pensò che il carattere di Jane sarebbe stato troppo duro per una bambina. In generale, nel ruolo di mamma la vedeva ben poco. Era stata una scelta importante, la sua, e una sorpresa per tutta la famiglia. Perfino Florence, alla notizia della gravidanza, era rimasta stupefatta e non si era ancora ripresa. La prospettiva di diventare nonna non la allettava affatto e la faceva sentire più vecchia. D'altro canto, non era mai stata un'entusiasta dei neonati neppure da giovane e quando le figlie erano le sue; adesso lo era ancor meno. «Come lo chiamerete?» Jane e Liz ne avevano discusso a lungo e, alla fine, la scelta era caduta sul nome del padre della prima. Oscar, quello del padre di Liz, non piaceva a nessuna delle due.

«Probabilmente come papà. Prima, però, vogliamo vederlo.»

«Sono impaziente anch'io», rispose Coco, sincera. Quasi stentava a credere che presto la famiglia si sarebbe allargata. «A proposito, hai un aspetto favoloso. L'unica differenza con prima è quel palloncino da basket che hai sotto la maglietta.»

«Il dottore ha detto che il bambino è bello grosso», disse Jane, ansiosa e preoccupata per il parto. Liz le sarebbe stata accanto, certo, ma più di una volta lei stessa si era chiesta perché la scelta dell'inseminazione non fosse ricaduta sulla compagna. «Il padre era all'incirca un metro e novanta, figurati.» Anche Jane e Coco erano piuttosto alte, sebbene quest'ultima avesse ancora adesso la sensazione che sua sorella fosse la più alta delle due.

La settimana volò in fretta e il giovedì pomeriggio Coco tornò da Liz e Jane per lasciare Sallie. La coppia sarebbe partita il giorno seguente per Los Angeles, mentre Coco avrebbe raggiunto Venezia via Parigi. Sia lei sia Leslie, con il quale si sentiva anche due o tre volte al giorno, erano impazienti di rivedersi, anche se in lei, oltre all'eccitazione dell'incontro, vi era una buona dose di panico per ciò che avrebbe dovuto affrontare.

Fu Liz ad aprirle, poiché Jane era fuori, e a invitarla a entrare per un tè.

«Come vanno le cose con Leslie?» s'informò, bevendo un sorso dell'infuso.

«Incredibilmente bene.» Coco era raggiante. «Non riesco ancora a credere che stia capitando proprio a me né a capire perché mi vuole.»

«È fortunato ad averti», disse Liz, convinta. Non aveva mai sopportato il tono aspro di Jane verso Coco, e anzi si era spesso augurata che quest'ultima, prima o poi, rompesse quel circolo vizioso. Purtroppo le preghiere non erano state ancora esaudite, la differenza d'età tra loro e il passato famigliare avevano sempre giocato a svantaggio della figlia minore.

«Finora non ci è andata male con la stampa», rispose Coco, cauta. «Ne sono terrorizzata e spero che non si accaniscano troppo. Jane pensa che i giornalisti mi spolperanno viva, ma non capisco il perché. Non sono né una ex galeotta né una drogata o qualcosa del genere.»

«Non mi risulta che abbandonare l'università, abitare a Bolinas e lavorare come dog sitter sia un reato», ribatté Liz saggiamente, «anche se dall'atteggiamento di tua sorella si potrebbe pensare il contrario. Sei una persona perbene, ti guadagni da vivere e sei una donna magnifica. La stampa non ha davvero nulla a cui appigliarsi.»

Coco sospirò. «Jane pensa che Leslie non ci metterà molto a lasciarmi per un'altra. E io, be', confesso di temerlo. Il suo è un ambiente ricco di tentazioni e lui è umano come chiunque.»

«A me pare un umano che ti adora.» Jane le aveva raccontato della telefonata con Leslie e di come lui l'avesse difesa, il che era un segno inequivocabile del suo amore. «Ci sono un sacco di relazioni solide e di bei matrimoni, in quell'ambiente. Se non ne senti parlare è perché le storie positive non fanno notizia. Abbi fiducia in te e in Leslie. È davvero una brava persona.»

Rassicurata da quelle parole, Coco si rilassò visibilmente. «Non sto più nella pelle al pensiero che presto lo rivedrò.»

«Te la meriti proprio una pausa. Non ricordo neppure l'ultima volta che ti sei presa una vacanza.» Erano trascorsi tre anni dall'ultima, con Ian, ed era arrivato il momento di riprendere a vivere. «Non vedo l'ora di sentire ciò che avrai da raccontarmi al tuo ritorno.»

La conversazione si spostò poi sul nascituro e l'impaziente felicità di Liz. Anche Jane era contentissima e si stava abituando all'idea che fosse un maschietto. Avevano progettato di sistemare il bambino nella camera degli ospiti e di cercare una tata durante il loro soggiorno a Los Angeles. Anche Coco era eccitata all'idea: non aveva mai immaginato di avere dei nipoti, ma Chloe le aveva ricordato quanto fossero belli i bambini.

Stava per andarsene, quando rientrò Jane, felice e rilassata. Si salutarono con un sorriso.

«Divertiti a Venezia», le augurò la sorella con insolita gentilezza e al settimo cielo dopo la visita dal medico, il cui responso era stato ottimo: il battito del piccolo si sentiva forte e chiaro. Nell'apprendere che Jane aveva già iniziato un album con le immagini delle ecografie, Coco rise divertita. Tutto quel sentimentalismo la sorprendeva; forse, pensò, dopotutto sarebbe stata una buona madre. Entrambe avevano da sempre sentito la mancanza di una figura prettamente materna. Florence era capace e responsabile, ma si era rivelata sempre più attenta alla carriera e al rapporto col marito che alle figlie. Quando Jane era cresciuta, aveva stretto legami più intimi con lei, senza invece riuscirci con la figlia minore, con la quale aveva poco in comune. La piccola di casa era arrivata tardi, era sempre stata un po' eccentrica dal loro punto di vista e, per la diversità di carattere e di vedute, non si era mai sentita perfettamente a suo agio in famiglia.
«Chiama, al tuo ritorno», le raccomandò Jane.

Sulla via di casa, Coco non fece che pensare a Leslie, a Venezia e a tutto quello che avrebbero fatto insieme. Era curiosa di vederlo sul set e felice di stare un po' in Italia con lui: avrebbero fatto un giro in gondola e sarebbero passati sotto il ponte dei Sospiri che, secondo un'antica tradizione, avrebbe suggellato il loro amore per sempre.

Quella sera, la madre la chiamò per invitarla a trascorrere il weekend da lei con Liz e Jane, ma Coco declinò e la mise al corrente dell'imminente viaggio.

«Sei certa che sia una buona idea?» chiese Florence, un tantino diffidente. «Non vorrai stargli troppo appiccicata, vero, cara? Potrebbe sentirsi oppresso.»

Coco alzò gli occhi al cielo. «Non gli sto facendo stalking, mamma! È lui che mi *vuole* là. Non sai quanto ha insistito.»

«Va bene. Se proprio ne sei sicura... Ricorda che avrà molto da fare sul set e che agli uomini non piace avere le donne tra i piedi. Si sentono soffocati.» Coco avrebbe voluto chiederle se anche Gabriel si sentisse «soffocato» da lei, ma tacque per evitare di farla arrabbiare. Alla fine, Jane e la madre vincevano sempre.

«Grazie per il consiglio», replicò. Non riusciva a capire che male avesse fatto per meritarsi una famiglia come la sua: la sorella era convinta che sarebbe stata una delle tante avventure di Leslie e che, di lì a poco, lui l'avrebbe lasciata per una più bella e glamour; la madre l'aveva quasi accusata di stalking nei confronti di una star del cinema che, a suo parere, non ci teneva affatto a vederla. Perché nessuno la riteneva degna di lui e del suo amore?

«E Gabriel come sta?» chiese per cambiare argomento.

«Benissimo!» rispose Florence, raggiante. La sua storia le interessava più di quella della figlia e non aveva dubbi sulla venerazione tributatale dal suo uomo. Le era invece molto più difficile immaginare che Leslie amasse Coco allo stesso modo. «Questo fine settimana pranzeremo con Jane e Liz», aggiunse, con una punta di preoccupazione al pensiero di come si sarebbe potuta comportare la figlia, ma felice che Gabriel potesse trascorrere del tempo con loro. Povera illusa, non poté fare a meno di pensare Coco, certa che la sorella non si sarebbe lasciata sfuggire l'occasione di criticarlo.

«Divertitevi», disse alla madre prima di riagganciare. Come al solito, la conversazione con Florence riuscì a instillarle il dubbio che forse si stava davvero imponendo su Leslie.

«No, questa volta non darò ascolto a nessuno!» Con un movimento deciso, chiuse la valigia. «Mamma e Jane dicono sempre un mucchio di sciocchezze. Mi odiano, mi hanno sempre odiata. Leslie mi ama e io lo amo, conta solo questo. Mi *vuole* vedere e a Venezia passeremo delle giornate meravigliose», concluse a voce alta e orgogliosa di sé.

Sì, sarebbe andato tutto alla perfezione, si ripeté, dopo essersi affacciata sulla veranda a contemplare brevemente l'oceano. Quando, poco dopo, andò a letto, rammentò a se stessa che nell'arco delle ventiquattr'ore successive sarebbe stata a Venezia con l'amore della sua vita. Non importava che fosse un divo; basta domande, basta dare ascolto alla madre. Sarebbe partita e avrebbe vissuto un'esperienza indimenticabile.

15

COCO fece lo stesso tragitto percorso da Leslie appena un paio di settimane prima, con l'unica differenza che lui aveva viaggiato in prima classe e lei in economy, rifiutando che fosse lui a provvedere a tutto. Dopo un volo di undici ore, atterrò tutta intorpidita a Parigi. Aveva sonnecchiato solo tra un film e l'altro – ne aveva visti quattro, perché era troppo eccitata al pensiero di rivedere Leslie, e una volta atterrata, si sentì sporca e in disordine. Approfittò delle tre ore di attesa prima della coincidenza per Venezia per farsi una doccia in un bagno pubblico e mangiare qualcosa in un café dell'aeroporto. Quando salì sul secondo aereo, faticava a tenere gli occhi aperti. Si addormentò profondamente subito dopo il decollo e, all'arrivo, fu svegliata da un'assistente di volo. Considerato il fuso orario di San Francisco, per lei era notte fonda e Coco si sentiva sfinita, come se avesse viaggiato per giorni.

Aveva già passato il controllo doganale a Parigi, perciò non le restò, una volta a terra, che far timbrare il passaporto. Dopo di che, andò in una toilette per lavarsi i denti e rassettarsi i capelli. Era partita da San Francisco con una vecchia maglietta, ma prima di arrivare a Venezia ne aveva indossata una nera, abbinandola a scarpe basse e a una capiente borsa dello stesso colore. Leslie l'aspettava nella zona riservata all'accoglienza. Era ora di pranzo e fuori splendeva un fulgido sole ottobrino. Nulla, però, irradiava più luce degli occhi di Leslie. Dopo averla abbracciata forte, prese dalle sue mani la pesante borsa e la condusse fuori dal terminal, dove ad attenderli c'era una vettura con autista. Questi ritirò le valigie di Coco, mentre lei e Leslie montavano in auto baciandosi appassionatamente. Più che da un paio di settimane, sembrava non si vedessero da mesi.

«Temevo che un imprevisto ti avrebbe impedito di venire», le confessò. «Non riesco a credere che tu sia qui!» La guardò estatico.

«Neppure io. Come sta andando il film?»

«Abbiamo due giorni di libertà e credo che saremo fermi anche il prossimo weekend. Ne ho approfittato e ho prenotato un hotel a Firenze.» Leslie si staccò a malincuore da Coco quando, dopo aver caricato le valigie nel bagagliaio, anche l'autista montò sulla Mercedes che il produttore aveva fatto arrivare dalla Germania espressamente per Baxter. Le raccontò che il film stava procedendo bene, nonostante alcuni problemi con Madison, sui quali, tuttavia, non si dilungò. Adesso che era lì con lui, tutto girava intorno a Coco.

Dopo un tragitto relativamente breve, lasciarono l'auto in un enorme parcheggio e si imbarcarono su un grosso motoscafo, con il quale raggiunsero il *Gritti Palace*, l'albergo dove avrebbero soggiornato. Solo Leslie e Madison, che aveva dovuto rinunciare al sogno di alloggiare al *Cipriani* per non complicare gli spostamenti sul set, avevano a disposizione due lussuose suite; il resto della troupe era stato sistemato in alberghi più piccoli, mentre il regista aveva preferito il *Bauer*.

Il motoscafo percorse il Canal Grande sotto gli occhi stupiti di Coco. Chiese, cupole, antichi palazzi, la basilica di San Marco che svettava in mezzo all'omonima piazza: tutto rifulgeva sotto il sole di ottobre. Non era mai stata circondata da tanta bellezza.

«Meraviglioso, non trovi?» Leslie sorrise del suo stupore, prima di stringerla tra le braccia per un bacio. Non c'era città più adatta di quella per stare insieme. Lui aveva già prenotato una gondola, per quella sera, che li avrebbe condotti sotto il ponte dei Sospiri prima e al ristorante poi, se Coco non fosse crollata dal sonno. C'erano mille cose che voleva fare con lei e che voleva mostrarle, quello non era che l'inizio. I giorni di meritata pausa, dopo tanto duro lavoro, cadevano a pennello.

Una volta che furono al *Gritti*, Leslie la condusse immediatamente nel suo appartamento, una suite ampia e spaziosa come mai Coco si sarebbe immaginata. La vista, poi, era incantevole e permetteva di scorgere molte eleganti dimore ancora abitate dai nobili del posto. Venezia era davvero una città unica al mondo.

Lo staff della suite li accolse con un inchino e si mise in movimento con sobria efficienza: due cameriere scomparvero con i bagagli di Coco per disfarli, mentre un giovane in livrea portava un grande vassoio d'argento con del cibo per lei e una bottiglia di champagne Louis Roederer Cristal.

«Sì, siamo un po' viziati, in trasferta», sussurrò Leslie con un timido sorriso.

«Così pare», rispose lei, cercando di non dimenticare che si sarebbe trattenuta solo un paio di settimane. Come sempre, una volta che Coco fosse andata via, la carrozza reale si sarebbe trasformata di nuovo in zucca. Non doveva scordarsene mai. Lei era Cenerentola e Leslie il bellissimo principe, su quello non c'erano dubbi, ma era difficile credere che, alla fine, la scarpetta di cristallo le sarebbe calzata alla perfezione. Quello accadeva solo nelle favole, non nella vita reale.

Si accomodarono su un grande divano di raso giallo, mentre il cameriere le versava una tazza di tè e le serviva un piatto di tartine; appena ebbe terminato, l'uomo lasciò la stanza con fare discreto.

«Secondo te, Leslie, sono più Cenerentola o l'orfanella Annie?» Incredula di tutto, Coco lo fissò. «Appena ieri ero a Bolinas e adesso... Come ho fatto ad arrivare fin qui?» Non si era immaginata nulla di simile. Il suo unico pensiero era stato lui e lui soltanto. Non credeva che il produttore lo circondasse di così tante attenzioni, che sfioravano l'opulenza.

«Non me la passo poi così male, ma ero infelice prima del tuo arrivo. Non era divertente senza di te», disse Leslie, mostrandole le stanze. La suite era composta da un'ampia camera da letto arredata in stile antico e con il soffitto affrescato, due salottini e una sala da pranzo in grado di ospitare almeno una ventina di amici. Seguivano un piccolo ufficio, una biblioteca e più di un bagno, tutti rivestiti di marmo. Quello di Coco era in marmo rosa con una vista spettacolare sulla città. Tutte le camere erano abbellite da composizioni floreali.

«Credo di essere in un sogno», esclamò Coco, seguendolo. Quando furono di nuovo in camera, Leslie la strinse tra le sue braccia e, senza altre cerimonie, si gettò con lei sull'enorme letto a baldacchino degno di un re. Lì, fra quelle lenzuola finissime, Coco ritrovò e amò l'uomo di sempre, quello che l'adorava indipendentemente dall'eleganza veneziana o dalla semplicità di Bolinas. Leslie era così, si buttava a capofitto nella vita, ma era rimasto con i piedi per terra nonostante la fama. E tutto quello che voleva adesso era stare con lei.

Fecero l'amore e dormirono qualche ora prima di immergersi nella vasca dell'enorme bagno in marmo rosa. Leslie le suggerì di indossare dei jeans, sarebbero stati più comodi per la passeggiata che intendeva farle fare. Appena pronti, sgattaiolarono attraverso la hall e salirono a bordo del motoscafo privato che li lasciò all'approdo di piazza San Marco. Da lì imboccarono calli anguste, entrarono in alcune chiese, comprarono due gelati da un venditore ambulante e attraversarono ponticelli sui canali. Seguitarono a girovagare senza una meta e per nulla desiderosi di averne una. Leslie iniziava a orientarsi un po', anche se perdersi a Venezia significava fare sempre scoperte fantastiche. E poi non c'era da preoccuparsi, per qualche strano motivo alla fine si tornava sempre nel posto giusto. Incontrarono sul loro tragitto molte altre coppie di innamorati – ma anche veneziani doc – e si attardarono per il centro fino al tramonto. Quindi ripresero il motoscafo e rientrarono in albergo.

Di ritorno nell'elegante suite, Coco non poté fare a meno di osservare ancora una volta la città illuminata che aveva di fronte, poi si girò verso Leslie e lo guardò con tutto l'amore che provava per lui. «Grazie per avermi invitata qui», sussurrò. Le pareva di essere quasi in luna di miele.

«Non ti ho affatto invitata», le ricordò lui, rivolgendole uno sguardo innamorato. «Ti ho dovuto *supplicare*. Volevo dividere tutto questo con te, Coco. Fino al tuo arrivo, si è trattato solo di lavoro.» Lavoro, certo, pensò lei tra sé, ma in un posto da favola.

Poi parlarono del film, di come stavano andando le riprese e infine, prima di andarsi a cambiare per la cena, sorseggiarono una coppa di champagne. Leslie era preoccupato che Coco fosse stanca, ma lei gli assicurò di sentirsi in forma grazie al sonnellino pomeridiano. Inoltre, aggiunse, voleva sfruttare al massimo i giorni in cui lui era libero dal lavoro.

Questa volta ad attenderli non trovarono il solito motoscafo, ma una gondola laccata di nero e bordata d'oro. Il gondoliere indossava una maglietta a righe, un giacchino blu e il cappello tipico della sua professione. Come promesso, scivolarono sotto il ponte dei Sospiri mentre il gondoliere cantava per loro: era il più perfetto dei sogni.

«Trattieni il fiato e chiudi gli occhi, come me», le sussurrò Leslie. Coco si lasciò baciare e solo una volta superato il ponte riprese a respirare, sorridendogli. «Okay, adesso è fatta», disse lui divertito. «Secondo quanto dice una leggenda, staremo insieme per sempre. Spero che tu non abbia obiezioni.»

Coco scoppiò a ridere. C'era forse qualcosa da obiettare? Non poteva ribattere all'uomo più romantico del pianeta, né tantomeno contraddire la credenza di una delle città più belle mai viste.

«Mi piacerebbe venire qui in luna di miele, se mai ci sposassimo», mormorò Coco, adattandosi all'atmosfera romantica. La gondola scivolò silenziosa sotto un altro ponte.

«Finalmente ne parli!» commentò sollevato Leslie. In quell'istante, l'imbarcazione si fermò di fronte a una scaletta in pietra che conduceva a un delizioso ristorantino e la coppia vi entrò stretta in un abbraccio. «Il portiere dell'hotel mi ha garantito che si tratta di un locale tranquillo e discreto, frequentato da gente del posto. Non è di lusso, ma ha un'ottima cucina.»

Il ristorante era piccolo e pieno solo a metà e il capocameriere li accompagnò subito a un tavolo in fondo alla sala. Nessuno prestò loro attenzione, così poterono cenare in tranquillità e senza intrusioni. Leslie le raccontò che fino ad allora la stampa non aveva creato alcun problema, solo Madison aveva causato qualche impiccio, quando il suo ufficio stampa aveva telefonato a un paio di *fan magazine* snocciolando una serie di storielle assurde, ma per il resto i giornalisti si erano fatti vedere solo sul set. Si mantenne vago sui dettagli dei pettegolezzi e li definì stupidi come la fonte dalla quale erano scaturiti. Madison, continuò, si comportava come un'ape regina, ma a lui non interessavano i modi della sua collega, fintanto che imparava le battute, arrivava in orario e non rallentava le riprese. Venezia gli piaceva, disse a Coco, ma era impaziente di tornare in America da lei. Per il momento, tutto stava procedendo come da programma; la settimana seguente avrebbero girato a piazza San Marco e all'interno della basilica. C'erano voluti un'infinità di permessi, ma grazie al loro assistente di produzione ogni intoppo era stato brillantemente risolto.

Chiacchierarono per tutta la cena, ma di tanto in tanto Coco si sentiva travolgere da un'ondata di stanchezza causata dal jet lag. Dopo cena seguì una passeggiata romantica in piazza San Marco e un altro giro in gondola, poi rientrarono in albergo. Coco arrivò in camera sbadigliando e con le palpebre pesanti. A Venezia era mezzanotte, ma lei aveva perso una nottata di sonno.

Coco cadde in un sonno profondo prima che Leslie potesse anche solo accennare a voler fare l'amore. Sorridendo, la guardò dormire qualche istante, poi si accoccolò al suo fianco. Averla lì era un sogno che si era avverato. Dormirono fin quasi a mezzogiorno e iniziarono quella splendida mattinata di sole amandosi con passione.

Per pranzo andarono all'*Harry's Bar*, uno dei posti preferiti da Leslie: Coco gustò un ottimo risotto mentre lui ordinò un'insalata di aragosta, discutendo tra un boccone e l'altro di come trascorrere il pomeriggio. Noleggiarono di nuovo una gondola, preferendola al più veloce ma meno romantico motoscafo che ogni giorno portava Leslie sul set, e visitarono il Palazzo Ducale, poi ammirarono il campanile di San Marco, passeggiarono per i Giardini Reali, rimasero incantati dalle bellissime chiese antiche disseminate per le calli. Solo allora fecero ritorno al *Gritti*, dove decisero di cenare in camera perché il giorno seguente Leslie sarebbe dovuto essere sul set, per il trucco, già alle sei. Coco aveva promesso di accompagnarlo, almeno il primo giorno; dopo si sarebbe dedicata all'esplorazione della città. Non aveva infatti intenzione di intralciare in alcun modo il lavoro del compagno sul set, e poi Venezia, seppur non grandissima, era uno scrigno colmo di preziosi tesori.

Leslie era solito viaggiare senza un entourage, specie quando sapeva di poter contare su uno staff professionale e affidabile come quello del *Gritti*. Anche per il trucco e i capelli non aveva degli stylist personali, affidandosi a quelli della produzione. Per essere un divo, era senza pretese e manteneva un basso profilo, a differenza di Madison, che aveva voluto il suo parrucchiere, due make up artist, la sorella, un paio di assistenti, la sua migliore amica. L'attrice, infatti, era nota per la chilometrica lista di richieste che presentava ai produttori. Viaggiava con una guardia del corpo e un personal trainer e aveva imposto che alloggiassero nel suo stesso hotel. Il suo atteggiamento non le consentiva di farsi molti amici sul lavoro, ma, poiché era al top del successo, nessuno si azzardava a contraddirla, nell'intento di evitare le scenate per le quali era nota.

«È un po' stancante dover stare dietro a tutto», ammise Leslie, uscendo dall'hotel insieme a Coco. Per ripararsi dalla gelida aria mattutina, lei aveva indossato una giacca di montone e i suoi vecchi adorati stivali da cowboy. Aveva un'aria giovane e fresca senza un filo di trucco, ed era bellissima con quei suoi occhioni verdi e i folti capelli ramati. Era l'incarnazione di tutto quello che Leslie ammirava in una donna: era limpida, onesta, semplice e senza pretese. La bontà d'animo e l'integrità la illuminavano dal profondo, rendendola irresistibile. Mano nella mano, la coppia arrivò sul set e si avvicinò al caravan-camerino di Leslie, che era stato allestito sotto gli archi di piazza San Marco, in modo da offrirgli un posto dove rilassarsi nonché studiare il copione. Come avesse fatto un mezzo simile ad arrivare fin lì per Coco rimase sempre un mistero.

La parrucchiera e la truccatrice stavano già aspettando Leslie. Erano del posto, ma parlavano un ottimo inglese e così, dopo avergli offerto un caffè, si intrattennero con lui, mentre Coco osservava la scena seduta in un angolo.

Nonostante la levataccia, le riprese non iniziarono prima delle nove, dopo che fu servita la colazione per tutti. Allora qualcuno bussò alla porta del camerino di Leslie, dicendogli che toccava a lui; i tecnici avevano infatti già sistemato le luci, avvalendosi di una controfigura che aveva la stessa altezza e lo stesso colore dei capelli di Baxter. Lui si presentò con un elegante completo nero, un dolcevita e scarpe scamosciate dello stesso colore. Il trucco, di fatto impercettibile, lo rendeva ancora più bello e sexy, e anche i capelli erano perfettamente pettinati.

Coco guardò affascinata l'arrivo del cast sulla scena. Il regista si avvicinò al cameraman per dargli istruzioni sulle angolazioni della cinepresa, poi si rivolse agli attori con tono pacato. Tempo prima, Coco era già stata su un set in compagnia di Jane, ma su questo regnava una serietà mai vista. Gli interpreti erano tutti star di primo piano, professionali e attenti. La posta in gioco – diventare campioni d'incassi e ambire a qualche Oscar – era alta, nessuno aveva voglia di commettere sciocchezze.

Coco si sistemò dove le era stato indicato e osservò Leslie girare la prima scena. Madison apparve circa un'ora dopo, fasciata in un abito da cocktail rosso che metteva in mostra il suo décolleté e con un paio di scarpe col tacco alto che ne facevano risaltare le lunghe gambe. Il suo ciak prevedeva che attraversasse di corsa piazza San Marco perché qualcuno stava tentando di rapirla. Leslie, invece, la inseguiva per salvarle la vita, sebbene lei non avesse idea di chi fosse quell'uomo. Coco aveva imparato l'intricata trama aiutando il compagno a memorizzare le battute. Ricordava perfettamente la scena che adesso, sul posto, le parve mille volte più elettrizzante. La parte della piazza necessaria alla scena era delimitata da un cordone di carabinieri. Qualcuno diede a Coco una sedia pieghevole sulla quale accomodarsi. Lei annuì, per ringraziare in silenzio la bionda dell'entourage di Madison che, pochi istanti dopo, le si sedette accanto.

«È brava, vero?» disse la sconosciuta durate una pausa. «Se ci corressi io, su quei tacchi, mi romperei l'osso del collo.»

Coco replicò con una risata. La donna non le chiese né chi fosse né perché si trovasse lì. Come tutti i presenti sul set, anche Coco aveva un pass appeso al collo. «Formano una bella coppia, non trovi?» chiese la bionda osservandoli con maggiore attenzione, subito imitata dalla sua interlocutrice. Pur non avendoci fatto caso prima, Coco dovette ammettere che era davvero così. Madison, affannata per la corsa, si stava abbandonando tra le braccia di Leslie che, nel frattempo, l'aveva raggiunta. Quella vista la fece sentire vagamente a disagio. «Hai letto l'articolo pubblicato la settimana scorsa?» buttò lì la bionda. «Sono storie piccanti che moltiplicano l'interesse per il film. E poi... chi può dire come andranno le cose tra loro...» Ridacchiò. Coco le fece un sorriso tirato e guardò confusa la rivista che l'altra le porgeva, dopo averla presa da una capiente borsa.

La foto che vide in copertina la lasciò senza parole. «Piccante love story. Per Leslie e Madison la passione si accende in Italia.» Sebbene non avesse alcuna voglia di leggere, come ipnotizzata sfogliò il giornale fino a trovare le pagine giuste. Parecchi scatti li ritraevano mentre si stavano baciando e uno li immortalava confusi, come se fossero stati scoperti a fare qualcosa che avrebbero preferito tenere segreta. Nell'articolo si affermava che Baxter aveva rotto a maggio con la ex, che lo aveva accusato di essere omosessuale, e che si era poi gettato a capofitto in una storia con Madison Allbright, grazie al film che stavano girando in Italia. Di Coco e Leslie a Los Angeles neppure una parola. Affranta, Coco ringraziò la bionda e le restituì la rivista.

Era questo ciò di cui le aveva parlato la sorella. Leslie era il divo superfamoso che si portava a letto ogni collega con cui lavorava. Due settimane: ecco quanto ci aveva messo a riprendere le vecchie abitudini. Le immagini parlavano chiaro: la stava chiaramente baciando. Rigida come un pezzo di legno, Coco continuò a seguire le riprese. Perché Leslie le stava facendo un simile sgarbo? Perché quello sfoggio di cattivo gusto e crudeltà? Che senso aveva invitarla a Venezia, se poi...? Sì, certo, glielo aveva detto negli Stati Uniti, ma, se nel frattempo le cose erano cambiate, avrebbe potuto fermarla, essere sincero. Come aveva potuto, negli ultimi due giorni, fare l'amore con lei? Che uomo era, che cuore aveva? Jane, purtroppo, non si era sbagliata sul suo conto.

Simile a un automa, Coco restò seduta per altre tre ore, nonostante il desiderio di tornare in albergo per fare i bagagli. Al diavolo Leslie Baxter! Lo guardò con occhi inumiditi dalle lacrime e un unico desiderio: rifugiarsi a Bolinas per piangere.

Dopo la pausa, Leslie andò subito da lei per condurla nel camerino dove il catering avrebbe servito loro il pranzo. Prima di lasciare il set, Coco lo vide dire qualcosa a Madison, che scoppiò a ridere e si fece abbracciare. Seppur in preda alla nausea, Coco lo seguì in silenzio.

«Allora? Che te ne è parso?» Baxter si sfilò la giacca, sedette e le sorrise. «All'inizio non ero soddisfatto. Secondo me la scena dell'inseguimento è stupida, ma il regista non ha ceduto. Le riprese sotto i portici, invece, mi sono piaciute, anche se sarebbe meglio che Madison tenesse un po' più a bada le sue tette.» Coco, dopo ciò che aveva letto, lo ascoltava incredula. Le pareva quasi che quello non fosse lo stesso Leslie che conosceva. «Mi pare di capire, però, che a te non sia piaciuto», aggiunse poi, preoccupato da quel silenzio che interpretò come una critica. Baxter era un perfezionista sul lavoro.

«Le scene erano molto belle.» Coco prese posto di fronte a lui, chiedendosi se parlargli subito o attendere il rientro in albergo.

«E allora cos'è che non ti è piaciuto?» Il volto di lei si

era fatto improvvisamente pallido e tirato. Per lui l'opinione di Coco contava molto.

«In verità, non mi è piaciuto affatto», disse lei, tagliando la testa al toro, «l'articolo di un giornale che qualcuno, sul set, mi ha dato da leggere.»

«Quale articolo?» replicò Leslie inespressivo, facendola arrabbiare ancora di più. Era sempre stato onesto con lei, o almeno Coco così aveva creduto, e adesso stava facendo lo gnorri.

«Non ricordo il nome della rivista. Di solito non leggo quelle porcherie, ma si parlava di un flirt nato sul set fra te e Madison. Se me lo avessi detto qualche giorno fa, mi sarei risparmiata il viaggio.»

«Capisco.» Leslie abbassò la testa e appuntò gli occhi sulle scarpe, prima di alzarsi con espressione seria. «Immagino come ti senti. Se non ti dispiace, vorrei che tu venissi un attimo con me. Sbaglio nell'affermare che la persona della rivista in questione fa parte dell'entourage di Madison?»

«Non ne sono sicura. Non si è presentata, ma l'ho vista arrivare sul set con lei, sì.»

«Magnifico. O è la sorella o una delle sue quattordici assistenti, oppure la sua migliore amica dai tempi del liceo, tutte arrivate con un jet privato.» Leslie aprì la porta del camper e fece cenno a Coco di seguirlo. Sulle prime lei esitò, ma, vedendolo cupo in viso, alla fine cedette e insieme raggiunsero un altro caravan, parcheggiato poco distante e molto più grande di quello di Baxter.

Leslie bussò ed entrò senza attendere risposta, trascinandosi dietro Coco. Il camper era pieno di gente e puzzava di sigarette e profumo da quattro soldi. Alcuni ridevano, altri parlavano al cellulare, qua e là si vedevano parrucche appoggiate sugli appositi piedistalli. Nel passarle davanti, Coco notò la donna della rivista, che la salutò con un sorriso. Leslie, però, proseguì attraversando tutto il caravan e raggiunse l'ultimo ambiente, dove sapeva di trovare Madison. Picchiò alla porta, che aprì non appena ebbe il permesso della diva. Lei era seduta su un divano con un uomo in jeans e canottiera e con le braccia e il petto ricoperti di tatuaggi. Madison fissò Leslie con aria sorpresa.

«Ciao», salutò con innocenza. «Qualcosa non va?» Non le era sembrato così quella mattina, sul set.

«Lo puoi ben dire. Una delle tue amiche ha mostrato a Coco l'articolo che hai fatto scrivere su quello schifoso *fan magazine* per rovinarci la vita.»

«Non sono stata io, ma il mio agente. Non ho alcun potere sui suoi contatti.»

«Cazzate!» Livido in faccia, Leslie si girò verso Coco. «Miss Allbright, o il suo agente, ha invitato un giornalista di uno dei peggiori periodici del settore a scattare delle foto sul set. Qualcuno, naturalmente non si sa chi, ha detto che tra lei e me c'è una storia, tanto per rendere la faccenda più interessante. Io, però», sibilò furioso, guardando ora Coco ora Madison, «non ho nessuna storia con lei, nonostante il fisico strepitoso, il seno rifatto alla perfezione e le gambe da urlo. La qui presente Allbright, tra l'altro, ha sposato il suo parrucchiere personale», aggiunse, indicando l'uomo tatuato. «Lavorano sempre insieme, per contratto, così che lui possa tenerla amorevolmente d'occhio. Inoltre, anche se deve restare un segreto per non intaccare la sua fama di diva sexy, sappi, Coco, che Madison è al quinto mese di gravidanza. Non si deve neppure sapere che è felicemente sposata. Adesso che abbiamo chiarito le cose e che mi hai nuociuto con quella spazzatura giornalistica, forse potresti rassicurare la mia ragazza sulla veridicità dei fatti. Ah, e comunque», Leslie si voltò verso Coco, «le foto dell'articolo sono scene del film, e sono scattate la settimana scorsa sul set. Non so in che modo sia stato possibile, a meno che non sia opera di qualcuno dei tuoi», concluse con un'occhiata torva a Madison. «Vorrei che ti fosse chiaro che amo questa donna e non ho bisogno di pubblicità negativa, per il suo e il mio bene.» Pareva che dalle orecchie gli uscisse fumo.

Madison lo guardò a disagio, mentre il marito, dopo essersi schiarito la voce, uscì dal salottino. Non sembrava affatto geloso di Leslie e non reputava di dover aggiungere nulla a quanto era appena stato detto. Sorrise a Coco e andò a raggiungere il gruppetto nella stanza accanto. Sul set erano frequenti le liti tra coprotagonisti e la sua filosofia era non immischiarsi mai e mantenere un basso profilo, considerata la segretezza del loro matrimonio. Madison combatteva da sola le proprie battaglie.

«Su, Leslie! Sai bene che queste cose danno un bell'aiutino ai film», disse sorridendo a Coco che la guardava stupita. Quest'ultima non si era mai trovata in una situazione simile. «E guai a te se dirai a qualcuno del mio stato», aggiunse con tono calmo. Ecco perché, rifletté Coco, aveva indossato un soprabito sul vestito rosso attillato. Una delle poche persone a saperlo era la sarta. Madison aveva firmato il contratto prima di restare incinta e non voleva perdere la parte; Leslie, invece, aveva rischiato di perdere Coco.

«Fammi un favore», le disse Baxter. «Dobbiamo lavorare insieme per un po'. Il nostro è un rapporto professionale. Quindi, tu non rovinerai la vita a me e io farò lo stesso con te.»

«Okay, okay.» Madison si alzò e Coco poté notare il ventre appena sporgente sotto la vestaglia. Per le riprese indossava un corsetto, che toglieva nell'intimità del camerino. «Solo, non dire a nessuno delle mie nozze e del bambino. La mia immagine di sex symbol ne risentirebbe.»

«E come farai quando nascerà?» chiese Leslie incuriosito.

«Dirò che è di mia sorella», replicò l'altra, gelida.

«E come pensi di partorirlo, sotto un cavolo?»

«È tutto programmato.» Coco realizzò allora che Madison era sì bellissima, ma solo esternamente. Il suo unico interesse era la carriera, gli altri non contavano nulla. «Tesoro, riportalo nel suo caravan e fagli un bel pompino. Ha bisogno di rilassarsi prima della prossima scena.»

Leslie lasciò il camerino prima che Coco avesse il tempo di replicare e insieme tornarono al loro camper. Durante il tragitto, lei lo guardò, profondamente a disagio; era stata una scena imbarazzante per entrambi. Di certo non si poteva dire lo stesso per Madison, che forse non aveva mai provato uno stato d'animo simile in vita sua.

«Mi dispiace, Leslie», si scusò. «Quando ho visto la rivista... ho pensato...»

«Lo so. Non ti preoccupare.» Baxter si mise stancamente a sedere su una poltroncina. Aveva l'espressione ancora sconvolta. «Non potevi sapere che si trattava di una montatura. Quella strega venderebbe anche sua madre, se ne avesse una, per spingere un film.» Quello era un risvolto negativo del business che Coco non aveva mai sperimentato in prima persona. «Sappi, però, che ascolterai e leggerai parecchi pettegolezzi di questo genere. Madison è una piccola vipera e tenterà qualche altro trucchetto dei suoi, incidentalmente o con tutta l'intenzionalità di questo mondo. Voglio tuttavia rassicurarti che mai ti farei uno sgarbo simile. Ti rispetto troppo e ti amo ancora di più. Se mai dovessi decidere di stare con un'altra, te lo direi e uscirei dalla tua vita. Non lo verresti a sapere dalla stampa, ma da me personalmente. Per quanto male io mi possa essere comportato in passato, non sono mai stato disonesto con nessuno e di certo non intendo cominciare ora. Mi spiace che tu ci sia rimasta tanto male.» Leslie attirò a sé Coco, terribilmente imbarazzata, e la fece sedere sulle sue gambe.

«Scusami per quanto è accaduto. Non era mia intenzione far nascere problemi tra di voi.» La collaborazione con Madison non sarebbe stata facile, da quel momento in poi, ma almeno la situazione era stata chiarita e non ci sarebbero più stati imprevisti. Che li facesse con gli altri, i suoi stupidi giochetti, perché Leslie non aveva alcuna intenzione di compromettere il rapporto con Coco.

«Ti adoro, amore mio. Non potrei mai stare con una così.» Grazie a quella scorrettezza, Madison si era mostrata in tutta la sua piccineria. «Purtroppo, tesoro, cose simili accadono nel nostro ambiente. Esistono persone pronte a scavalcarti o a pugnalarti alle spalle pur di fare carriera, mentre è raro lavorare con persone leali che non tentano di farti le scarpe. Se vuoi un consiglio, sarà meglio che ti ci abitui.»

«Ci proverò.» Vedere i maneggi di Madison e il modo in cui Leslie si era difeso le aveva aperto gli occhi. Scoppiarono a ridere.

«Suppongo di essere stato una furia.» Avevano notato entrambi come il marito della star era sgattaiolato fuori dal salottino. «Sai una cosa? Penso che l'idea di quel servizietto suggerito da Madison sia ottima. Che ne dici?» Leslie guardò prima l'orologio e poi Coco. «Abbiamo tempo?» aggiunse scherzando. «Questo, tesoro, è stato il tuo battesimo del fuoco. Benvenuta nello show business!»

«Sono stata un fallimento completo», replicò lei, ancora scossa. Aveva rischiato di lasciarlo, quando aveva sospettato una tresca con Madison. E se se ne fosse andata senza parlargli? Grazie al cielo, aveva imparato una preziosissima lezione.

«Al contrario», ribatté Leslie con voce piena d'orgoglio. «Te la sei cavata alla grande. Siamo sopravvissuti e sono certo che quella piccola vipera non ci seccherà più.» Sì, Madison si sarebbe fatta gli affari propri, da allora in poi, ma altri le avrebbero dato il cambio. Il mondo di Leslie era così e Coco stava iniziando a scoprirlo.

Pranzarono all'interno del camper, chiacchierando del film e di tutti i posti che Coco avrebbe voluto vedere a Venezia. Fu allora che si rese conto che Jane si era sbagliata. Come la sorella aveva previsto, Coco si era scontrata con la realtà, ma senza crollare come un castello di carte, perché Leslie le era stato accanto. L'esperienza l'aveva scossa, era innegabile, senza però annientarla. Inoltre, e la cosa la rallegrava, la rivista stessa era stata tratta in errore. Finora, tutto procedeva a gonfie vele.

16

Coco trascorreva parecchie ore al giorno sul set a guardare il lavoro di Leslie che, talvolta, si mostrava teso nei rapporti con Madison. L'atmosfera tra loro era così elettrica che perfino girare le scene d'amore era un'impresa onerosa. Baxter non l'aveva in simpatia e non faceva nulla per nasconderlo. Lo sforzo per andare d'accordo era evidente e finalizzato solo alla buona riuscita del film. Coco realizzò ancora una volta che quello era recitare, non rapporto autentico. Leslie si dimostrava un professionista di tutto rispetto, a differenza della partner che spesso dimenticava le battute.

Quando si stancava di assistere alle riprese, Coco si dedicava all'esplorazione della splendida città lagunare. Leslie la prendeva in giro, dicendole che non esisteva chiesa nella città che lei non avesse visto. San Gregorio, Santa Maria della Salute, Santa Maria dei Miracoli: niente era sfuggito al suo occhio attento. E poi ancora le Gallerie dell'Accademia, il Teatro La Fenice, la Fondazione Querini Stampalia. Nel giro di una settimana aveva visto ogni angolo della città e la sera ne raccontava con entusiasmo a Leslie, nell'intimità della loro suite. Spesso lui era distrutto da una lunga giornata di lavoro, di discussioni con il regista e di stress accumulato per colpa di Madison. Eppure, nonostante le contrarietà e la fatica, era sempre felice di trovare Coco ad attenderlo. Entrambi erano impazienti di partire, il weekend successivo, alla volta di Firenze. Avevano preso a nolo un'auto e deciso di guidare loro stessi fino in Toscana.

La sera prima di partire, Leslie si era lamentato della presenza sul set di paparazzi provenienti da Roma e Milano. Sebbene simili imprevisti potessero capitare – chiunque passasse per piazza San Marco si accorgeva del cast stellare impegnato nella lavorazione di un film –, lui sospettava che ci fosse lo zampino di Madison o del suo ufficio stampa.

«Grazie al cielo oggi non eri lì. Mi avrebbe dato fastidio se avessero importunato anche te.» I carabinieri li avevano tenuti lontano dal set, ma almeno una dozzina di paparazzi si erano appostati davanti al suo camper. Se ci fosse stata anche lei, non le sarebbe stato risparmiato un assalto in piena regola. Secondo Leslie, i fotografi peggiori e più insistenti erano quelli britannici e italiani, mentre i francesi avevano un atteggiamento più rispettoso.

Quella sera, Baxter tirò fuori una carta stradale e con Coco pianificò il tragitto fino a Firenze, programmando anche una puntatina al Lido, perché non avevano avuto ancora tempo di andarci. Ci volevano circa dieci minuti di vaporetto per arrivare e Leslie era stato molto impegnato, mentre Coco si era mossa a piedi per Venezia.

Prima di raggiungere Firenze, avrebbero fatto sosta a

Padova e a Bologna. Nella prima delle due città, Coco desiderava vedere la Cappella degli Scrovegni affrescata da Giotto che aveva studiato a scuola, le mura erette fra il tredicesimo e il sedicesimo secolo e la cattedrale; a Bologna era imperativo recarsi alla basilica gotica di San Petronio e, se ne avessero avuto il tempo, alla Pinacoteca Nazionale.

Secondo i loro programmi, sarebbero arrivati a Firenze nel tardo pomeriggio e ad attenderli c'era una lista di meraviglie: gli Uffizi, Palazzo Pitti, Palazzo Vecchio, il Duomo. Vedere tutto sarebbe stato impossibile. Il tempo era splendido quando il motoscafo li lasciò sulla terraferma, dove Leslie e Coco montarono sulla rombante Maserati noleggiata che li aspettava per affrontare l'avventura.

La strada per Padova e Bologna era splendida, ma ben presto imboccarono l'autostrada per Firenze, dove Leslie aveva riservato una suite all'*Hotel Excelsior*. Una volta giunti a destinazione, Coco, eccitatissima, insisté per andare subito alla Galleria degli Uffizi; l'aveva visitata in passato con i genitori, ma adesso voleva assolutamente mostrarla a Leslie, che da quando la conosceva aveva l'impressione di vivere in un mondo nuovo.

Rilassati e felici, dopo essersi cambiati, andarono a mangiare in un ristorante consigliato dal personale dell'albergo, poi fecero una passeggiata, ascoltarono dei musicisti di strada e gustarono un gelato prima di rientrare. Era un'atmosfera diversa da quella di Venezia, seppur altrettanto bella. Era un peccato, si rammaricò Coco, che non potessero visitare anche Roma.

«Resta fino alla fine delle riprese», la provocò lui, «e dopo ci potremo andare.» Oltre a Roma, le sarebbe piaciuto vedere Perugia e Assisi. Entrambi, però, sapevano che la partenza per l'America era sempre più vicina. Coco non poteva mollare tutto ed Erin si era resa disponibile solo per una quindicina di giorni. La consapevolezza che non si sarebbero visti fino al ritorno di lui, non prima di uno o due mesi, sempre ammesso che Madison si impegnasse di più nello studio della sua parte, li aveva rattristati. Lavorare con la coprotagonista stava diventando ogni giorno più stressante e Leslie non voleva che la qualità del film ne risentisse. Madison aveva promesso al regista di passare l'intero fine settimana a imparare bene le battute, e lui sperava che lo avrebbe fatto sul serio. Non bastava, infatti, solo un bel seno a garantire il successo di un film.

Coco e Leslie trascorsero una notte tranquilla nella loro elegante suite, ma il mattino seguente, mentre si accingevano ad andar via, furono raggiunti in camera dal direttore dell'hotel che, mortificato per l'inconveniente, li informò della presenza di alcuni paparazzi. L'uomo si scusò dicendo che non aveva idea di come fosse potuto succedere, ma qualcuno aveva informato la stampa del loro soggiorno lì. La security aveva sgombrato la hall, ma nulla avrebbe potuto evitare loro un assalto quando fossero usciti dall'albergo. Infastidito e dispiaciuto, Leslie guardò Coco amareggiato. Fortunatamente, la Maserati era parcheggiata in garage.

Il direttore suggerì loro di sgattaiolare via dalla porta di servizio, magari camuffandosi con un cappello o un paio occhiali da sole, e si profuse in inchini e scuse per il fatto che qualcuno del personale aveva violato la privacy degli ospiti dell'albergo.

Un facchino si occupò dei bagagli, mentre Coco si

copriva i capelli con una sciarpa e inforcava un paio di occhialoni. Era Leslie quello che cercavano, non lei, ma se fosse stato scoperto ci avrebbero rimesso entrambi. Avendola già vista a Los Angeles, i paparazzi non avrebbero tardato a fare due più due e a capire che la loro era una storia seria. Se fosse accaduta una cosa simile, presto i giornalisti avrebbero iniziato ad assediare la sua casa di Bolinas. Leslie voleva proteggerla al meglio e il più a lungo possibile dalla stampa.

Raggiunsero il seminterrato in ascensore, montarono rapidamente in auto – Leslie aveva degli occhiali scuri e un cappellino da baseball calcato sulla testa – e lasciarono il garage riparandosi dietro il furgoncino della lavanderia e quello del fiorista. Si erano già allontanati da un pezzo, quando i giornalisti capirono di aver fatto un buco nell'acqua.

«Siamo stati bravissimi», scherzò Leslie, sulla via del ritorno. Grazie alla collaborazione del direttore dell'albergo, la partenza era filata liscia e potevano dirsi sollevati.

Rientrarono a Venezia abbastanza presto per raggiungere il Lido in vaporetto e bere un drink al *Cipriani*, sull'isola della Giudecca, uno splendido hotel con una vista spettacolare sulla città. Dopo fecero ritorno al *Gritti*, per cenare nell'intimità della loro suite. Era stato un weekend perfetto e avevano ancora cinque giorni da trascorrere insieme. Coco era felice di vivere di nuovo con lui; erano giorni perfetti per entrambi. Prima di coricarsi, telefonarono a Chloe. La piccola raccontò loro la sua giornata scolastica, durante la quale aveva vinto il premio per il miglior costume di Halloween, e strappò a Leslie la promessa di passare il giorno del Ringraziamento a New York con lei e la madre, se avesse terminato le riprese per tempo. Quando riattaccò, Leslie guardò dispiaciuto Coco.

«È stato stupido da parte mia. Avrei prima dovuto chiedere a te; è solo che cerco di trascorrere le feste con lei.» Non la vedeva da due mesi e non gli sarebbe stato possibile farlo prima di altre tre settimane, nella migliore delle ipotesi.

«Non preoccuparti», sorrise Coco. «Io vado sempre da mamma a Los Angeles. Di solito replichiamo anche a Natale, ma quest'anno saremo da Jane. Data la gravidanza non amerà troppo viaggiare», continuò, ancora poco abituata all'idea che la sorella stesse per avere un bambino.

«Ti raggiungerò subito dopo il Ringraziamento, sempre ammesso che per allora saremo di ritorno. Ci dovrebbe essere una bella pausa per l'allestimento del set a Los Angeles e una nel periodo natalizio. Trascorrerò con te ogni minuto a mia disposizione. Promesso.» Felice, lei gli si rannicchiò di nuovo tra le braccia.

Negli ultimi giorni di vacanza, Coco cercò di allontanarsi il meno possibile da lui, e solo di rado andava in giro a visitare le chiese che le piacevano di più o a scoprirne di nuove. Ormai, a differenza di Leslie che si spostava quasi esclusivamente nel tardo pomeriggio, conosceva la città come le sue tasche.

La sera prima che Coco rientrasse in America, la coppia uscì per cenare in un localino fuori mano che raggiunsero in gondola e che lei, grazie al senso dell'orientamento affinato dai lunghi giri turistici delle ultime settimane, non ebbe difficoltà a trovare. Il posto era delizioso e caratteristico per il suo giardino, ma sarebbe stato impossibile mangiare fuori, per via del freddo. Il cibo divino e una bottiglia di superbo Chianti alleviarono, seppur di poco, la tristezza per l'imminente separazione. Se la fortuna fosse stata dalla loro parte, si sarebbero riuniti dopo poche settimane. Le ultime riprese erano andate meglio delle precedenti, considerata la maggiore diligenza di Madison nello studio delle battute.

Fuori dal ristorante, Leslie si fermò in mezzo alla calle per baciare Coco. Il soggiorno a Venezia era stato come un sogno bellissimo, ma trasformatosi in realtà.

«Hai idea di quanto ti amo?» le sussurrò, prima di baciarla di nuovo.

«Quasi quanto io amo te.» Trattenne il respiro e lo guardò con un sorriso. Un secondo dopo ci fu un'esplosione di flash, mentre parecchie persone li additavano. Prima ancora di rendersi conto di ciò che stava accadendo, si ritrovarono circondati da una torma di paparazzi sfrenati che qualcuno aveva messo loro alle calcagna. Leslie e Coco capirono, inorriditi, di essere piuttosto distanti dal molo d'approdo. Lui desiderava proteggere in qualche modo la compagna, ma sapeva di avere le mani legate. L'unica possibilità di fuga era fendere quella folla, a occhio e croce una trentina di fotografi, e arrivare alla gondola.

Coco lo fissò atterrita e confusa, mentre lui le chiedeva a voce alta da che parte andare. Leslie aveva solo una vaga idea della direzione da prendere e la mezza bottiglia di vino bevuta non lo aiutava di certo.

«Per di là!» gli rispose lei, sovrastando le urla forsennate dei fotografi che si accalcavano nella viuzza per immortalare la scena. Il paparazzo più vicino a lei, che stringeva una sigaretta tra le labbra, le sporcò di cenere il soprabito su una spalla. Leslie lo spinse via nel tentativo di allontanarlo.

«Su, ragazzi», disse Baxter, secco. «Smettetela. *Basta!** No!» aggiunse, cercando di evitare le mani che si protendevano verso di loro. La schiera di paparazzi, simile a una bestia ondeggiante, riuscì a spingerli contro un muro. Quando Leslie vide Coco sbattervi con violenza, fu preso dal panico. Era stato vittima, in Inghilterra, di assalti simili e sapeva che certamente qualcuno avrebbe finito per farsi male. Il pensiero che potesse essere Coco a farne le spese lo sconvolse. Doveva condurla via di lì. «No!» gridò. Spinse forte contro quel muro umano che seguitava a fare raffiche di flash, afferrò Coco per un braccio e iniziò a correre. Il tragitto per arrivare alla gondola gli parve infinito e il gondoliere, intanto, li stava aspettando. Quando li vide, terrorizzato, Leslie sgranò gli occhi: fermi al molo c'erano tre motoscafi, con i quali erano arrivati i fotografi, e si sentivano voci parlare in inglese, francese e tedesco. Era un gruppo di paparazzi provenienti da Paesi diversi, uniti per un'unica causa. Non vi era modo di sfuggire a quel branco impazzito, si disse. In realtà, non era tanto la foga che mostravano nello scattar loro delle foto a spaventarlo, quanto l'accanimento nel farlo, che si sarebbe potuto rivelare pericoloso.

Due dei paparazzi saltarono sulla gondola, rischiando di capovolgerla. Reagendo come se avesse subito un

* In italiano nel testo (N.d.T.)

arrembaggio dei pirati, il gondoliere li colpì con il remo e, tra le urla indignate degli astanti, li fece cadere in acqua. Leslie, seduto accanto a Coco, si chinò su di lei per proteggerla col proprio corpo, mentre il gondoliere si allontanava dal molo. Saliti sui motoscafi, anche i fotografi si mossero per tagliare loro la strada. Il gondoliere protestò urlando e fu sbeffeggiato dagli scafisti con gesti osceni. Erano stati pagati per quel lavoro e a loro non importava nulla delle conseguenze.

«Stai bene?» gridò Leslie. I flash seguitavano a lampeggiare nella notte, e quando la gondola svoltò nel Canal Grande, quasi rischiò di essere travolta. Coco, impaurita, temeva per la loro vita. Non vi era nulla che Leslie o il gondoliere potessero fare per rendere sicuro quel pericoloso tragitto. Pregava perché incontrassero qualche poliziotto, ma non ce n'erano in giro. A fatica riuscirono ad arrivare al *Gritti*, sempre circondati dai paparazzi che, agevolati dalla velocità degli scafi, approdarono prima di loro. Leslie allungò trecento euro al gondoliere e si preparò a sbarcare il più in fretta possibile. L'hotel era vicinissimo, ma raggiungerlo non sarebbe stato semplice. Avrebbe giovato fermarsi e mostrarsi disponibile? No, si disse. Ormai quella gente si era spinta troppo oltre, parevano un branco di lupi affamati. L'unica soluzione era portare Coco al sicuro quanto prima.

Leslie scese per primo dalla gondola e fissò il muro umano che sbarrava l'accesso all'albergo. Sapeva di doverlo attraversare per mettersi al sicuro. Coco stava per raggiungerlo, quando un paparazzo si sporse dal motoscafo più vicino e le afferrò una caviglia per trattenerla. La donna urlò e cadde nella gondola, evitando miracolosamente di precipitare nel canale. Spaventato, Leslie la raggiunse, la sollevò e corse via con lei tra le braccia. Gli anni trascorsi a giocare a rugby gli tornarono utili per sfondare quello sbarramento urlante. Il portiere dell'albergo, la security e alcuni camerieri si precipitarono per mettere fine all'inseguimento. Finalmente, tra una mischia di corpi e pugni, Leslie riuscì a portare Coco in salvo. Preoccupato, un addetto alla sicurezza lo seguì.

«Tutto bene, signore?» chiese l'uomo. Aprì la porta della loro suite mentre Leslie, affannato, rimetteva in piedi la compagna. Coco tremava da capo a piedi, cadendo nella gondola si era ferita, al punto che il sangue aveva macchiato la giacca di Leslie.

«Chiami un medico», disse questi all'addetto, e l'uomo corse via subito dopo avergli comunicato che avrebbe predisposto una guardia alla loro porta per tutta la notte e chiamato la polizia. Si dichiarò davvero mortificato.

Leslie fece sedere Coco e corse in bagno a prendere un asciugamano. Fu solo quando, con delicatezza, la aiutò a sfilare il soprabito e lei sussultò, che si accorse dello strano angolo che formava un polso. Non le disse niente, ma era sicuro che si fosse fratturato.

«Tesoro, mi dispiace. Non avrei mai creduto... saremmo dovuti andare da un'altra parte, oppure rimanere qui.» Leslie aveva gli occhi lucidi e Coco piangeva. In silenzio, la strinse forte a sé e ne percepì i tremori: era in evidente stato di choc. La tenne in quel modo, sussurrandole quanto l'amava, fino all'arrivo del medico, al quale spiegò l'accaduto. Il dottore rilevò delle brutte ecchimosi sulla schiena, causate dall'impatto contro il muro, un polso rotto e una ferita sulla mano che avrebbe richiesto almeno sette punti.

Procedette a iniettare dell'anestetico prima della sutura, poi le somministrò un calmante e fece l'antitetanica. Quando arrivò l'ortopedico per controllare la frattura e applicarle un gesso in fibra di vetro, Coco sembrava piuttosto intontita. Nessuno dei due medici si sentiva di portarla in ospedale ed esporla agli occhi di quella ressa impazzita. A detta dell'ortopedico, l'atrio era stato sgombrato dalla sicurezza, ma all'esterno i paparazzi c'erano ancora. Le ecchimosi e la ferita alla mano avevano bisogno di qualche giorno prima di guarire, ma la ragazza poteva tranquillamente partire. Leslie ne fu sollevato. La caccia mediatica era ormai aperta e Coco non sarebbe più stata al sicuro. Non era escluso che qualcuno arrivasse a corrompere il personale per avere accesso alla loro suite. Gli squali avevano fiutato il sangue e non avrebbero più mollato la preda. L'idillio veneziano si era concluso con un terribile disastro. Era arrivato il momento, per lei, di andarsene.

Leslie rimase sveglio tutta la notte a sorvegliare Coco, accarezzandole la schiena e i capelli. Le sistemò delicatamente il braccio infortunato su un cuscino e un paio di volte le cambiò l'impacco di ghiaccio sul polso. Lei aprì gli occhi solo in due occasioni, ma era troppo sedata e riusciva a malapena a dire un «grazie» e un «ti amo» prima di sprofondare di nuovo nel sonno. Verso le sei del mattino, l'effetto del sedativo sfumò e Coco iniziò a piangere.

«Ho avuto tanta paura», gli disse, ancora terrorizzata. «Temevo per la nostra vita.»

«Pure io. Talvolta capita che i paparazzi esagerino.» Non

si era mai sentito così impotente in tutta la sua vita. Aveva voluto fare un ultimo giro in gondola con lei ma si erano scoperti troppo. Non avevano avuto via di fuga. «Sono mortificato, tesoro. Mai avrei voluto che ti succedesse una cosa del genere. Qualcuno del ristorante o forse dell'hotel deve essere stato pagato per spifferare dove eravamo. Perfino per quel poverino del gondoliere deve essere stato un fulmine a ciel sereno.» Aveva ricevuto una mancia molto generosa per la brutta esperienza, sebbene Leslie dubitasse che sarebbe bastata. Era certo, tuttavia, che avesse ricevuto più lui in ricompensa che l'informatore dai paparazzi.

«Che mi è successo al polso?» Coco fissò il gesso. I sedativi le impedivano di ricordare.

«È fratturato», replicò lui, con la voce roca. Aveva gli occhi cerchiati e la barba di un giorno. «Il dottore consiglia un controllo quando sarai a casa. Non ti abbiamo portato in ospedale per non rischiare altre complicazioni. Hai una sutura di sette punti sulla mano e ti è stata praticata l'antitetanica, visto che non sapevamo se fossi ancora provvista di copertura.» Si era preso perfettamente cura di lei, ma non era stato capace di proteggerla dall'incubo dei paparazzi, l'unica cosa che Coco temeva e che la faceva esitare su una possibile convivenza. Leslie aveva messo in conto simili inconvenienti nell'intraprendere la carriera di attore, mentre lei era sempre fuggita da quel mondo.

«Grazie.» Coco lo guardò con occhi tristi. «Come fai a vivere così?»

«Non ho scelta e ormai sarebbe lo stesso anche se smettessi di lavorare. È il lato negativo della mia professione.» Per Coco, quello era un handicap enorme.

«E se avessimo dei figli? Se succedesse a loro quello che è successo a noi?» Tutti i pensieri di Coco si riflettevano nei suoi occhi e ciò che Leslie vi vedeva era terrore allo stato puro. Non poteva biasimarla. Quella appena trascorsa era stata una notte orribile, conclusasi con il ferimento di lei. Leslie si sentiva un mostro, per averla esposta a un così grande rischio.

«Sono sempre stato molto attento con Chloe», le disse, e lo era stato anche con Coco. Quell'episodio era stato solo un colpo di sfortuna. «Non la porto mai con me in occasione di eventi pubblici», le spiegò. Sebbene fossero stati sorpresi in un localino fuorimano e in una stretta calle di Venezia, entrambi sapevano che sarebbe potuto accadere ovunque. «Mi spiace davvero, Coco. Non so che altro dire.» Lei annuì e restò sdraiata ancora per un po', prima di riprendere a parlare. Riusciva a pensare solo al momento in cui qualcuno l'aveva afferrata per una caviglia, facendola cadere. Non se ne sarebbe scordata mai.

«Ti amo. Con tutta me stessa», disse triste. «Amo ogni cosa di te. Sei l'uomo più gentile del mondo, ma non credo che riuscirei a vivere così. Avrei paura di muovermi, sarei in ansia per te e per i nostri figli.»

«Non siamo partiti col piede giusto, lo ammetto.» Tutte le paure di Coco avevano ricevuto conferma la notte precedente.

Leslie la strinse di nuovo a sé e lei scoppiò in lacrime. «Ti amo da morire, ma ho troppa paura», singhiozzò.

«Lo so, tesoro. Lo so e ti capisco.» Non avrebbe voluto, ma la comprendeva. Convincerla del fatto che aveva torto non sarebbe stato onesto nei suoi confronti. Aveva dimostrato di avere coraggio da vendere e chiederle di più era impossibile. Avere a che fare con i paparazzi e cavarsela d'impiccio era parte della sua vita, non di quella di Coco. Lei poteva scegliere, lui no. Non gli restava che sperare che decidesse, una volta che si fosse calmata e ripresa, di restare con lui.

«Adesso concentriamoci su come farti imbarcare senza intoppi sul volo per Parigi. Ne riparleremo al mio rientro.» Non sarebbe stato saggio decidere alcunché nelle condizioni in cui Coco si trovava, e poi temeva di essere lasciato.

Leslie chiamò il regista, lo mise al corrente dell'accaduto e gli chiese la giornata libera. L'altro acconsentì senza problemi e si disse disponibile ad aiutarlo in qualche modo. Baxter domandò allora la collaborazione di una truccatrice che potesse modificare l'aspetto di Coco, magari anche con l'ausilio di una parrucca. Chiese poi al direttore dell'albergo che Coco fosse accompagnata a bordo del motoscafo dagli uomini della sicurezza e, se fosse stato necessario, anche dalla polizia.

Quando ebbe predisposto ogni cosa per una partenza serena, la accompagnò sotto la doccia. Il gesso in fibra di vetro poteva essere bagnato, ma solo rapidamente. Allora fu Leslie stesso a lavarla, sostenendola per impedirle di scivolare o di avere un mancamento e, alla fine, la aiutò a vestirsi. Aveva già deciso di restare in albergo per non attirare l'attenzione. Ormai i paparazzi la conoscevano e avrebbero cercato di fotografarla in sua compagnia. Si sarebbero salutati in albergo e poi da lì lei sarebbe uscita con una piccola scorta. Era una fine triste per un soggiorno così idilliaco. Leslie, angosciato, si chiese se l'avrebbe rivista di nuovo. Coco aveva preparato i bagagli con largo anticipo, così non le restava che indossare i jeans, la felpa e il giaccone di montone.

La truccatrice arrivata dal set la trovò già pronta. Quando Leslie la fece sedere davanti allo specchio, vide nei suoi occhi che era ancora sotto choc.

Tra le varie parrucche portate con sé, la make-up artist ne scelse una bruna dal taglio corto e stilizzato. Le raccolse i lunghi capelli ramati fermandoli con delle forcine e una retina, come faceva sul set, e infine le sistemò l'acconciatura posticcia. Stupefatto da quella nuova versione di Coco, Leslie sorrise. La trasformazione l'aveva resa irriconoscibile.

«Assomigli a Elizabeth Taylor da giovane.» Coco si limitò ad annuire. Non le importava nulla del suo aspetto. Le dispiaceva troppo lasciarlo e detestava ciò che aveva appreso della vita di lui. Avevano superato i pettegolezzi pubblicati dal fan magazine e la storia fasulla con Madison, ma Coco non poteva fingere che l'incubo del giorno prima non fosse mai accaduto.

Leslie ringraziò la truccatrice per l'ottimo lavoro svolto e, dopo averla accompagnata alla porta, tornò da Coco. «Che posso dirti? Ti amo, lo sai, ma non voglio rovinarti la vita. So quanto detesti tutto questo.»

Lei gli sorrise, mesta. «Un passo alla volta», replicò, usando le parole di Leslie.

Lui ricambiò il sorriso. «Vorrei poter partire con te. Non scappare da me, per favore. Insieme ce la faremo, vedrai.» Non se la sentiva di biasimarla, se avesse deciso di chiudere la loro storia, ma sperava con tutto se stesso che non accadesse. Le aveva regalato un cambio di classe sul volo che l'avrebbe portata a casa, per farla viaggiare più comodamente che all'andata. Era il minimo che potesse fare per lei.

«So solo che ti adoro. Quanto al resto, ho bisogno di tempo per riflettere.» Coco lo guardò triste, ancora scossa dalla brutta esperienza, e lui annuì. Al momento era la decisione più saggia. Chi aveva patito di più in tutta quella faccenda era stata lei. Solo a pensarci, Leslie si sentiva male.

Bussarono alla porta. La sicurezza, quattro omoni dall'aria determinata, la stava aspettando insieme con un fattorino per i bagagli. Come a Firenze, Coco sarebbe uscita dal retro. Leslie doveva farlo spesso.

Allora la strinse a sé in silenzio, godendosi il suo calore e richiamando alla mente ogni dettaglio del viso di lei. «Ti amo e capisco perfettamente quello che sta accadendo.» Temeva che la loro storia fosse a un passo dalla fine. Lo vide scritto nei suoi occhi, quando lei lo guardò annuendo.

«Anch'io ti amo. Non dimenticherò mai Venezia, pure se suona ridicolo dopo ciò che è successo. Non sono mai stata così felice. Era tutto così perfetto fino a ieri.»

«Aggrappati a quello», la supplicò Leslie, osando ancora sperare, nonostante i timori. «Abbi cura del polso e fallo controllare non appena sarai a casa.» Coco annuì di nuovo e lui la baciò con tenerezza sulle labbra.

«Ti amo», ripeté lei, prima di uscire dalla suite e chiudersi la porta alle spalle. Per Leslie fu come se qualcuno, dopo avergli strappato il cuore dal petto, lo avesse ridotto a brandelli.

17

Coco tornò a San Francisco in uno stato di profonda confusione. Pensò di chiamare Leslie da Parigi, nell'attesa del secondo volo, ma sapendolo sul set decise di rinviare. Il tempo che l'aereo impiegò per arrivare a San Francisco le parve eterno. Il polso le doleva e il mal di testa la tormentava fin dalla notte precedente. Era come se le fosse passato sopra un treno, e per di più la schiena era costellata di lividi. Desiderava solo dormire, non pensare e non parlare con nessuno. Purtroppo, ogni volta che prendeva sonno era assalita dagli incubi, incubi che non comprendevano solo i paparazzi ma anche Leslie. Dividere la sua vita con lui era impossibile, la sola idea la terrorizzava. Si era svegliata un paio di volte con la faccia rigata di lacrime. Le sembrava di aver perso non soltanto l'uomo che amava, ma anche tutti i suoi sogni.

Quando atterrò, a San Francisco erano le due del pomeriggio; a Venezia, invece, le undici di sera. Coco diede un'occhiata al telefono e si accorse che la batteria era totalmente scarica. Non poteva telefonare a Leslie.

Chiamò un facchino affinché la aiutasse con i bagagli alla dogana e, senza neppure guardarsi intorno, s'incamminò verso il terminal per andare a prendere un taxi. Bolinas era la sua destinazione ultima. La stanchezza che si sentiva addosso era troppa per salire sul bus navetta. Fu allora che vide correrle incontro Liz. Il volo era arrivato in anticipo e Coco, stordita com'era, non si era posta neppure il problema che qualcuno potesse venire a prenderla.

«Ciao. Stai partendo?» Coco la fissò vacua e Liz le rivolse un'occhiata preoccupata.

«Mi ha chiamata Leslie. So tutto e sono molto dispiaciuta per te.»

«Spiace pure a me.» Gli occhi le si riempirono di lacrime. «Jane aveva ragione. Fa troppa paura.»

«Sarebbe così per la maggior parte delle persone», rispose Liz, comprensiva. «Leslie lo capisce. Ti ama e non vuole rovinarti la vita.» Non le disse che per tutta la telefonata lui aveva pianto, terrorizzato al pensiero di poterla perdere per sempre. E da quello che Liz vedeva negli occhi di Coco, era possibile che non si fosse sbagliato.

«Perché è dovuta accadere una cosa simile?» s'interrogò Coco, triste. «Era stato tutto così perfetto. Abbiamo trascorso momenti indimenticabili insieme. È un uomo meraviglioso e io non sono mai stata così felice.»

«Sì, Leslie è speciale, ma la sua vita è anche quello. Forse è stato un bene che tu abbia potuto constatarlo con i tuoi occhi, perché adesso sai cosa aspettarti.» Tutto questo l'avrebbe aiutata a prendere la decisione giusta.

«È un modo orribile di vivere.» Coco ripensò a quando

era caduta nella gondola. Non se ne sarebbe scordata mai e ne era profondamente scossa.

Liz la fece sedere su una panchina e tornò poco dopo con la macchina. Coco aveva ancora l'aria assente quando il facchino le caricò i bagagli in auto. «Che ha detto Jane?» chiese poi, mentre lasciavano l'aeroporto.

Liz staccò per un istante gli occhi dalla strada per guardarla. «Non le ho detto nulla. Se lo vorrai, dovrai parlargliene tu.» Coco annuì, grata per la gentilezza e la discrezione. «Il fatto che i paparazzi ti terrorizzino non ti rende una cattiva persona. Chiunque fosse sano di mente detesterebbe quel genere di vita. Scommetto che non piace neanche a lui. Purtroppo, però, non ha scelta.»

Coco annuì. «È una ragione orribile per non stare con la persona amata», disse con aria colpevole. Adorava Leslie ma detestava il modo in cui il successo influenzava tutto il resto. Non aveva senso sgattaiolare sempre dal retro e indossare parrucche per non essere riconosciuti. Sarebbe stata un'esistenza misera. E poi, la folle frenesia che aveva individuato negli occhi di quei fotografi era la cosa più spaventosa che avesse mai visto. «Ho temuto che potessero ucciderci», confessò in lacrime a Liz.

«Anche Leslie ha pensato la stessa cosa e si sente in colpa.»

«Lo so. Dopo l'accaduto è stato splendido.»

«A proposito, ti sto portando dal dottore.»

«No. Voglio tornare a casa.» Coco era esausta.

«Leslie mi ha dato indicazioni precise. Ti hanno messo il gesso senza prima una radiografia, per timore di farti uscire dall'albergo assediato dai fotografi, quindi è necessario un controllo.» Troppo stanca per discutere, Coco annuì. Liz aveva preso appuntamento da un ortopedico di sua conoscenza.

Al Laurel Village, il dottore confermò la frattura, lodò l'operato del collega italiano e sostituì il gesso con uno identico. Un'ora dopo, Coco e Liz erano di nuovo in macchina per raggiungere Bolinas.

«Non è necessario che mi accompagni», disse Coco, affranta.

«Sì, suppongo che potrei farti andare a piedi o in autostop», sorrise Liz. «Ma al diavolo! Con una giornata così splendida, una puntatina in spiaggia ci sta proprio bene.»

Anche Coco, per la prima volta dopo ore, sorrise. «Sei così gentile. Grazie. Ma dimmi, come sta il piccolino?»

«Cresce ogni giorno di più. Jane è bellissima e il bambino sarà piuttosto grosso.»

La sorella era ormai nel sesto mese, ma Coco non aveva fretta di vederla. Si sarebbe accorta subito che qualcosa era andato storto e sarebbero iniziate le discussioni. Non aveva voglia di parlare con nessuno, tranne che con Liz, la sorella maggiore che aveva sempre desiderato ma che non aveva mai avuto.

Si addormentò in macchina e quando Liz la svegliò era davanti al cottage. Coco si guardò intorno, triste e confusa, desiderosa di essere a Venezia. Invece era a Bolinas. Sola, probabilmente per sempre.

«Vieni, entriamo.» Liz prese i bagagli e Coco aprì la porta. Sallie, la rassicurò Liz, sarebbe rimasta ancora da loro qualche giorno, per via della frattura, l'unica cosa della quale Jane era al corrente.

«Grazie per essere venuta a prendermi.» Coco la abbracciò. «Ero in condizioni pietose. E lo sono ancora.»

«Riposati. Domattina ti sentirai meglio. E non cercare di risolvere tutto in fretta. Sarà il tuo cuore a dirti cosa fare.»

Coco andò in camera da letto e indossò uno dei suoi pigiami stinti. A Bolinas erano le cinque del pomeriggio; a Venezia, le due del mattino. Desiderava solo dormire. Per chiamare Leslie era troppo tardi e comunque non lo avrebbe fatto lo stesso. Non sapeva che cosa dirgli. Forse Liz aveva ragione, rifletté mettendosi sotto le coperte, meglio decidere con calma. Adesso voleva solo dimenticare e dormire.

18

Il giorno dopo, Leslie chiamò Coco per accertarsi che il viaggio fosse andato bene e per chiederle del polso. Com'era normale che fosse, si astenne dal dirle che aveva telefonato a Liz quando in Italia erano le quattro del mattino. Era lei che gli aveva detto della visita ortopedica e del nuovo gesso, suggerendogli di attendere che le acque si calmassero un po'. Lui, però, ci teneva a farle sapere che era costantemente nei suoi pensieri, perciò l'aveva chiamata dal caravan. Confessò di sentire la sua mancanza e si scusò di nuovo per l'accaduto.

«Non è colpa tua», cercò di rassicurarlo lei, con un tono di voce che a Leslie parve già distaccato. «E il film, come procede?» s'informò, cambiando argomento. Si sentiva da schifo, quella mattina, ma si era alzata lo stesso. Erin non poteva più coprire il suo turno e lei non voleva dare buca ai clienti. Il dottore le aveva detto che avrebbe potuto lavorare, se se la fosse sentita, ma che glielo sconsigliava.

«Oggi è andata meglio sul set», rispose Leslie. «Ieri Madison non ha azzeccato una battuta. Be', neanch'io, quindi siamo pari.» Dopo la partenza di Coco, non era più riuscito a concentrarsi. «Continuo a sperare di essere a casa, per il Ringraziamento.» Mancavano sette settimane. Un tempo infinito per lui che, pur non osando dirglielo, già era impaziente di rivederla. Sentiva Coco ancora frastornata per l'accaduto e lui non era da meno. I giornali europei erano pieni di foto che li ritraevano: Leslie sembrava un matto nel suo tentativo di difenderla, mentre lei aveva gli occhi spalancati per lo spavento. Era stato reso pubblico perfino l'attimo della caduta in gondola. «Cerca di fare le cose con calma per almeno un paio di giorni. Hai subito uno stress troppo violento, l'altra sera.» Secondo lui, gli effetti si sarebbero fatti sentire ancora per lungo tempo.

«Sto bene.» A Coco, in realtà, pareva di essere un automa. Parlare con lui era uno strazio indicibile. Lo amava come non mai, ma l'assalto dei paparazzi l'aveva convinta di non essere sufficientemente forte per affrontare quello stile di vita. «Sto andando a lavorare», aggiunse, attraversando il ponte. Le giornate veneziane sembravano appartenere a un passato lontanissimo, e anche Leslie.

«Chiama, quando vorrai parlare con me. Non voglio esercitare su di te alcun tipo di pressione.» Il suggerimento di Liz di darle spazio era ottimo, considerata l'entità del trauma.

«Grazie.» Coco svoltò per il quartiere di Pacific Heights e desiderò essere di nuovo a casa di Jane, all'inizio della sua storia... e non alla fine. «Ti amo», gli sussurrò. Lo amava con tutta se stessa, ma non ce l'avrebbe mai fatta a vivere come avrebbe voluto, se fosse rimasta con lui. Era così, però non riusciva a dirglielo. Leslie, tuttavia, lo aveva capito fin da subito.

«Anch'io ti amo», le rispose.

Prima di iniziare il giro dei clienti, Coco passò a prendere Sallie. Fu Jane ad aprirle la porta e, nel vedere l'enorme pancione della sorella, Coco sorrise.

«Caspita!» commentò poi. Jane si accarezzò il ventre. Indossava dei leggings e una felpa. Il viso, bello come sempre, sembrava più dolce del solito.

«Ancora tre mesi», replicò con un pizzico d'apprensione. «È difficile da credere.» Nel giro di poco si sarebbero trasferite a Los Angeles per la postproduzione del film, il cui termine era previsto per il Ringraziamento; una scadenza ottimale, che avrebbe permesso a Jane di trascorrere in tranquillità le ultime otto settimane di gestazione. «Tu e Leslie verrete da mamma, per il Ringraziamento?»

Coco scosse la testa. «Io sì, ma lui sarà a New York con la figlia», rispose, affrettandosi a cambiare argomento. «Dimmi di Gabriel, piuttosto. Com'è?» Jane lo aveva conosciuto, ma le due sorelle non si erano ancora scambiate notizie in merito.

Jane scoppiò a ridere. «Gesù, quanto è giovane! Mamma, poi, si sente una sedicenne. Snervante, a dir poco. Comunque sia, mi pare una persona come si deve. Mi chiedo cosa ci faccia con mamma. Non durerà, credimi, ma almeno lei si divertirà un po'.» La calma con cui la sorella parlava lasciò Coco alquanto perplessa. Si era aspettata un attacco frontale e invece pareva che la faccenda non la scalfisse. «Per adesso funziona. Suppongo che tutti abbiamo i nostri momenti di pazzia e il diritto di scegliere infischiandocene delle opinioni del prossimo. E a te com'è andata in Italia?» Coco, che si era preparata psicologicamente a quella domanda, trattenne un sussulto.

«È stato bellissimo!» Sorrise a trentadue denti e pregò che Jane non si accorgesse di nulla. «A parte per il polso.»

«Sì, un vero colpo di sfortuna, ma almeno è il sinistro.» Tornando verso la macchina con Sallie, Coco notò che la sorella non aveva fatto alcun commento sull'infortunio, né tantomeno su Leslie. Per tutto il tempo aveva continuato ad accarezzarsi il ventre, come per proteggerlo. Forse qualcosa era davvero cambiato. Ancora immersa nei suoi pensieri, Coco si rattristò all'idea di restare da sola fino al giorno del Ringraziamento, visto che la sorella sarebbe stata a Los Angeles. Ce l'avrebbe fatta, s'incoraggiò. In fin dei conti si era risollevata dopo la morte di Ian, sarebbe sopravvissuta anche all'addio con Leslie.

Andò a prelevare prima i cani grandi e poi quelli nel quartiere di Cow Hollow, seguendo la consueta routine. Fu così per tutti i giorni seguenti: si alzava, lavorava e nel pomeriggio rientrava a Bolinas, ma si sentiva come se fosse morto qualcosa dentro di lei. Leslie non si faceva sentire da tre settimane e neppure lei lo aveva mai chiamato. Lui non voleva pressarla e Coco sperava che, non udendo la sua voce, lo avrebbe dimenticato più in fretta. Non poteva seguitare ad amarlo, perché altrimenti l'incubo di quella notte veneziana si sarebbe potuto ripetere.

Non parlò con nessuno fino alla partenza per Los Angeles. La famiglia l'attendeva per il Ringraziamento. Avendo in mente di assentarsi solo per un paio di giorni, lasciò Sallie da Erin. Liz l'aveva invitata nel loro appartamento in affitto; Gabriel si sarebbe unito a loro per il pranzo tradizionale. Quello sarebbe stato il loro primo incontro, sebbene lo avesse già visto a Bel Air di sfuggita.

Liz andò a prenderla all'aeroporto per poi condurla a casa, dove l'aspettava Jane. Tutte e tre si sarebbero godute una tranquilla serata insieme prima del grande giorno. Liz non le chiese nulla di Leslie né Coco affrontò l'argomento, ma si chiese se fosse riuscito a partire per New York e a stare con Chloe e la madre. Lui non l'aveva più chiamata e lei non sapeva nemmeno se fosse ancora a Venezia. Era meglio lasciare che le cose andassero in quel modo, la decisione era ormai stata presa. Leslie lo aveva capito dal suo silenzio e la rispettava. L'amore era lo stesso di sempre, ma stare insieme era impossibile.

Jane la accolse sdraiata sul divano e agitò una mano per farle cenno di avvicinarsi. Era proprio tonda, un palloncino con braccia, gambe e testa. Sorridendo, Coco la abbracciò.

«Santo cielo, sei enorme!» Nelle ultime settimane, la pancia era lievitata quasi del doppio.

«Se questo è un complimento, allora grazie mille.» Jane ridacchiò. «In caso contrario, vaffanculo. Dovresti provare tu a stare in questo stato.» A stento Coco dominò un brivido. Matrimonio e figli erano ormai un capitolo chiuso, ma quelle parole le riportarono alla mente Leslie. «Non oso neppure pensare a quanto sarà grosso da qui a due mesi. La sola idea mi terrorizza.»

A tavola chiacchierarono e risero. Liz e Jane avevano concluso la lavorazione del film e il weekend successivo sarebbero rientrate a San Francisco. Erano arrivate a metà del pasto e di un'ottima bottiglia di vino quando Jane, rendendosi conto che non era mai stato menzionato, domandò come stesse Leslie.

«Bene, suppongo», rispose Coco, preparandosi al peggio. Lanciò una rapida occhiata a Liz e comprese che il suo segreto era stato ben custodito. Gliene fu grata. Adesso, però, era pronta a parlarne.

«È tutto okay tra voi due?» volle sapere Jane, accigliata.

«No. A dire il vero, no. È finita. Avevi ragione tu. Abbiamo avuto qualche piccolo problema con i paparazzi che, l'ultima sera del mio soggiorno a Venezia, ci hanno teso una vera e propria imboscata. E io, come tu avevi predetto», disse Coco stoica, «sono crollata come un castello di carte. Mi hanno spaventata a morte. Mi sono ritrovata con sette punti e un polso fratturato. Più che sufficiente per una come me. E così, eccomi di nuovo sola.» Seguì un lungo silenzio che alla fine, Coco ne era certa, sarebbe stato rotto dal consueto *te-lo-avevo-detto*. Jane, invece, si sporse verso di lei e toccò il gesso. Della ferita alla mano, dopo l'asportazione dei punti, restava solo una piccola cicatrice, nulla in confronto alle condizioni in cui si trovava il suo cuore.

«Sono stati i paparazzi a romperti il polso?» La sorella la guardò frastornata e partecipe.

«Non intenzionalmente. Stavo scendendo dalla gondola per rientrare al *Gritti* quando uno di loro, per trattenermi, mi ha afferrata per una caviglia. Nel cadere all'indietro mi sono ferita e fratturata. Ci hanno assaliti all'uscita dal ristorante e, nella foga, mi hanno sbattuta contro un muro. Quando finalmente abbiamo raggiunto la gondola, due fotografi sono saltati dentro rischiando di ribaltarla. Erano una trentina in tutto e ci hanno perfino inseguito con i motoscafi. È stato orribile.»

«Stai scherzando?» Jane era esterrefatta. «Io mi riferivo al fatto che ti avrebbero pedinata o che avrebbero invaso la tua privacy. Sei una persona riservata e sapevo che non ti sarebbe piaciuto. Mai e poi mai avrei immaginato lo spintone contro il muro, la caduta, le ossa rotte! E Leslie dov'era in tutto ciò?» L'aveva forse lasciata in pasto ai lupi? Perché, se così fosse stato, ci avrebbe pensato lei a sistemarlo.

«Con me. Ha fatto quello che ha potuto, ma eravamo entrambi di fatto senza difese, bloccati in una calle di Venezia e lontani dalla gondola. Trenta contro due, Jane!»

«Santo cielo! Anch'io sarei crollata come un castello di carte. È stato dopo quell'episodio che hai deciso di chiudere con lui?»

«Più o meno. Leslie comprende come mi sento e sa che non è quello il modo in cui voglio vivere.» Coco si sforzava di essere razionale, ma dal suo tono di voce si capiva che era innamorata più che mai. La decisione, però, anche se dolorosa, era ormai definitiva.

«Nessuno vorrebbe vivere così. Immagino come debba essersi sentito Leslie.» Jane era scioccata da ciò che aveva appena appreso e dallo sguardo di Coco, nel quale si rispecchiava il suo cuore infranto. Si sporse verso di lei e la abbracciò.

«Sì, per lui è stato terribile. Dopo l'incidente si è prodigato meravigliosamente in ogni modo possibile. Quando sono caduta nella gondola, mi ha presa in braccio e mi ha portata di corsa in albergo. Il giorno dopo sono uscita dal retro con quattro uomini di scorta e una parrucca nera in testa.»

«Spaventoso. Non ho sentito parlare spesso di episodi simili. Di solito si limitano a qualche spintone per riuscire a scattare una foto. Mi meraviglio di come Leslie non abbia fatto fuori nessuno.»

«Era troppo in ansia per me, vedendomi ferita.»

«Perché non me ne hai parlato subito?» Jane, scioccata, guardò Liz che seguitava a tacere.

«Ero troppo sconvolta», sospirò Coco, sincera. «E avevo paura di quello che mi avresti detto. Mi avevi avvisata, e a ragione.»

«E invece no», fu la replica imbarazzata della sorella. «Ho straparlato e Leslie me ne ha dette quattro. Come pure Liz. Ero solo preoccupata per te, timorosa che fosse unicamente un flirt estivo. Per me sei sempre la piccola di casa, mentre lui è una star di Hollywood con uno stile di vita opposto al tuo. Voi però vi amate, Coco. Quello che è successo in Italia è un caso estremo. Leslie potrebbe assumere delle guardie del corpo, sono sicura che lo farebbe. Non si può lasciare la persona amata quando le cose si fanno difficili.» Jane si sentiva in colpa per tutto quello che le aveva detto e sperava di non averla influenzata a chiudere la storia. Stimava Leslie ancora di più da quando le aveva tenuto testa, dimostrandole di adorare Coco che, lo si capiva perfettamente, ne era sempre più innamorata.

«Non sono tagliata per quel genere di vita», si limitò a dire la sorella minore. «Impazzirei e vivrei nel terrore se mai dovessimo avere dei figli. E se venissero feriti da uno di quegli invasati? Cosa faresti tu se il tuo bambino fosse costantemente in pericolo?»

«Troverei un modo per proteggerlo, ma senza lasciare Liz. Tu ami Leslie, Coco. Rinunciare a lui è una privazione troppo grande.»

«È vero, ma quei pazzi, l'altra sera, avrebbero potuto ucciderci. Dopo quell'episodio mi sono tornate in mente tutte le storie terribili che ci raccontava papà sui suoi clienti. Non ho mai voluto appartenere a quella cerchia e nemmeno adesso lo voglio.» Una lacrima le rigò il viso. Coco la asciugò. «Leslie non ha scelta. Io, invece, non posso vivere come lui.» I suoi occhi parevano essersi spenti.

«Sono sicura che Leslie farà di tutto perché non si verifichi più un inconveniente del genere», la rassicurò Jane. Coco tacque e abbassò lo sguardo sul piatto. Dopo qualche secondo, fissò la sorella e scosse la testa.

«Ho troppa paura.» Jane le strinse una mano, sotto lo sguardo di Liz che era fiera di quelle parole e del comportamento della compagna. C'era voluta una paziente opera di convincimento, ma alla fine era riuscita a ricondurre Jane alla ragione.

«Perché non ti concedi un po' di tempo?» suggerì a Coco, senza lasciarle la mano. «Quando tornerà Leslie?»

«Non lo so. È ormai da un po' che non lo sento, ma se tutto va bene sul set, tra poco dovrebbe essere di ritorno.»

«Non puoi lasciare che quei bastardi ti danneggino così.» Coco, però, aveva già rinunciato a lottare e non intendeva tornare sui propri passi. Per nulla al mondo avrebbe voluto che la sua storia naufragasse in quel modo, ma dalla sera dell'assalto la paura era incontenibile. Leslie l'aveva compreso e aveva smesso di insistere. Il suo amore era tale che era disposto a lasciarla andare.

Dopo mangiato, Jane si allungò sul divano davanti al televisore e Coco aiutò Liz a sparecchiare. «Che le hai fatto?» le bisbigliò in cucina. «È stata *gentile*.»

«Credo che, finalmente, gli ormoni abbiano vinto la partita e che nostro figlio riuscirà a trasformarla in un essere umano», rise Liz.

«Sono colpita.» Coco sistemò l'ultimo piatto nella lavastoviglie e poi andò sul sofà accanto alla sorella. Non parlarono più dell'episodio dei paparazzi e, dopo un po', andarono a letto. L'indomani le aspettava il tradizionale pranzo del Ringraziamento al quale avrebbe partecipato anche il «ragazzo prodigio», come lo chiamava Jane.

Il mattino seguente si alzarono tardi e all'una salirono in macchina per andare a Bel Air, a casa di Florence. Jane indossava l'unico abito che ancora le stava, una tunica di seta azzurra che si armonizzava perfettamente con i suoi lunghi capelli biondi; Coco, invece, sfoggiava un vestitino di lana bianca che aveva portato anche in Italia, mentre Liz aveva optato per un tailleur pantalone nero. Fu Florence ad accoglierle. Il tailleur rosa griffato Chanel le stava perfettamente ed era un vero spettacolo su di lei. Si stavano ancora salutando nell'atrio, quando le raggiunse un uomo di bell'aspetto in doppiopetto grigio e cravatta di Hermès. Coco lo riconobbe subito.

«Ciao, Gabriel.» Gli rivolse un caldo sorriso e gli strinse la mano. All'inizio lui si dimostrò un po' a disagio, ma quando si accomodarono in salotto, sotto un enorme dipinto di Florence in abito da sera giallo e scintillante di gioielli, iniziarono tutti a rilassarsi.

Liz e Gabriel parlarono di film. L'uomo le raccontò che a breve ne avrebbe iniziato uno nuovo e che Florence gli era stata di grande aiuto con la sceneggiatura. Lei disse di aver appena concluso la scrittura di un libro e Jane espresse il proprio entusiasmo per la fine della loro ultima produzione. Osservando quella scena, Coco si ricordò dei vecchi tempi, quando il padre era ancora vivo e tutta la famiglia chiacchierava di libri, pellicole, clienti vecchi e nuovi o era allietata da visite di star cinematografiche e autori famosi. Più tardi, a tavola, Coco sorprese tutti annunciando di voler riprendere gli studi.

«Tornerai alla facoltà di legge?» esclamò, meravigliata, la madre.

«No, mamma», le sorrise. «Pensavo a qualcosa di inutile, come un master in storia dell'arte. Mi piacerebbe specializzarmi in restauro. Non ho ancora deciso.» L'idea aveva cominciato a solleticarla quando ne aveva parlato con Leslie, e si era rafforzata a Venezia e a Firenze. «Non posso portare a spasso cani per tutta la vita.» Florence e Jane risero.

«Hai sempre voluto studiare storia dell'arte», fu il commento gentile della madre. Coco la fissò con un certo stupore. Nessuno la stava criticando né giudicava stupidi lei e i suoi progetti. La prima a sconcertarla era stata Jane e adesso era la volta di Florence. Non era certa che fossero cambiate solo loro, forse lo era anche lei, di sicuro ciascuna di loro aveva imboccato un nuovo cammino. Liz e Jane stavano per avere un bimbo. La madre era innamorata di un uomo molto più giovane di lei e lei si era appena lasciata alle spalle il suo più grande amore. Avevano tutti una vita, tranne lei. Era da quattro anni che si era isolata, forse era arrivato il momento di andare avanti. Si sentiva pronta a farlo anche senza Leslie. Aveva bisogno di una vita più piena. La pecora nera era tornata all'ovile e, per una volta, nessuno l'aveva criticata.

Seduta accanto a Gabriel, a tavola, Coco chiacchierò amabilmente con lui di arte, politica e letteratura. Era una persona interessante, ma lontana anni luce dal suo tipo d'uomo. Troppo hollywoodiano, a differenza di Leslie, ma scaltro, intelligente e devoto a Florence che, raggiante, monopolizzava le attenzioni del giovane compagno. La settimana seguente l'avrebbe portata a Miami in occasione del Basel Art Show, una rinomata fiera d'arte moderna e contemporanea. Dopo Natale, invece, sarebbero andati a sciare ad Aspen. Avevano una vita sociale piuttosto movimentata: mostre, teatri, concerti di musica classica e balletti. In sei mesi erano già stati due volte a New York e avevano assistito a tutti gli spettacoli in cartellone a Broadway. Florence, insomma, non si negava alcun divertimento con un partner che le figlie stavano iniziando ad apprezzare.

«È un po' come avere un fratello», commentò Coco, una volta rincasata, suscitando la risata di Jane. Gabriel le aveva raccontato di avere una figlia di due anni. Il matrimonio, durato appena un anno, era stato un errore madornale. Della bambina era felicissimo, considerato che con Florence non ci sarebbe stata alcuna prole. «Pensi che si sposeranno?»

«Accadono un sacco di cose strane, specie in questa famiglia», replicò Jane con la schiettezza di sempre, ma con un pizzico d'ironia in più. «In tutta sincerità, però, mi auguro di no. Non ce ne sarebbe bisogno, all'età di nostra madre. Perché rovinare quello che stanno vivendo? Almeno, così, se le cose non dovessero funzionare, mamma si risparmierebbe le beghe di un divorzio.»

«Forse però desidera sposarsi», disse Coco, pensierosa. «Ma che farà con la bambina?» Gabriel era molto attaccato alla figlia.

«Farà come con noi due», sghignazzò Jane. «Assumerà una tata.» La risata che suscitò quella risposta fu generale. Dopo, la serata fra le tre donne trascorse amabilmente.

Il mattino seguente, Coco si preparò per tornare a casa, nonostante l'invito della sorella e di Liz a fermarsi per il weekend. Bolinas, però, era il rifugio del quale aveva bisogno in quel momento di fragilità personale.

Prima di salutarla, Jane le parlò di nuovo di Leslie. «Non lasciarlo», le consigliò, guardandola chiudere la valigia. Per il viaggio Coco aveva scelto una vecchia felpa e dei jeans. Sembrava una ragazzina, ma per la prima volta Jane la vide come l'adulta che era. «Ti ama ed è un uomo perbene. Quello che è successo non è dipeso da lui, si sarà spaventato esattamente come te. L'ultima cosa che vorrebbe è che tu ti facessi male. Questa faccenda è un incubo per entrambi.»

«Sì. Ma come si fa a vivere così?»

«Leslie farà in modo di evitarlo. Avrà già trovato una soluzione. A Los Angeles sono tutti un po' fuori, ecco perché non vedo l'ora di rientrare a San Francisco. Certo, qui è tutto molto più eccitante, ma crescerci i figli non è facile. Contano solo le apparenze. I valori non esistono quasi. Non abiterei mai a Los Angeles insieme con i bambini.»

«Eh, già! Guarda noi», scherzò Coco. «Una hippy e una omosessuale.»

Jane scoppiò a ridere e la abbracciò. «Non sei più una hippy. Forse non lo sei mai stata ed ero solo io a vederti così. Sono felice che tu abbia deciso di riprendere a studiare. Potresti frequentare la UCLA, se ti trasferissi qui con Leslie.» Vedendo Coco agitarsi per la paura, non aggiunse altro. Sperava tuttavia che la sorella non rinunciasse a lui definitivamente. Questa volta si separò malvolentieri da Coco. Il giorno del Ringraziamento era stato meraviglioso anche per merito della piacevole compagnia di Gabriel. L'uomo aveva promesso di trascorrere il Natale a San Francisco insieme con Florence e alla figlioletta. Avrebbero alloggiato al *Ritz-Carlton*.

Sul volo verso casa, Coco ripensò alle due giornate passate in compagnia e sorrise. Aveva lasciato il suo furgoncino all'aeroporto ed era sollevata all'idea di guidare fino a Bolinas. Era stato bello rivedere la famiglia, ma era impaziente di rifugiarsi nel suo cottage, dove sapeva di poter metabolizzare in tutta tranquillità il distacco da Leslie. Aveva bisogno di tempo per se stessa. Aveva molto apprezzato le parole della sorella, ma dopo l'episodio di Venezia era più che sicura di non poter vivere in quel modo. Una cosa era essere la fidanzata di una star hollywoodiana, un'altra essere assaliti da una trentina di reporter impazziti che li avrebbero potuti uccidere. Coco rammentò il terrore provato quando erano stati accerchiati in quella calle isolata e, dopo, la caduta all'interno della gondola. Se amare significava accettare un rischio così grosso, allora ci avrebbe rinunciato.

Una volta a casa, si guardò intorno. Tutto era così familiare, confortevole come un grembo materno. Avvolta in un plaid, andò a sedersi in veranda. Adorava il mare d'inverno e il cielo stellato. Rannicchiata su una sedia a sdraio, ammirò il firmamento ricordando le volte in cui lo aveva fatto con Leslie. Una lacrima le rigò il viso.

Fu allora che squillò il cellulare. Coco lo sfilò dalla tasca e guardò il display. Il numero era riservato.

«Sì?»

«Pronto?» disse una vocina. «Sono Chloe Baxter. Coco, sei tu?»

«Sì, sono io.» Sorrise. «Come stai?» In quel momento si chiese se Leslie fosse con lei. Forse era solo una scusa per farsela passare. Ma non le importava. Adorava parlare con la piccola. «E i tuoi orsetti?»

«Stanno bene. Anch'io. Era buono il tacchino?»

«Ottimo. L'ho mangiato a Los Angeles con mamma e mia sorella.»

«Sei lì, adesso?» Sembrava una piccola adulta interessata a tutto.

«No, sono nel cottage sulla spiaggia e stavo guardando le stelle. Non è un po' tardi per te? Se fossi qui, potremmo cuocere degli spiedini di marshmallow.»

«Gnam gnam», ridacchiò Chloe.

«Hai trascorso il Ringraziamento con papà?» non poté fare a meno di chiedere Coco. Forse Leslie era accanto a lei e sapeva che la figlia la stava chiamando. Ma era probabile che non ne fosse a conoscenza, data l'indipendenza della piccola.

«Sì.» Chloe sospirò. «Mi ha portato un vestito dall'Italia. Carinissimo. Purtroppo, però, questa sera è tornato a Los Angeles.»

«Oh.» Coco non seppe che altro dire.

«Dice», proseguì Chloe dopo una breve pausa, «che gli manchi tanto.»

«Lo stesso vale per me. Ti ha suggerito lui di chiamare?»

«No. Avevo perso il tuo numero, ma l'ho recuperato dal suo portatile senza dirgli nulla.» Coco sorrise. Chloe era fatta così. «Dice che sei arrabbiata con lui per via di quei cretini a Venezia e che ti sei fatta male. Ha detto che ti sei rotta un polso quando ti hanno spinta. Devi aver sentito davvero tanto male.»

«Sì, e mi sono pure spaventata.»

«Lo so. Papà me lo ha raccontato. È triste perché non è riuscito a fermarli e perché adesso ce l'hai con lui. Manchi anche a me.»

Gli occhi di Coco si riempirono di nuovo di lacrime, nel ricordare il tempo trascorso con Leslie e Chloe, l'estate prima.

«Anche tu mi manchi. Sono molto triste.»

«Non avercela con lui, per piacere. Ti voglio rivedere. A Natale sarò a Los Angeles. E tu?»

«Resterò a San Francisco con i miei. Mia sorella sta per avere un bambino e così non ci possiamo spostare.»

«Potremmo venire noi», rispose Chloe, pratica. «Se

ci inviti. Ti potremmo far visita al cottage sulla spiaggia. Mi piacerebbe tanto.»

«Anche a me. È un po' complicato, però, considerato che non vedo il tuo papà da un pezzo.»

«Potrebbe telefonarti», disse Chloe, speranzosa. «Sta lavorando a un film e fra poco si trasferirà nella sua casa di Los Angeles.»

«Certo», rispose Coco vaga. Era molto contenta che Chloe l'avesse chiamata, la bambina le mancava.

«A presto, allora. Mamma vuole che vada a letto», la salutò sbadigliando.

Coco sorrise. «Grazie per la chiacchierata.» Sentire Chloe era piacevole quanto parlare con Leslie.

«Papà non chiama perché sei arrabbiata con lui, così ho pensato di chiamarti io.»

«Mi hai resa felice. Ti voglio bene, Chloe. Buon giorno del Ringraziamento.»

La piccola fece uno strano verso gorgogliante e, di nuovo, Coco ridacchiò. A sette anni appena compiuti, Chloe era la perfetta combinazione tra una bambina e un'adulta. «Buon tacchino anche a te. Notte», rispose, prima di riagganciare.

Coco riprese a guardare il cielo, il cellulare ancora in mano. Si chiese se quella telefonata fosse un segno, un messaggio per lei. Probabilmente no, ma era stata dolcissima, concluse, ripensandoci poi a lungo.

19

Leslie non chiamò Coco, quando fu di ritorno a Los Angeles. Era ancora traumatizzato dall'increscioso episodio di Venezia, come lei del resto, e l'amava troppo per chiederle di mettere a repentaglio la sua vita. Sapeva quanto le minacce subite in passato dal padre l'avessero scioccata e degli incubi che l'avevano tormentata. Non aveva il coraggio di chiederle di vivere in quel modo per sempre a causa sua. Ma non riusciva a smettere di pensare a lei costantemente.

Neppure Coco si fece sentire. Ogni giorno imprecava contro la propria codardia, piangeva sul suo cuore spezzato e soffriva all'idea di passare il resto della vita senza Leslie. Purtroppo, però, vivere costantemente nel terrore le sembrava ancor peggio. Desiderava una vita normale con lui, non come quella a Venezia.

Tra loro ormai regnava un silenzio assordante, quello di due persone che si erano dette tutto. L'amore reciproco non era sufficiente a proteggerli dai pericoli del mondo di Hollywood e dalla fama di Leslie. Le loro vite erano incompatibili, perciò non aveva senso torturarsi restando in contatto. Coco non aveva bisogno di spiegarsi ancora, aveva esposto le sue ragioni e i suoi timori il giorno dopo il rientro a casa. Lui l'aveva compresa e la rispettava ancora di più. Ci sarebbe voluto tempo per dimenticarlo o forse non ci sarebbe riuscita mai. Ma doveva provarci.

Un giorno, buttando la spazzatura, incontrò Jeff che decantò con sincerità le qualità di Leslie. Era un divo in piena regola, certo, ma non si dava arie e si comportava con assoluta normalità. Sì, quel ragazzo gli piaceva molto ed era un peccato che non potesse farsi vedere più spesso. Coco annuì, ascoltandolo, e cercò di trattenere le lacrime. Quella era stata una brutta giornata. In verità, ogni giorno le sembrava difficile, adesso. Il pensiero del Natale quasi alle porte, poi, non contribuiva a risollevarle l'umore. Si sarebbe sentita sola senza di lui. Avevano programmato di trascorrere le feste insieme, mentre adesso Leslie sarebbe stato con Chloe e lei con i propri famigliari.

Lo stesso il cottage di Bolinas le pareva triste; ogni cosa era priva di vitalità ai suoi occhi. Mise da parte perfino l'attrezzatura da sub di Ian, perché vederla la deprimeva, e chiuse in un cassetto le foto di Leslie; tutte, tranne quella di lui e Chloe che costruivano il primo castello di sabbia sulla spiaggia davanti a casa. Chloe era troppo adorabile per non essere ammirata.

La bambina non si era fatta più sentire. Coco aveva pensato di comprarle un regalo per Natale, ma poi aveva desistito. Non aveva nessun senso aggrapparsi a lei. Doveva staccarsi da padre e figlia, mettendo da parte l'amore e l'affetto che provava per loro.

Alla vigilia di Natale, si rese conto che ormai non sentiva Leslie da un tempo lunghissimo. Segnava ogni giorno e si odiava perché teneva quel calcolo assurdo; un giorno, forse, di lì a qualche anno, non se ne sarebbe più ricordata.

Il programma delle feste prevedeva che avrebbe passato la Vigilia a casa di Jane. Liz e la sorella avevano già trasformato la ex stanza degli ospiti nella cameretta del bambino, mentre avevano allestito un locale più piccolo al pianterreno per Coco. Alloggiare da Jane non sarebbe stato facile per lei, ogni cosa le avrebbe ricordato Leslie e i mesi che avevano vissuto insieme.

Florence, Gabriel e la bambina arrivarono nel pomeriggio e andarono subito al *Ritz-Carlton* per sistemarsi. Su espresso desiderio dell'uomo, che si sarebbe occupato personalmente della figlia, avevano rinunciato alla tata e Florence aveva confessato a Jane di essere un tantino in ansia. Era da una vita che non era circondata da bambini.

«Be', ecco cosa succede ad avere un fidanzato giovane, mamma», la prese in giro Jane, ridendoci poi sopra con Coco.

Come sempre, anche quell'anno avrebbero trascorso la Vigilia e il Natale sotto lo stesso tetto. Poi, Florence e Gabriel sarebbero partiti per Aspen per la settimana bianca mentre Coco avrebbe fatto ritorno a Bolinas. Nelle successive ventiquattr'ore, però, sarebbero stati una famiglia; poco ortodossa, certo, ma pur sempre una famiglia. Stavolta, poi, non si sarebbero fatti mancare davvero nulla: Liz e Jane stavano per avere un bambino, la madre stava con un uomo che sarebbe potuto essere suo figlio e lui aveva una piccola di due anni alla quale Florence avrebbe potuto fare da nonna. «Siamo tutto tranne che una famiglia standard», commentò Jane, mentre accompagnava Coco nella nuova stanza degli ospiti. «Forse non lo siamo mai state.» Guardò la sorella ripensando all'infanzia condivisa e ai tempi in cui il padre era ancora vivo. «Ero così gelosa di te, allora», disse con voce pacata. «Papà stravedeva per te. Dopo il tuo arrivo, ho perso la speranza di riuscire a diventare la cocca di casa. Eri così piccola e graziosa. Perfino mamma, per un po', era al settimo cielo; aveva così poco tempo da dedicarci che non potevamo averla entrambe, o tu o io. Mi auguro solo che i miei figli abbiano una percezione diversa di me.»

«Io ho sempre creduto che fossi tu la preferita e che per me non ci fosse spazio», confessò Coco. Un paio d'anni prima ne aveva parlato con l'analista, ma dirlo a voce alta alla diretta interessata ebbe un effetto quasi liberatorio.

«Forse è questo il motivo della mia durezza nei tuoi confronti», si giustificò Jane, scusandosi. «Ricevevo poche attenzioni da mamma e papà. Poi sei arrivata tu. Mi pareva che non ci fosse sufficiente amore per due.»

«Mamma e papà erano persone famose e impegnatissime», disse Coco. «Non hanno avuto il tempo di fare i genitori.»

«E a noi è stata negata la possibilità di essere ragazze come le altre. Dovevamo scalare la vetta del successo. Io ho dato tutta me stessa. Tu, invece, ti sei ribellata e hai lasciato ogni cosa. Ho cercato di stupire i nostri genitori, ma, alla fine, chi se ne frega! Che importa quanti film ho prodotto? Mio figlio è l'unica cosa che conta davvero.»

Jane si accarezzò il pancione sempre più voluminoso e che la faceva assomigliare al fumetto di una donna incinta.

«Mi sembra che tu sia sulla strada giusta.» Coco la abbracciò e, avvilita, pensò a se stessa, sola. «Desiderate avere altri figli, tu e Liz?» La sorella aveva parlato di «bambini».

«È possibile», sorrise quella. «Dipende da come andrà con il primo e da quanto sarà carino. Se è una peste come me lo rispedisco al mittente. Tu eri deliziosa e questo, ai miei occhi, ti rendeva ancora più odiosa.» Leslie aveva intuito subito la verità. Adesso, però, non dovevano più competere per attirare l'attenzione della madre e il papà, purtroppo, non c'era più.

In quei giorni, poi, Florence era più interessata a Gabriel e al viaggio che avevano programmato alle Bahamas, proprio nei giorni in cui era prevista la nascita del bambino. Era sempre stata così. Passava il tempo, cambiavano gli uomini che la accompagnavano, ma lei non sarebbe mai cambiata. Jane e Coco si erano ormai rassegnate all'evidenza.

«Liz e io vorremmo mettere in cantiere un altro figlio», ammise Jane. «La prossima volta impianteremo un mio ovulo, fecondato artificialmente con lo sperma di un donatore, nell'utero di Liz. Sono contentissima della mia scelta, ma in tutta onestà detesto essere grassa. Fra un paio di mesi compirò quarant'anni e con questa mole non è il massimo. Forse sono come la mamma», rise. Florence era la donna più vanitosa del mondo. Jane rivolse a Coco uno sguardo esitante e poi si sedette sul letto della camera degli ospiti, non potendone più di stare in piedi.

Ormai anche camminare era diventato un'impresa. «C'è la possibilità che tu stia con me, il giorno del parto? È da un po' che intendevo chiedertelo, ma non sapevo come l'avresti presa. Liz mi starà accanto, ma mi piacerebbe che ci fossi anche tu», concluse con gli occhi lucidi.

«Piacerebbe pure a me.» Coco l'abbracciò a lungo, commossa e onorata dalla richiesta. «Caspita», disse poi asciugandosi le lacrime, «potrebbe essere la mia unica possibilità di assistere alla nascita di un bambino, considerato che sono destinata a diventare una vecchia zitella.»

«È ancora presto per iniziare a preoccuparti», rise Jane. «Suppongo che tu non abbia notizie di Leslie, vero?»

Coco scosse la testa. «Nessuna, ma neanch'io l'ho chiamato. Chloe mi ha telefonato la sera del Ringraziamento. A lei ha detto che gli manco. Per me è lo stesso.»

«Si può sapere che aspetti a farti sentire? Non sprecare il tempo così.»

«Magari uno di questi giorni», sospirò Coco. Jane sapeva che non lo avrebbe fatto. Era troppo spaventata e testarda. Più volte aveva avuto l'impulso di chiamare lei stessa Leslie, ma Liz era sempre riuscita a evitare ogni tentativo di coinvolgimento diretto. Non spettava a loro dipanare la matassa.

Tornando al piano superiore, Coco ridacchiò nel vedere la sorella avanzare con l'andatura di un pachiderma e si mostrò eccitata quando Jane annunciò a Liz, che era tutta presa dagli ultimi preparativi della cena di quella sera, la sua partecipazione al lieto evento.

«Oh, non sai che sollievo, Coco!» esclamò l'altra, sorridendo. «Non so proprio da che parte cominciare.

Abbiamo partecipato a qualche lezione preparto, ma ho già rimosso quasi tutto. È una situazione così inconsueta.»

«Hai ragione», concordò Coco, intimorita da ciò che l'attendeva e stupefatta dai macroscopici cambiamenti di Jane. Da un paio di mesi a quella parte, l'atmosfera tra loro si era rasserenata. Dopo anni di risentimenti e attacchi, erano diventate amiche, proprio come la sorella minore desiderava da una vita.

In cucina, Coco raccontò del disastro con lo sciroppo d'acero in occasione del suo primo incontro con Leslie. Liz rise a crepapelle e Jane fu sul punto di svenire.

«Ringrazia il cielo che non ero qui, perché ti avrei uccisa.»

«È proprio per questo che non te l'ho mai detto, mia cara! Nuotavamo in un mare di sciroppo, fino a quando Leslie non ha pulito.»

«Ricordami di non chiederti più di badare alla casa in nostra assenza.»

Alla fine arrivò l'ora di cambiarsi e Coco si sentì sollevata di poterlo fare nella nuova camera degli ospiti, l'unica che non le ricordava Leslie. Più tardi Liz e Jane le avrebbero mostrato la stanza del bambino, ma per nessuna ragione al mondo sarebbe entrata nella suite matrimoniale. Il dolore sarebbe stato troppo grande. Liz e Jane sapevano e facevano del loro meglio per sostenerla. L'unica a non conoscere ancora la situazione attuale era la madre che, d'altro canto, non si era mai informata della faccenda.

Florence e Gabriel arrivarono alle sette in punto. La bambina, una creatura adorabile, indossava un vestitino di velluto rosso, aveva in testa un cerchietto abbinato e calzava scarpe di vernice nera con il cinturino. Gabriel l'aveva vestita personalmente e aveva pensato anche a portare un lettino da campeggio per quando si fosse stancata. La piccola pareva molto bene educata e, per certi versi, a Coco ricordò Chloe.

Florence sfoggiava un elegante abito da cocktail e Gabriel un completo blu scuro: erano splendidi, insieme. Mentre Liz preparava dei martini per la coppia, Coco iniziò a giocare con Alyson. Per una bizzarra definizione dei ruoli, ogni volta che era con Florence, Coco tornava a sentirsi la piccola di casa. Per fortuna, invece, con Jane le cose erano cambiate.

In cucina, la sorella le sussurrò in un orecchio che Gabriel si vestiva come un cinquantenne.

«È perfetto, no?» bisbigliò Coco a sua volta, mentre Liz shakerava i martini. «Se fosse diverso sarebbero ridicoli, anche perché mamma, di anni, pensa di averne venticinque.»

«Merda», sbottò Jane a voce alta. «Ho come l'impressione che il mondo sia un po' confuso.»

«Noi lo siamo di sicuro», rise Coco. «Tu sei praticamente sposata con una donna e mamma è cotta di un ragazzino.» Quando Florence e Gabriel vennero a prendere i loro drink, le trovarono intorno al tavolo in preda a un attacco d'ilarità. Ritornati tutti in salotto, Coco si dedicò ad Alyson, che non smetteva di ammirare l'incantevole albero addobbato da Liz, mentre Jane, quasi impossibilitata a muoversi, osservava la scena dal divano.

«Non posso pensare di avere davanti ancora cinque settimane. Mi sento come se dovessi partorire oggi stesso. Non sai quanto mi piacerebbe. Uno di questi giorni mi esploderà la pancia», disse Jane, camminando per la stanza e ritornando di nuovo sul divano.

«Non dimenticare di avvertirmi non appena avrai le doglie», le raccomandò Coco, impaziente di partecipare al lieto evento.

La cena preparata da Liz fu impeccabile ed elegante. Iniziarono con tartine al caviale e proseguirono con roastbeef, Yorkshire pudding, purea di patate, piselli novelli alla menta, insalata e panini al burro. Per dessert, la scelta cadde sul tradizionale budino di prugne con crema al burro. Alyson si addormentò ancor prima che la famiglia si sedesse a tavola. Era una bimba socievole e tranquilla e Gabriel, che non smetteva di guardare adorante la compagna, rise quando Florence confessò di essersi portata i tappi per le orecchie, nel caso la piccola si fosse messa a piangere in piena notte.

Verso le dieci, la coppia, con la bambina che dormiva profondamente tra le braccia del papà, si congedò per rientrare al *Ritz-Carlton*. Una limousine li attendeva. Ringraziarono per la splendida serata e promisero di tornare per il pranzo del giorno dopo, quindi uscirono di casa, lei avvolta in una pregiata pelliccia e lui con le falde del paletot di cashmere nero che gli svolazzavano intorno. Rimaste sole, le tre donne si spostarono in cucina, dove Coco rassettò mentre Liz preparava il tacchino per il giorno seguente. Jane, tra il bruciore di stomaco e il peso del bambino, aveva a malapena mangiato un boccone.

«Non è facile come sembra», si lamentò, massaggiandosi la schiena. Ogni giorno diventava più difficile.

«Non appena saremo a letto, ti farò un bel massaggio», promise Liz, che in ogni occasione si dimostrava una compagna attenta e amorevole. Jane era fortunata, commentò Coco. Per lei, le tendenze omosessuali della sorella non erano mai state un problema, e anche a scuola ne parlava con la massima naturalezza.

«Una volta, sei stata buffissima», ridacchiò Jane mentre le altre due seguitavano a pulire. «Hai detto, non so più a chi, che ero uno gnomo, e quando ti ho corretto ricordandoti che si diceva omosessuale, tu hai risposto che pensavi fosse la stessa cosa.»

Verso mezzanotte, si ritirarono nelle rispettive camere e Coco iniziò a ripensare ai mesi di convivenza con Leslie. Se lui e Chloe fossero stati qui, il Natale sarebbe stato perfetto. E invece, come al solito, era l'unica a non fare coppia. Si chiese che cosa stessero facendo in quel momento; sapeva che Chloe era con Leslie, ma non se fossero andati da amici, se avessero decorato l'albero, se la loro fosse stata una serata all'insegna della tradizione o meno. Le sarebbe piaciuto molto essere con loro, ma la paura dei paparazzi aveva cambiato radicalmente il corso della sua vita. L'aveva resa più semplice, certo, ma anche incredibilmente triste. L'indomani sarebbe tornata a Bolinas e sarebbe stata sola. Jane, invece, aveva Liz e Florence non si staccava mai da Gabriel, che l'avrebbe accompagnata ad Aspen. Per lei, invece, era tutto diverso; aveva preso una decisione che le era parsa giusta e alla quale si doveva adattare. L'alternativa era troppo al di sopra delle sue forze. Non era il suo amore per Leslie a essere in dubbio, ma la capacità di affrontare uno stile di vita che aveva sempre rifuggito.

Il mattino seguente, Coco fu la prima ad alzarsi. Quando andò in cucina per un tè, vide che il tacchino stava già cuocendo in forno. Liz se n'era occupata verso le sei e poi era tornata a dormire.

Dopo il tè, gironzolò un po' per casa in attesa della sorella e della compagna. Una strana sensazione la pervadeva. Perfino la vista di Sallie e Jack che dormivano vicini le rammentò Leslie. Non riusciva proprio a toglierselo dalla testa. Probabilmente, solo il tempo ne avrebbe mitigato il ricordo.

«Ti sei alzata presto», notò Liz quando, alle nove, andò in cucina per controllare il tacchino. Coco, seduta in un angolo, era pensierosa. Tutto in lei gridava la mancanza di Leslie. Liz, allora, le sedette accanto e le parlò, ma non di quello che la tormentava; alle dieci, poi, comparve anche Jane, che annunciò di avere già a quell'ora un fastidioso bruciore di stomaco.

«Il prossimo lo partorisci tu», sbuffò fissando Liz.

«Ne sarò felicissima», rispose la compagna, mentre Coco si offriva di preparare la colazione.

«Ma se in cucina sei una minaccia!» mugugnò Jane.

La sorella le rispose con una risata. «Hai ragione, in questo ho preso da mamma.»

«Ti sbagli. Papà era un pessimo cuoco. Mamma non sa neppure dove trovarla, la cucina.»

«Credo che a Gabriel piaccia armeggiare ai fornelli», continuò Coco. «Almeno sappiamo che non moriranno d'inedia nel caso che il cuoco se ne andasse.»

«Pensi davvero che la loro coppia sia destinata a durare?» Jane pareva poco convinta. A suo avviso si trattava di una storia passeggera, che si sarebbe conclusa non appena lui fosse rinsavito e avesse incontrato qualcuna della sua età, anche se, doveva ammetterlo, sembrava molto preso da Florence, a dispetto degli anni di differenza.

«Io sono convinta che, se mamma fosse un uomo, noi non staremmo qui a porci la questione, visto che ogni giorno uomini della sua età sposano donne anche più giovani di Gabriel. Una coppia di sessantaduenne e trentanovenne non stupirebbe nessuno, se il maggiore fosse l'uomo.»

«Sì, forse hai ragione», concordò Jane. «La cosa strana è che sembrano perfettamente assortiti. Gabriel è un tantino ingessato per l'età che si ritrova.»

«Io non ci uscirei», disse Coco, suscitando una risata generale. Dava l'impressione di essere molto più vecchio di Leslie, mentre in realtà aveva un paio d'anni meno di lui.

«E neppure Liz e io», buttò lì Jane, ridendo ancora più forte. «Hai ragione, è un uomo troppo vecchio stile. Nessuno, di questi tempi, indossa ogni giorno giacca e cravatta. Non mi stupisco che mamma lo adori. In effetti, ora che ci penso, era già così quando l'ho conosciuto e non frequentava ancora nostra madre. Suppongo che abbia un debole per le donne di una certa età.»

«Così pare. Oppure è attratto solo da mamma. Adora la terra su cui cammina. E comunque, se lei è felice la nostra vita si semplifica, giusto?» Jane assentì. Coco aveva colto nel segno.

«E quando invecchierà? Sì, insomma, quando invecchierà davvero?»

«Sarà come per tutti noi», intervenne Liz. «Si spera che il partner non muoia o non ti lasci. Talvolta capita», concluse, gli occhi teneramente fissi su Jane.

«Io non ti lascerò mai», le sussurrò quest'ultima. «Te lo prometto.»

«Sarà meglio per te.» Liz si protese verso di lei e la baciò.

«Be', vi lascio.» Coco si alzò con uno sbadiglio. «Vado a vestirmi. Vi ricordo che mamma sarà qui tra meno di un'ora.»

Florence si presentò a mezzogiorno in punto, elegantissima nel suo abito bianco di Chanel, completato da un paio di scarpe nere di coccodrillo e dalla sontuosa pelliccia di zibellino indossata la sera precedente. Il make-up impeccabile metteva ancora più in risalto le perle che sfoggiava al collo. Gabriel aveva scelto completo grigio, camicia azzurro pallido e cravatta Hermès. L'abbigliamento di Coco e Liz era più casual, pantaloni neri e pull, mentre Jane, inquieta per tutta la durata del pranzo, aveva optato per un camicione rosso acceso.

Prima di mettersi a tavola si scambiarono i regali e ciascuno fu contento di quello ricevuto. Florence, sempre timorosa di non incontrare il gusto delle ragazze, staccò un congruo assegno per le figlie e uno leggermente più contenuto per Liz. A Gabriel aveva donato il Cartier che lui già portava al polso, mentre da lui aveva avuto la raffinata spilla di diamanti che le sfavillava sull'abito. Alyson ebbe una bambola vestita di rosa e grande quasi quanto lei.

Alle due sedettero per il pranzo e rimasero a tavola per un paio d'ore; poi si spostarono in salotto, dove presero il caffè e fecero quattro chiacchiere. All'incirca un'ora dopo, la madre e il compagno andarono via, dovendo partire alla volta di Los Angeles, prima di proseguire per Aspen, per riportare Alyson dalla madre.

Coco, invece, aiutò a rassettare la casa e partì per Bolinas verso le sei. Sebbene Liz e Jane avessero insistito perché rimanesse ancora da loro, Coco desiderava tornare nella tranquillità del suo cottage. In compagnia di Sallie, si mise alla guida del suo furgoncino. Quando arrivò, la casa le sembrò fredda e vuota. Accese allora il caminetto, sedette sul divano e restò a fissare il fuoco, rivivendo le feste appena trascorse e impedendosi di pensare a Leslie e a Chloe. Doveva essere grata della propria vita e di aver passato un piacevole Natale, anche per merito del riavvicinamento con la sorella.

Andò a letto presto, l'indomani si alzò di buon'ora e sedette in veranda ad ammirare il sorgere del sole. Iniziava un nuovo giorno, una nuova vita e stava di nuovo ricordando a se stessa quanto fosse fortunata quando sentì il trillo del campanello. Era strano, nessuno l'aveva mai usato. Di solito chi arrivava bussava direttamente alla porta. Ancora in pigiama e con la coperta avvolta intorno al corpo, Coco fece il giro della casa per andare a vedere chi fosse.

Mentre usciva, i lunghi capelli ramati ondeggiarono nel vento freddo di quella giornata cristallina. Coco guardò in direzione del cancelletto e li vide: Leslie, gli occhi fissi su di lei e l'espressione incerta, teneva una mano sul nottolino. Chloe, con addosso un cappottino azzurro, gli stava accanto, le trecce che le scendevano sulle spalle e un grande sorriso sul viso. Tra le mani stringeva un regalo. Non appena vide Coco, ne sventolò una in segno di saluto, spalancò il piccolo cancello e le corse incontro.

«Voleva vederti», si scusò Leslie, mentre lei e Chloe si abbracciavano.

Coco lo guardò come se si trattasse di una visione. «Anch'io volevo vederla. E volevo vedere te. Mi mancate.» Prima che potesse aggiungere altro, Leslie la strinse a sé. Non c'era bisogno di dire altro, desiderava solo tenerla stretta a sé e inebriarsi del profumo dei suoi capelli.

«Fa freddo», si lamentò Chloe. «Possiamo entrare?»

«Ma certo!» Coco la prese per mano e si girò per sorridere a Leslie. Aveva fatto la cosa giusta, andando a Bolinas.

La casa gli parve quella di sempre e poté notare la foto sua e della bambina. I suoi occhi sorridenti incontrarono quelli di Coco. «Ti amo», mimò lei con le labbra al di sopra della testa di Chloe.

«Ti amo anch'io», rispose lui a voce alta.

«Che c'è per colazione?» chiese la bambina, porgendole il regalo. Coco sedette sul divano e lo scartò: era un adorabile orsetto marrone. Nel vederlo, sorrise, abbracciò Chloe e le disse quanto le voleva bene.

«Waffle e marshmallow. Ti va l'idea?»

«Sì!» Chloe batté le mani e la seguì in cucina.

Mentre metteva il bollitore sul fuoco, Coco si girò di nuovo, come per accertarsi che Leslie non sparisse. Erano passati solo pochi mesi senza di lui, ma le erano sembrati un'eternità. Adesso, però, Leslie era lì e lei ne era immensamente felice.

Si sedettero a far colazione e Chloe le raccontò di aver trascorso il Natale tra la decorazione dell'albero e una meravigliosa cena al ristorante. Il giorno prima, poi, avevano deciso su due piedi di andare a trovarla. Si erano imbarcati sul primo volo per San Francisco e avevano dormito in albergo, perché il padre le aveva detto che era troppo tardi per guidare fino a Bolinas. Era stato lui a crearsi il problema dell'orario, sottolineò Chloe, perché lei era certa che Coco sarebbe stata felice di accoglierli a qualunque ora. E adesso eccoli lì, aveva concluso felice, guardando radiosa prima Coco e poi suo padre.

«È stata un'idea geniale», disse Coco.

Chloe fissò Leslie. «Te l'avevo detto che sarebbe stata contenta di vederci.»

Terminata la colazione, Coco andò a prepararsi, poi tutti e tre andarono a passeggiare sulla spiaggia. Era il giorno di Santo Stefano e tante persone avevano avuto la loro stessa idea.

«Mi sei mancata moltissimo», disse Leslie, mentre Chloe, davanti a loro, raccoglieva conchiglie.

«Anche tu.»

«Non sapevo come l'avresti presa, vedendomi arrivare. Non pensavo che volessi vedermi. È stata Chloe a dirmi che ti mancavo.»

«Sì, mi ha chiamata il giorno del Ringraziamento. Ha fatto benissimo a parlarti.» Lo guardò estasiata.

«Coco, per quello che è successo a Venezia...»

Lei si fermò, scrollò il capo e gli appoggiò un dito sulle labbra per zittirlo. Si guardarono. «Non c'è niente da dire. Ho capito che non m'importa nulla dei paparazzi, delle riviste o di qualunque altra cosa, anche se ne sono terrorizzata. Voglio solo stare con te. Ti amo troppo per lasciare che la tua fama e la mia paura ci dividano.» Se n'era resa conto nell'istante in cui lo aveva rivisto, proprio come lui, pur non osando sperarlo, desiderava. L'immagine di Leslie davanti al cancello di casa e le parole di Jane che la esortavano a non lasciarlo le avevano aperto un mondo di nuove possibilità.

«Ti amo e giuro che quell'orribile episodio non si ripeterà mai più. A rischio di uccidere qualcuno.»

«Non m'interessa, supereremo ogni cosa insieme. E se i fotografi ci infastidiranno troppo, cambieremo città. Possiamo sempre nasconderci qui.» Coco sorrise e Leslie la strinse a sé.

«Mi sembrava di morire senza di te», le sussurrò con voce arrochita.

«Anche a me.»

«Dove desideri abitare?» Leslie era determinato a seguirla ovunque.

«Con te.»

Continuarono a passeggiare ancora un po' e solo quando il vento si fece troppo gelido per proseguire rientrarono. Una volta a casa, accesero il camino mentre Coco cucinava il pranzo e Leslie si occupava di portar fuori l'immondizia. Ai cassonetti incontrò Jeff, che lo salutò con un sorriso e un'amichevole pacca sulla spalla.

«Felice di rivederti.» I due si strinsero la mano. «Ho sentito che eri a Venezia per un film. Ci sei mancato. Ah, la mia auto ha di nuovo problemi. Penso che sia la trasmissione.»

«Le darò un'occhiata più tardi», promise Leslie.

«Abbiamo sentito molto la tua mancanza», aggiunse Jeff, lasciandogli intuire che si riferiva a Coco.

«Anche a me siete mancati tutti.»

Quando rientrò in casa, trovò Chloe e Coco impegnate a giocare a carte. Terminata la partita, tutti e tre guardarono un film alla televisione, poi Leslie andò a dare un'occhiata all'auto di Jeff. Il suo verdetto non fu dei più incoraggianti: darla via sembrava essere la cosa migliore da fare. Dopo la cena a base di pizza, Coco e Leslie portarono Chloe a letto, mentre loro due rimasero abbracciati sul divano a parlare per ore dei progetti futuri. Lui sarebbe stato impegnato per altri tre mesi sul set del film, ma a Los Angeles, dove finalmente anche il suo appartamento si era liberato.

«Per le prossime quattro settimane non mi potrò muovere, ma dopo posso venire a stare da te. Vedremo come andrà con i paparazzi ed eventualmente, se ci dovessero infastidire, troveremo un'altra soluzione. Iniziare da casa tua mi sembra la soluzione più ragionevole.» Coco aveva ritrovato la pace nel momento in cui lo aveva visto. Era la persona che contava, non il posto, ancora una volta Jane aveva avuto ragione. Non si scappa di fronte alle difficoltà quando si ama qualcuno. Lo sapeva, si era solo fatta sopraffare dalla paura provata a Venezia.

«Come va il polso?» le chiese lui. Guardando la cicatrice della mano fu sul punto di piangere, ma si trattenne e le baciò la ferita.

Coco lo baciò. «Il polso va bene. Era il mio cuore a essere spezzato. Tu però lo hai appena rimesso a posto.» A quelle parole lui sorrise e la abbracciò.

«Chloe è più intelligente di noi», disse. «Ha insistito perché venissi e sistemassi le cose. Io volevo, desideravo vederti con tutto me stesso, ma dopo Venezia non credevo di avere il diritto a una seconda possibilità.»

«La meriti, eccome. Mi spiace solo di averci messo così tanto per capirlo.»

Di nuovo, Leslie la strinse tra le braccia, pensando che non importava quanto tempo fosse stato via, ma che fosse tornato. In quell'istante, però, un altro pensiero gli attraversò la mente.

«Scusa, perché non puoi trasferirti a Los Angeles prima di un mese?»

«Per il piccolo di Jane. La gestazione termina fra cinque settimane e ho promesso di esserci. E comunque mi serve un po' di tempo per impacchettare la mia roba.»

«Che farai con il lavoro?»

«Proporrò a Erin di prendere il mio posto, se lo vorrà. So che detesta quello che svolge attualmente, mentre il mio le piace e le permetterà di avere un discreto guadagno. Quanto a me», proseguì Coco con un sorriso a trentadue denti, «mi iscriverò alla UCLA.»

«Storia dell'arte?»

«Cercherò qualcosa che mi permetta di viaggiare con te.»

«Approvo! Anche se i miei due prossimi film si gireranno a Los Angeles.» Questo significava che per almeno un anno non si sarebbero mossi. La loro privacy sarebbe stata garantita da un servizio di sicurezza, per evitare incidenti simili a quello di Venezia.

Erano rimasti ore a parlare sul divano, ma alla fine Leslie dovette andare nel lettone con Chloe. Odiava lasciare Coco ma lei lo aveva rassicurato, e poi non voleva che l'indomani la bambina si ritrovasse sola nel letto.

«Potrebbe pensare che abbiamo fatto quella cosa disgustosa di cui ci ha parlato una volta», scherzò Coco.

Lui rise. «Devi ricordarmi come si fa. Credo di averlo dimenticato.»

«Ti rinfrescherò la memoria a Los Angeles.»

«E quando?» volle sapere lui, preoccupato dalla prospettiva di non vederla per un altro mese.

«Che te ne pare del prossimo weekend? A meno che tu non preferisca raggiungermi qui, s'intende.»

«Mi va bene qualunque cosa», rispose Leslie, dopo averle dato il bacio della buonanotte. Per definire i dettagli avrebbero avuto tutto il tempo.

20

Nelle quattro settimane successive, Leslie e Coco viaggiarono a turno. I soggiorni di lei a Los Angeles non furono segnati da presenze mediatiche troppo invadenti. Un paio di volte furono sorpresi mentre uscivano di casa o da un ristorante, e in una sola occasione un paparazzo li seguì all'interno di un supermercato. Coco ne approfittò anche per andare alla UCLA e prendere i moduli d'iscrizione.

Dopo il rientro di Chloe a New York, fu lui a raggiungerla a Bolinas, approfittando della pausa dal film. In una di quelle sere, con Coco andò a cena da Liz e Jane. Quando Leslie vide il pancione dell'amica, sgranò gli occhi.

«Non ridere di me», borbottò Jane, accigliatissima. «Non è affatto divertente e te ne accorgeresti subito se fossi nei miei panni. Se foste voi uomini a dover partorire, non ci sarebbero più bambini. Io stessa non avrei la forza di farne un altro.»

«La prossima volta tocca a me», disse Liz, innamorata dell'idea di portare in grembo un ovulo di Jane. Nell'arco dei successivi sei mesi avrebbero dato il via al loro progetto, perché Liz non riusciva ad aspettare oltre. Prima, però, dovevano portare a termine quella gravidanza. Jane aveva ammesso più volte con la sorella di essere terrorizzata dal parto, considerato il peso del nascituro, perché temeva che sarebbe stato doloroso.

Liz e Jane furono molto felici di rivedere Leslie e di constatare la ritrovata serenità di Coco. Entrambe si erano preoccupate nel vederla triste dopo il ritorno da Venezia; la ragazza aveva sofferto allora più di quando aveva perso Ian.

Leslie raccontò poi del film e si lamentò di Madison. Lavorare con lei, la stessa Jane lo aveva sperimentato personalmente, richiedeva un notevole esercizio di pazienza. L'attrice era ormai al settimo mese di gravidanza e così bisognava spesso giocare con le inquadrature e usare la controfigura; il regista, dal canto suo, era inferocito per non essere stato messo al corrente della novità prima dell'inizio delle riprese.

Durante il suo ultimo weekend a Bolinas, Leslie aiutò Coco a riempire qualche scatolone da spedire a Los Angeles. La casa al mare restava un'opzione sempre aperta, poiché non erano ancora sicuri del posto in cui avrebbero vissuto di lì a qualche anno. Quello, però, non era un vero problema, contava solo che la loro relazione proseguisse per il meglio.

Nelle ultime settimane, Coco aveva passato il lavoro a Erin e dedicava parecchio del suo tempo libero alla sorella. Ormai al parto mancava poco, era solo questione di giorni. Jane, oltremodo appesantita, tentava con ogni mezzo di accelerarne il termine, perciò una sera, avendo sentito dire che le spezie favorivano il travaglio, si era perfino concessa una piccante cena messicana, che le aveva procurato, però, unicamente un bruciore di stomaco ancora più insopportabile.

Un pomeriggio, dopo una lunga passeggiata al presidio di Crissy Field, le due sorelle stavano chiacchierando in cucina, quando Jane sgranò gli occhi.

«Tutto okay?» chiese Coco. Avevano creduto che il piccolo non ne volesse sapere di venire al mondo. Florence, intanto, in vacanza alle Bahamas, si era fatta promettere di telefonarle subito dopo la nascita.

«Mi si sono rotte le acque», annunciò Jane, agitata, mentre sul pavimento si formava una pozza di liquido.

Coco sorrise. «Ottimo. Che i giochi abbiano inizio.» Aiutò la sorella ad accomodarsi su una sedia e iniziò a pulire per terra.

«Non capisco tutta questa felicità. Sono io quella che dovrà tribolare, mentre tu e Liz farete da spettatrici.»

«Ti staremo accanto», la rassicurò Coco, mentre la accompagnava in bagno per toglierle gli abiti bagnati. «Chiamiamo il dottore?»

«Non ancora. Non ci sono contrazioni, per il momento.» Jane indossò un accappatoio di ciniglia, tamponò le perdite con degli asciugamani e si sdraiò sul letto. «Mi chiedo quanto ci voglia.»

«Speriamo non molto. Vuoi provare a riposare un po', prima che inizino i dolori?»

Jane annuì. Coco spense le luci e tornò in cucina per avvisare Liz, che era uscita per alcune compere. Dall'altro capo del telefono, la donna reagì eccitata. Sarebbe rientrata immediatamente, annunciò, sebbene Coco l'avesse rassicurata che non c'erano ancora contrazioni.

«Una volta rotte le acque, può accadere tutto in un baleno. Tienila d'occhio», replicò l'altra, molto bene informata sull'argomento.

Dopo essersi preparata un tè, Coco tornò in punta di piedi dalla sorella e si sorprese di vederla aggrappata al letto, in preda a una contrazione che pareva non finire mai. Jane non era riuscita a chiamarla.

«Quando sono cominciate?» le chiese, preoccupata dall'eventualità di un parto in casa.

«Cinque minuti fa. Questa è la terza. Sono lunghe, dolorosissime e frequenti.» Ne arrivò un'altra e Coco cronometrò il tempo. Ormai duravano circa sessanta secondi e si presentavano ogni tre minuti.

«Chiamo il dottore.»

Jane fece di sì con la testa e le diede il numero. L'infermiera che prese la telefonata chiese informazioni dettagliate e se le doglie fossero regolari. Coco rispose negativamente, perché l'ultima risaliva a cinque minuti prima. L'altra replicò che forse stavano rallentando, se non addirittura interrompendosi per un po', ma aggiunse che se fossero state più frequenti avrebbero dovuto portarla in ospedale. Lei, nel frattempo, avrebbe avvisato il dottore dell'imminente arrivo della partoriente.

Non accadde nulla per dieci minuti, ma quando Liz entrò nella stanza trovò Jane nel bel mezzo di una contrazione. Si avvicinò al letto, le prese una mano e con l'altra le toccò il ventre duro come marmo.

«Fanno malissimo», si lamentò Jane.

«Lo so, tesoro. Presto sarà tutto finito e terremo il nostro piccolo tra le braccia.»

Coco le lasciò sole per andare a chiamare Leslie.

«Vorrei che fosse il nostro», disse lui dopo un breve silenzio. Anche Coco aveva desiderato la stessa cosa. «E Jane come sta?»

«Sembra che le contrazioni siano piuttosto dolorose.»

«Lo sono.» Leslie aveva assistito alla nascita di Chloe e aveva sofferto per Monica. «Salutala da parte mia.»

Coco tornò in camera da letto e vide Liz che aiutava Jane, piegata in due dai dolori, ad andare in bagno. Ormai le contrazioni arrivavano a intervalli molto brevi e la poverina faticava perfino a camminare.

Liz guardò con Coco con un misto di ansia ed eccitazione. Avevano atteso tanto quel momento e finalmente era arrivato, ma vedere Jane in quelle condizioni le stringeva il cuore. «I dolori sono ancora irregolari, però dopo la rottura delle acque tutto può accadere a velocità folle, l'ho letto su diversi libri. Sarebbe meglio avviarci in ospedale.»

«Niente velocità folle», sibilò Jane tra i denti, appoggiandosi alla compagna. «Voglio solo qualcosa contro il male.» In ospedale le avrebbero potuto praticare l'epidurale, a casa però era impossibile darle qualcosa.

Attesero un'altra mezz'oretta prima di mettersi in movimento. Liz aiutò Jane a vestirsi e poi insieme a lei e Coco la portarono in macchina. Per fortuna l'ospedale non era molto distante, perché quando vi giunsero Jane stava piangendo dal dolore.

«È peggio di quanto credessi», biascicò guardando Liz.

«Lo so. Magari ti faranno subito l'epidurale.»

«Di' loro di spararmi direttamente non appena varcherò la soglia.» Jane si piegò in due a causa di un'ennesima contrazione e Coco corse dentro a prendere una sedia a rotelle e ad annunciare l'arrivo della gestante.

«Come si sente?» chiese un'infermiera mentre la accompagnava all'ascensore. Coco e Liz la seguivano.

«Non benissimo. Uno schifo, se proprio devo essere sincera.»

«Ancora qualche minuto e ci prenderemo cura di lei», la tranquillizzò la donna. Arrivata al piano, Jane fu condotta in reparto e affidata a un'altra infermiera.

«Le contrazioni arrivano ogni tre minuti», la ragguagliò Liz. Jane, in preda a una fitta, le strinse forte una mano.

«Bene. Andiamo a dare un'occhiata e dopo chiamerò il suo ginecologo per fare il punto della situazione.» L'infermiera non disse che, talvolta, la presenza di contrazioni anche forti non era necessariamente indice di parto imminente. Quando chiese a Liz e Coco chi volesse accompagnare Jane durante la visita, entrambe alzarono la mano. «E il papà? Stiamo aspettando anche lui?»

«No», rispose Liz. «Sono io il papà.»

Senza battere ciglio, la donna le accompagnò in una stanza. Aveva visto parecchie coppie come Liz e Jane e il loro numero, soprattutto negli ultimi anni, non faceva che crescere. Un genitore era sempre un genitore, indipendentemente dal sesso. Sorrise a Coco e Liz e aiutò Jane a spogliarsi, facendole indossare un camice dell'ospedale. Terminato di prepararla, la fece sdraiare su un lettino, infilò dei guanti in lattice e, scusandosi per il disagio che le avrebbe procurato, iniziò la visita. Jane, annichilita da un'ennesima contrazione, strinse il braccio di Liz, poi cominciò a piangere dal dolore.

«È molto fastidioso, lo so, ma ho dovuto controllare la dilatazione. È a cinque. Vado a dirlo al suo ginecologo e a chiamare l'anestesista per l'epidurale.»

«Farà male?» Impaurita, Jane guardò a turno l'infermiera, Liz e la sorella. Al dolore delle doglie si era aggiunto quello della visita. Nessuno le aveva detto che avrebbe sofferto così tanto.

«Dopo l'epidurale non sentirà più niente.» L'infermiera le allacciò sul pancione la fascia dell'apparecchio per il monitoraggio del battito del piccolino e delle contrazioni. Ormai era ufficiale: Jane era in travaglio. Liz sorrideva con occhi colmi d'amore. «Conoscete il sesso del nascituro?» chiese l'infermiera, prima di uscire dalla stanza.

«È un maschietto», rispose Liz. Coco vide la sorella chiudere gli occhi e s'immedesimò nella sua sofferenza. Quella nascita, pur rendendola felice, sconvolgeva anche lei, che non mai aveva assistito prima a un evento simile.

«Be', sembra proprio che entro stanotte stringerete tra le braccia il vostro piccolo ometto. Le cose stanno andando benissimo.» L'infermiera sparì proprio nel momento in cui Jane avvertiva un'altra forte contrazione. Quando la donna tornò, aveva in mano alcuni moduli da firmare. Jane si era già registrata un paio di settimane prima, ma doveva concludere la pratica con l'autorizzazione a procedere in caso di un'emergenza imprevista, considerato che Liz non avrebbe potuto farlo. Tuttavia decisero di firmare entrambe, perché volevano essere insieme anche in quell'eventualità.

L'anestesista, che arrivò dopo poco, spiegò nei dettagli come funzionava l'epidurale e in che modo veniva praticata, poi lasciò che la paziente fosse visitata di nuovo.

Anche questa volta Jane scoppiò in lacrime. «Sto malissimo», ansimò a Liz. «Non ce la faccio!»

«Sì che ce la fai», replicò quest'ultima con calma, gli occhi fissi in quelli della compagna.

«È di sei centimetri», comunicò l'infermiera al medico.

«Se seguiterà a dilatarsi così velocemente, potremmo non arrivare in tempo per l'epidurale.»

«No, dottore. La prego. Non ce la farò senza.»

Quello guardò l'infermiera e annuì. «Vediamo che si può fare.» Le disse di sdraiarsi su un fianco con la schiena verso di lui. Purtroppo, per via di un altro dolorosissimo spasmo, Jane non si poté muovere. Aveva l'impressione che tutto le stesse sfuggendo di mano e che si pretendesse da lei l'impossibile. Quella era senza dubbio la peggiore esperienza della sua vita.

L'anestesista introdusse un catetere tra le vertebre di Jane e cominciò a iniettare il medicinale. Purtroppo, però, la poverina fu investita da un'ennesima ondata di dolore. Forse c'era troppa dilatazione, spiegò il medico, perché il farmaco sortisse il suo effetto. A un tratto, invece, tutti i dolori svanirono e per cinque impagabili minuti Jane si sentì sollevata.

«L'epidurale potrebbe rallentare il corso delle cose», spiegò l'anestesista. In quello stesso istante, proprio com'erano cessate, le doglie ripresero, più forti di prima, e la tormentarono per una decina di minuti.

L'infermiera la controllò ancora una volta, infliggendole l'ennesimo tormento.

«Basta!» gridò Jane. «Mi fa male!» L'epidurale non aveva fatto ancora nessun effetto.

«Le inietterò un'altra dose di farmaco e vedremo se questa volta le darà un po' di sollievo», disse il medico.

«Siamo a dieci», annunciò l'assistente.

«Sentito, tesoro?» intervenne Liz. «Questo significa che puoi spingere e che presto il piccolo sarà qui.» Stordita, Jane annuì. Il monitor segnalò una contrazione alla quale lei non reagì. L'epidurale stava facendo effetto. Era trascorsa appena un'ora da quando si trovava in ospedale. L'ora più lunga della sua vita.

L'ostetrica la raggiunse cinque minuti dopo. Sorridente, salutò la coppia e fu presentata a Coco. «Quanta bella gente! Che si festeggia?» Controllò la paziente. «Buone notizie, Jane», disse poi. «Alla prossima contrazione puoi iniziare a spingere. Al più presto stringerai il tuo piccolo tra le braccia.»

«Non posso sentire le contrazioni, ora.» Jane pareva sollevata, ma il suo sguardo velato preoccupò Coco e Liz.

«Le dobbiamo alleggerire la dose di farmaco per consentirle di spingere», disse l'anestesista a Jane.

«No, no», lo supplicò lei, in preda al panico.

Spaventata dalla fragilità della sorella, Coco provò un moto di profonda tenerezza mista a preoccupazione.

«Jane se la sta cavando egregiamente.» L'anestesista sorrise e attese che l'infermiera le mettesse la maschera per l'ossigeno, poi si congedò con la promessa di tornare a controllare. Altre partorienti avevano bisogno del suo intervento in quella notte che si prospettava ricca di nascite.

Il monitor segnalò l'arrivo di un'altra contrazione. L'ostetrica poggiò le lunghe gambe di Jane sulle staffe e la incitò a spingere. Una seconda infermiera si unì alla collega e alla dottoressa, che aveva detto di aver visto la testa del bambino. Liz si avvicinò al viso di Jane, ma, nonostante gli inviti a spingere e a respirare correttamente, per un po' non successe nulla.

Dopo un'ora, a dispetto degli sforzi di tutti, la situazione pareva immutata. Nella stanza già affollata arrivò una terza infermiera, con in mano una bacinella di plastica.

«Non ce la faccio.» Jane era esausta. «Non riesco più a spingere. Tiratelo fuori voi.»

«No, cara», rispose incoraggiante il medico. «È compito tuo e adesso ci devi aiutare.» Era il momento di spingere con più forza. Liz la sostenne per le spalle e le infermiere fecero lo stesso dai piedi. Quando entrò l'anestesista, l'ostetrica gli chiese di diminuire la dose del farmaco, sebbene Jane supplicasse di non farlo. Dopo due ore di tentativi, purtroppo, il bambino non era ancora nato, ma se ne vedevano i capelli.

Si decise di praticare un'episiotomia per facilitare il parto e di usare il forcipe. Jane trascorse un'altra ora a spingere e a gridare in un modo che difficilmente Coco sarebbe riuscita a dimenticare. Poi, pian piano, ecco comparire la testolina e un paio di occhi sgranati che fissavano tutti i presenti. Liz e Coco scoppiarono in lacrime mentre Jane, paonazza per la fatica, raddoppiò gli sforzi. Il piccolo scivolò fuori ed emise il suo primo lungo vagito. L'ostetrica tagliò il cordone e un'infermiera, dopo averlo avvolto in una copertina, lo diede in braccio alla mamma. Jane, sofferente ma sollevata, guardò Liz. Non aveva mai vissuto qualcosa di così faticoso nella sua vita e sperava di non dover ripetere l'esperienza.

La stanza si riempì di esclamazioni gioiose e, mentre tutti si complimentavano, l'ostetrica terminò di prendersi cura della paziente.

«Pesa quattro chili e quattrocento», disse soddisfatta un'infermiera, mettendolo tra le braccia di Liz. «Ha partorito un bel giovanottino di quasi quattro chili e mezzo», aggiunse rivolgendosi a Jane. Ecco perché c'era voluta tanta fatica per farlo nascere. Era un bambinone e Coco lo guardava meravigliata. Quando il neonato fu restituito alla madre, lei lo attaccò al seno e notò che succhiava e la fissava con i suoi occhioni blu. Aveva mani bellissime e gambe lunghe, proprio come le sue. Liz le stava vicino baciandola, sorridendole e parlando al loro piccolo, che, peraltro, sembrava riconoscere quelle voci mentre spostava il suo sguardo ora su Jane ora su Liz.

Coco restò con loro fino a quando la sorella non fu spostata in un'altra stanza, in modo che Liz potesse farle compagnia tutta la notte. Provata dall'esperienza appena vissuta, Coco decise di rincasare. Baciò di nuovo Jane e Liz e andò via proprio mentre quest'ultima chiamava Florence per annunciarle la nascita, tanto attesa, di Bernard «Buzz» Barrington II.

Anche Coco, nella tranquillità del cottage, telefonò a Leslie per raccontargli ogni cosa; la sorella aveva sofferto molto, gli disse, ma sembrava felice con il piccolo tra le braccia.

«Il prossimo sarà il nostro», rispose lui, commosso. «E non scordarti di far loro gli auguri da parte mia.» Prima di riagganciare le ricordò che l'avrebbe raggiunta per il weekend, l'ultimo prima che lei si trasferisse a Los Angeles.

Adesso che il bambino era nato, era arrivato il momento, per Coco, di iniziare una nuova vita. Erano passati esattamente otto mesi dal giorno in cui lei e Leslie si erano conosciuti, quasi quanto era durata la gravidanza di Jane.

21

Come promesso, per il weekend Leslie volò a San Francisco. Jane, stanca ma al settimo cielo, era tornata a casa e, insieme con Liz, si dedicava completamente al figlio. Una tata le aiutava e pian piano stavano imparando come prendersi cura del bambino.

La sera prima della partenza, Coco e Leslie andarono a cena da Jane e Liz, e lui si mostrò completamente a proprio agio con il piccolo tra le braccia. Al momento dei saluti, Coco non poté trattenere le lacrime nell'abbracciare la sorella, che adesso sentiva ancora più vicina.

A Los Angeles, Coco trovò ad accoglierla una casa piena di fiori. Ogni cosa era perfetta e immacolata e Leslie aveva perfino liberato due capienti armadi. Dei paparazzi non c'era nessuna traccia, grazie al servizio di sicurezza che pattugliava il perimetro dell'abitazione.

Quella sera, lui le preparò anche la cena.

«Come ho fatto a essere così fortunata?» Estasiata, Coco lo baciò.

«Il fortunato sono io», replicò lui. Non riusciva ancora a credere che avesse accettato di andare a convivere. Le loro esistenze erano ormai saldamente legate.

Dopo aver sistemato i bagagli, telefonarono a Chloe per confermarle l'avvenuto trasloco, decisione della quale la bambina era stata già messa al corrente al suo ritorno a New York, e invitarla a raggiungerli al più presto.

«Farete un bambino, adesso?» volle sapere. Forse stava iniziando a sentirsi trascurata come era accaduto a Jane all'annuncio della nascita di Coco. Chloe, però, doveva sapere fin da subito che l'amore suo e di Leslie non le sarebbe mancato mai.

«Non subito», rispose il padre.

«E vi sposerete?» La voce della bimba tradiva la sua felicità.

«Non ne abbiamo ancora parlato, ma se decidessimo in tal senso saresti la prima a saperlo. Promesso.»

«Voglio essere la damigella.»

«Affare fatto. Adesso non ci resta che trovare gli sposi.»

«Che sciocco!» rise Chloe. «Tu e Coco siete gli sposi!»

«E tu sei la mia scemina, per questo ti adoro», scherzò Leslie.

Non appena terminarono la telefonata, che Coco aveva ascoltato sul secondo telefono, Leslie la guardò. «Ha ragione per quanto riguarda il matrimonio. Sono un uomo rispettabile e non intendo vivere nel peccato con te. No, decisamente non posso. Pensa a cosa potrebbero scrivere i tabloid: 'Star internazionale convive con dog sitter!' Scioccante, non trovi?» le disse baciandola.

«Non faccio più la dog sitter. Non hai motivo di preoccuparti.» Coco rotolò sul letto con un sospiro di piacere. Si sentiva una moderna Cenerentola alla quale la scarpetta di cristallo calzava alla perfezione.

«Be', anche se non sei più una dog sitter, io ho sempre la mia reputazione da salvaguardare. Che ne dici, lo facciamo? Solo per dare a Chloe l'ebbrezza di fare la damigella? A mio parere questa è un'eccellente ragione. L'altra è che ti amo e che ti voglio incastrare prima che scappi un'altra volta. Mi vuoi sposare, Coco?» Leslie scivolò giù dal letto, s'inginocchiò davanti a lei e la fissò con serietà. I suoi occhi umidi di pianto scintillavano emozionati.

«Sì, lo voglio», rispose lei, commossa. Cenerentola aveva trovato il suo principe azzurro. «E tu, mi vuoi sposare?»

«Con immenso piacere.» Leslie salì di nuovo sul letto. Quella sarebbe stata la prima notte nella loro nuova casa, una casa che avrebbero condiviso nel bene e nel male, o almeno fino a quando i paparazzi lo avessero consentito loro.

22

JANE e Liz avevano trascorso l'intera mattinata a supervisionare la disposizione dei fiori. Gli addetti al catering avevano invaso la cucina già dalla sera precedente. La casa, disseminata di piante e composizioni di rose bianche, era un trionfo di eleganza; a completarla contribuivano le ghirlande di fiori e tulle che adornavano la balaustra della scala. A intervalli regolari, Jane smetteva di dare ordini ai vari factotum, allattava il figlio e poi tornava all'attacco cambiando tutto. Per le sei del pomeriggio, ogni cosa sarebbe dovuta essere perfetta e la casa pronta ad accogliere un centinaio di invitati. Erano passati ormai quattro mesi dalla nascita del piccolo, sebbene lui apparisse più grande della sua età.

L'attività ferveva in ogni angolo della villa. Alle quattro la governante mise a dormire il piccolo, mentre Liz e Jane andarono a cambiarsi d'abito. Bernard junior aveva un carattere così dolce che avevano deciso di avere un altro figlio. A luglio, infatti, Liz progettava di farsi inseminare con un ovulo della compagna fecondato da un donatore. Entrambe speravano, questa volta, di mettere al mondo una bambina.

«Forse ci dovremmo sposare», suggerì Liz, mentre condividevano il bagno per finire di prepararsi.

«Se vuoi, sono pronta a farlo, anche se in cuor mio l'abbiamo già fatto da anni», Jane sorrise.

«È vero. Anche per me è lo stesso», disse Liz, chiudendo la cerniera all'abito da cocktail azzurro della compagna. Lei, invece, aveva optato per un vestito di raso grigio perla. Avevano fatto in modo di organizzare un ricevimento perfetto in ogni dettaglio, ed erano soddisfatte del risultato. A entrambe sembrava giusto che si tenesse in casa loro, dove tutto era cominciato.

Erano le cinque e mezzo quando arrivarono Florence e Gabriel. Come Jane aveva previsto, la madre indossava un completo color champagne chiarissimo, quasi bianco.

Non oserà far questo a Coco! aveva commentato Liz.

Scommetto tutto quello che vuoi, era stata la replica di Jane.

Nel vedere sua madre, Jane ridacchiò. «Sei in debito con me», fece notare a Liz, prima che scoppiassero a ridere entrambe.

Gabriel, elegante e sobrio come sempre, in completo blu notte, teneva in braccio la piccola Alyson, che aveva da poco compiuto tre anni. Lui e Florence, invece, avevano festeggiato da non molto il secondo anniversario e avevano programmato di andare in viaggio a Parigi e nel sud della Francia nel mese di luglio. Avrebbero soggiornato all'*Hôtel du Cap* e poi si sarebbero imbarcati su uno yacht con il quale sarebbero arrivati in Sardegna. Lì avrebbero trascorso due settimane. Da un anno, l'uomo non produceva film a causa dei continui spostamenti con la compagna. Florence era sempre più felice, perfino più di quando era sposata con Buzz; quell'uomo sembrava perfetto per lei e la loro vita insieme era un'unica, interminabile vacanza.

I genitori di Leslie, giunti appositamente dall'Inghilterra, stavano chiacchierando con Liz e Jane. Tutti gli invitati erano arrivati, mentre Coco stava finendo di prepararsi nella nuova stanza degli ospiti, al piano di sotto, in modo che Leslie, arrivando con Chloe, non potesse vederla. La bambina, vestita d'organza rosa, assomigliava a una principessa. Quando Liz si complimentò con lei, ne ricevette in cambio un sorriso radioso e la richiesta di giocare con Buzz. Jane, però, le consigliò di rimandare a dopo la cerimonia, così da salvaguardare il suo delizioso abitino da eventuali rigurgiti del bambino.

La musica iniziò alle sei e trenta, momento in cui dall'esterno si sentì arrivare il rumore di un elicottero. Le forze dell'ordine che pattugliavano la strada videro sporgersi un fotografo con il suo teleobiettivo. Sforzo inutile, pensarono, considerato che cerimonia e ricevimento si sarebbero svolti al chiuso.

A un segnale prestabilito, Coco salì le scale ed entrò nel grande salone dalla sala da pranzo. L'abito di raso bianco le fasciava la silhouette sinuosa, mentre lo strascico seguiva i suoi movimenti. Avanzando tra due ali di invitati, lei vedeva solo Leslie e Chloe, le uniche due persone delle quali le importava davvero. Sentì che un elicottero stava sorvolando l'abitazione, ma non vi prestò attenzione. Quello, del resto, non sarebbe stato un caso isolato. La sua nuova famiglia valeva bene qualche sacrificio.

Si scambiarono i voti e Florence pianse di commozione, stringendo forte la mano di Gabriel, quando Leslie pronunciò le parole fatidiche e suggellò la promessa con un bacio.

La cerimonia si svolse esattamente secondo i desideri di Coco: la sua famiglia era lì, e c'erano anche i suoi amici; i famigliari di Leslie erano arrivati dall'Inghilterra, ma non mancavano gli amici di Los Angeles. Anche Jeff e la moglie, i vicini di Bolinas, avevano accettato di condividere la loro felicità. Avevano voluto celebrare il matrimonio a casa di Jane per evitare la stampa: la casa di sua sorella era di certo il posto più sicuro.

Per la luna di miele, alla quale avrebbe preso parte anche Chloe, gli sposi avevano scelto una località segreta. Coco aveva voluto la sua presenza fortemente e Leslie sperava di dare presto alla piccola un fratellino o una sorellina.

La serata proseguì con musica e balli, dapprima nel salone da pranzo e poi in piscina, dove si allestì un banco discoteca. Fu il party migliore che si fosse mai visto a San Francisco.

A mezzanotte, dopo il taglio della torta, Coco si preparò per il lancio del bouquet, facendo in modo che andasse nella direzione in cui si trovava la madre. Florence lo acchiappò e lo serrò al petto sotto lo sguardo sorridente e accondiscendente di Gabriel. La festa continuò poi in discoteca, dove Liz e Jane, insieme agli amici di Leslie, si scatenarono in un samba.

Leslie, Coco e Chloe andarono via in limousine, scortati dalla polizia direttamente in aeroporto. Sorridenti, si tenevano per mano e davano l'impressione di essere il terzetto più felice della terra.

«Ce l'abbiamo fatta», sussurrò lei al marito con espressione di trionfo. I paparazzi non li avevano seccati e nessuno si era fatto male.

«E adesso la farete?» chiese Chloe al papà.

«Cosa?» rispose lui, gli occhi fissi su Coco e distratto da altri pensieri.

«Quella faccenda disgustosa», ridacchiò la bambina.

«Chloe!» la riprese Leslie, ridendo. «Non so di che parli.»

«Non ricordi? Quando mamma ha detto che...»

«Non ti preoccupare», tagliò corto lui.

«Okay.» Chloe sorrise a Coco. «Vi voglio un mondo di bene.» Amava suo padre, ma Coco era la sua migliore amica.

«Ti amiamo anche noi», risposero Leslie e Coco in coro, prima di baciarsi e fare poi lo stesso con la piccola.

Coco guardò Leslie sorridente. Tutto era andato per il meglio, proprio come loro volevano. Un passo alla volta.

Stampato presso ELCOGRAF S.p.A.
Stabilimento di Cles (TN)